JN091402

山崎ナオコーラ

YAMAZAKI
NAO-COLA

あきらめる

小学館

あきらめる　もくじ

第一章　成熟者の孤独散歩

あきらめるがポタッポタッと落ちてきた。

早乙女雄大（さおとめゆうだい）は口中でころころと言葉を転がす。

「あきらめる、あきらめる、あ、き、ら、め、る……」

ぶつぶつ言いながら川沿いを行く日課の「孤独散歩」。夏の夕方の光。光。光。古い水が黄土色に濁（にご）り、やがて押し流され、新しい水が夕焼け色に染まり、そして輝く。

ふいに、ツイーッと川面（かわも）を横切る青い線が現れた。

「あきらめる、あきらめる……ああ」

雄大は驚きの声を発した。カワセミだ。水辺で小魚や虫を食べて暮らす、翡翠（ひすい）のごとく美しい鳥。とても小さくて、スー、スー、と素早く飛ぶので、飛行中を見かけるときはいつも線だ。

この川に棲（す）んでいることは有名だが、数がどんどん減っている上に、もともと姿を隠して生きる生物なので、毎夕散歩している雄大だが見るのは二年ぶりだった。珍しいものが見られたことは期待につながる。世界への期待、命への期待、自分への期待。生きる指針が見つかった気までしてくる。次はまた二年後に見られるかもしれない。今日見られたカワセミを胸に、また二年後にカワセミが見られる日まで生きてみようか、そんな大袈裟な思いが胸に湧いてくる。

青い線は水面ぎりぎりに伸びる木の枝の上に止まった。カワセミは川を見下ろし、食べ物を探している。

誰かとこれを分かち合いたい。宝石のようなものを見つけた喜びを。できたら、弓香と。いや、弓香はここにいない。岩井にも伝えたい。しかし、岩井は病院にいる。川沿いを歩くなんて到底無理なことだ。

雄大はキョロキョロと辺りを見渡した。すると、土手の上に立っている、子どもとその親と見える二人組が目に入った。子どもは幼稚園か保育園に通うような未就学児だろう。親は背が高く、姿勢が良い。昨年ぐらいから、雄大が住むマンションで見かけるようになった二人だ。このマンション、壁がエメラルドグリーンに塗られているので、雄大は心の中で勝手に「緑マンション」と呼んでいる。この親子風の二人組も緑マンションに住んでいるに違いなかった。何号室に住んでいるのかも、名前も性別も年も、なんの属性も知らないが、ときどき緑マンションのエントランスで出くわし、挨拶のみを交わす。挨拶はいつも親と見える人のみが発し、子どもの方はだんまりだ。親と見える人と楽しそうに喋っている子どもの声が廊下から漏れ聞こえることがあるので、声が出ないわけではないらしい。とにかく雄大が挨拶しても何も返してくれることがない。かわいくない、と切り捨てるのは簡単だったが、事情があるのかもしれない、と成熟者でもある雄大は考えもする。もしかしたら、今日だけその事情が解けることもあるだろうか。子どもというものは日常よりも非日常を求めて過ごしているものだろうし、珍しいものを喜ぶだろう。教えてあげよう。見逃したらかわいそうだ。まっすぐにカワセミに人差し指を向け、大きな声で、

「ごらんなさい、カワセミがいますよ」

雄大は厚意で教えてあげた。しかし、

「昨日もいたんだよ」

子どもは仏頂面で、素っ気ない声を返してきた。

「そ、そうかあ」

雄大は笑顔を保ったまま、うなずく。少し傷ついた。「カワセミがいる」と教えてあげた答えが、「昨日もいた」だとは予想だにしなかった。虹が出た際に知らない人に話しかけても許されるあのルールがカワセミにも適用されるかと思った。喜んでくれる姿を想像してしまっていた。仕方なく、また孤独にカワセミの方を向く。カワセミは陶磁器のごとく微動だにしない。川の中の何者かに対して生物だと悟られない存在になり切っている。それを目に焼き付けるため、見つめ続ける。

ともあれ初めて声を返してくれた。

二人組はしばらく土手の上に立ったままだったが、三分ほどすると何かを相談し合いながら下ってきて、雄大の隣に立った。

「美しいですねえ」

子どもの無礼を恥じるように、親と見える人が言った。よく通るアルトの声だった。Tシャツにジーンズという服装に、なぜか登山靴を合わせている。

「あの覚めるような青がねえ、いいですよねえ」

雄大は親と見える人の方に少し体を向けた。

「昨日の昨日も見た」

子どもは繰り返す。半ズボンにサンダル履きだ。カワセミには目を向けず、しゃがんで石を握り、土を掘り始める。

「……まあ、そうなんですよ。昨日も一昨日もカワセミを見かけたんです。どうも、ここのところ、よく姿を見せているみたい。夏なのに、おかしいですよね？」

親と見える人は首を傾げる。元来、カワセミという鳥は、食料の乏しい冬に姿を見せやすい。

「流行りの『気候変動』でしょうか？」

雄大は適当に喋った。べつに流行っているわけではない。ただ「気候変動」は流行語のようになっている。人間は石油に頼る生活を長く続け、地球は海も大地も空も変化した。「地球温

第一章
成熟者の孤独散歩

暖化」が進み続けている。温暖化なら昔の夏よりも今の夏が暑くなるわけで、カワセミが出やすくなる理由の説明にはならないわけだが、生態系が変わり、「風が吹けば桶屋が儲かる」というあの諺のように理由が巡り巡って、夏に姿を現すしかない生活になっているのかもしれない。今や、多くの動物が絶滅していき、次々と種類の違うウイルスが蔓延し、以前とは違う環境になっている。人間によって環境が変化する時代を表す「人新世」なんていう言葉も作られた。当初は「気候変動」という言葉は重々しくつぶやかれていたのだが、やがて舌の上で丸まり、この頃ではポップな挨拶に変わっていた。

「どういうことかはわかりませんが、カワセミも昔のようにはいかなくなったのでしょう。私の子どもの時分は、毎年、冬になるとこの川で、ときどきカワセミ、他にもコサギ、ダイサギ、アオサギ、オナガ、メジロ、色々見られました。夏にはそれらの鳥は姿を消しましたが、代わりにカルガモが子どもを何羽も連れて優雅に泳いでいたものです。……懐かしいですね」

親と見える人がつらつらと喋っている途中で、

「あ」

カワセミが飛んでいってしまい、それに気がついた子どもが声を上げた。長語りがカワセミを刺激したのだろうか？

「……さよなら」

親と見える人がささやいた。

「残念」

雄大は視線を下げた。しゃがんでいる子どもはカワセミが消えていった方向をジイッと見ている。

「喋り過ぎました？」

親と見える人は肩をすくめる。

「いいえ、カワセミはそう長くは居てくれないものです……。あなたもこの土地の生まれですか？　あなたは私より随分と若く見えますが、その頃でも鳥がたくさんいましたか？」

雄大は尋ねてみた。

「この人と一緒にあのマンションに越してきたのは去年ですが、私は幼少時代、あっちの南公園寄りの一軒家に住んでいました。この川をよく散歩してバードウォッチングしました」

親と見える人は子どものことを、「この子」ではなく、「この人」と表現した。

「そうですか。私の子どもの頃は、鳥だけでなく、タヌキもよく見かけましたよ。冬になると、餌を求めて山を下りてきました。あるときなんて、クマが下りてきて、騒ぎになったこともありました」

雄大はそんな思い出話をしながら、目の裏に昔を見た。木陰にタヌキを見つけた幼少時代の散歩、川辺で岩井に思いを打ち明けた青春時代の散歩、親として博士と塔子と共に賑やかに出かけた育児散歩、仕事がいそがしかった時代は川から離れていたこと、子どもたちがいなくなり弓香とだけの日課になった二人散歩、そして現在の「孤独散歩」……。

「ああ、あなたも、この辺りのご出身なんですね。ずっとこちらなんですか？」

親と見える人が川の上で手をひらひらと動かず。

「……この川は私です」

雄大はぼんやりとしたまま、ボソッとつぶやいた。

「え？」

親と見える人が怪訝な顔をする。

「ああ、そうです」

雄大はあわててひとつ前の会話の質問に答えた。

「え？『ああ、そうです』？」

親と見える人は話のつながりを見失い、首を傾げる。

「ええと、はい、私は小学生の頃からこの辺りに住んでいて、川沿いを毎夕散歩しています」

雄大はしどろもどろになりながら言い直した。

「鳥も動物も、地球を見限っているんでしょうか？」

こういうフレーズはこの時代においてはもう誰の耳にも馴染んだものだった。

「見限ったところで、鳥や動物たちにはどうしようもありませんね」

雄大は首を振った。

「人間の勝手でそうなって、鳥や動物たちはどこにも行けないんですね。人間だけが行けるんですね。他の星に……」

親と見える人は口の端に複雑な笑みを浮かべる。

「移住のことですか?」

雄大は片眉を上げる。

「火星移住の募集ポスター、見ました? マンションのエントランスの掲示板にも、来期の……、そう、十二期の募集の新しいポスターが貼ってありましたね」

親と見える人は空中を指差しながらそういった。雄大とこの二人組たちが住む緑マンションのエントランスには昔ながらの掲示板があって、マンションの設備に関する告知から、自治体や政府からのお知らせまで、管理人によって都度ポスターが貼り替えられていく。

「ああ、あれ……」

雄大は顎をさすった。

「十二期の応募……、考えているんです」

地球での人類存続の難しさを専門家が盛んに訴えるようになり、火星への移住を多くの先進国が政府主導で推し進めている。火星と地球は二年二か月ごとに距離が縮まるため、その時期を狙ってロケットは打ち上げられる。

宇宙旅行が夢だった頃は好奇心と共に富裕層がロケットに乗っていたが、今では地球での生活に行き詰まりを覚えた人が乗ることの方が多くなってきている。応募数は募集の人数を上回るが、それでも地球の全人口に比べれば移住希望者は少数派だ。

少数派、つまりマイノリティは、多数派、つまりマジョリティから悪く言われることがまだある世の中だ。そのためマイノリティは自分の思いをなかなか語れない。つまり「火星行き」をあけすけに語る人は少ない。「安全性の確認が不十分な火星に移住するなんて」といった批判的な考えの人が世間の半数以上を占めている。さらに、地球を捨てて我先にと新天地へ移ろうとする態度への反感の空気も色濃く漂う。「自分だけ助かればいいのか？」「地球を愛していないのか？」といったフレーズはＳＮＳを中心にあふれている。子どもの未来を大きく変えることを知りながら子どもを連れて地球を去る人に対しての批判は特に辛辣で、親としての責任を問う声が大きく上がっている。

大昔において未来を想像するのは「科学の進歩」を夢見ることだった。だが、現代においては「文化の発展」「多様性の受容」「常識の変化」に思いを馳せることになっている。今は、様々な思想のすべてを尊重しようと多数派も表向きは示している。

しかし、示すことと、実際に受け入れることができるかは別だ。相手を尊重しながらの会話は難しい。コミュニケーション技術に自信がない人は、とりあえず議論を避けようとする。「移住に対する考え」にまつわる会話は、ほとんど交わされない。政府は相談機関を設けていたがそちらもあまり機能していないようだ。親族内でも意見が割れることがよくあり、「行きたい」

という気持ちが湧いた人の多くが誰にも相談できず、ひとりで抱え込んで考えるという。

　もしかしたら、この親と見える人も人生に懊悩（おうのう）していて、利害関係のない相手、つまり雄大に、ぽろりと心情を吐露したくなったのかもしれなかった。

「まあ、成熟者はね、もう住み慣れたところで終わりたい気持ちが、正直ありますよ」

　このところ、「老人」「シニア」と呼ばれるのに馴染めない「若い高齢者」が増えたものだから、違う呼び方が模索されている。「高齢者」とストレートな呼称を雑談で使ってもいいのだろうが、それもちょっとなあ、という人もいて、年を増やしたプラスの面が引き立つ「成熟者」が人気を得ている。これも流行り言葉だ。そのうちまた別の言葉が生まれるのだろう。雄大も「成熟者」を自称しているが、数年後にはまた別の言葉で自分を表すのかもしれなかった。

「そうですよね。ここは美しい星ですし……」

　親と見える人はこくりとうなずいた。

「ポスターには、『〝成熟者〟と、〝七歳未満の子どもとその家族〟は、優先的に移住できます』と書いてありましたねえ。……あなたは？　もうすぐ小学生かな？」

　雄大はしゃがんで、土いじりをしている子どもに尋ねた。

「リュウ」

　子どもは唐突に名乗った。

「リュウ」

雄大は復唱した。

「五歳」

子どもは右手の手のひらを雄大に向かって大きく広げてみせた。シワに沿って泥が滲(にじ)んでいる。

「龍(りゅう)は来年に小学校へ上がる予定で……。あの、第七小学校です。もうランドセルも購入済みなんです。だけど、もしも今、移住の選択をするならば、優先移住の対象にしてもらえるかもしれない。希望してもいいのかも。ただ、私たちが家族と認められるのか……」

親と見える人は科白(せりふ)をぼそぼそと口の中で転がしながら、第七小学校がある方角を指で示した。

「私は早乙女雄大です」

雄大も突然に名乗ってみた。

「ユウダイ」

龍が復唱した。

「〝さん〟」

ハッとしたように顔をしかめ、親と見える人が厳しい声を出した。敬称を付けなさい、「雄大さん」と呼べ、と子どもを指導しているつもりなのだろう。

「ユウダイ」

龍は堂々と繰り返し、敬称は頑として付けない。

「はい、雄大です。あはは、いいんですよ」

雄大は笑いながら返事した。昔だったら怒っただろう。若い頃の雄大は、上下関係に厳しかった。けれども、成熟者になった雄大はもう、不躾な子どもに腹が立たなかった。

「友だちになろう！」

龍が、またも唐突に言った。挨拶はできないのに、率直な物言いはできるのか。

「いいねえ、友だち」

雄大は握手をしようと手を準備しつつ、逡巡して、右太もものズボンに手のひらを数回擦り付けた。このところ、他人にやすやすと触れなくなった。雄大の子どもの頃は見知らぬ人からしょっちゅう頭を撫でられたものだが、今はそんなことをしたら緊張が走る。異性だろうが同性だろうが性暴力につながる心配をしなければならない。感染する病気への配慮も必要だ。だが、

「いいよね！　友だちだよ！」

龍は強引に手を伸ばして握手してきた。

「ああ、すみません、雄大さん。……申し遅れました、あの、私は秋山輝です。……龍はあの、ちょっと、すみません、失礼なところが……。挨拶もなかなか言えなくて……。それなのに、不躾なことは平気で言えて、困ってしまう。ほら、他人に簡単に触ったら駄目なんだよ。触り

たいときは、『握手してもいいですか？』」

輝は頬を赤らめながら、雄大に頭を下げたあと、龍に指導らしきものを続けた。

これまで、あの緑マンションに三十年も住みながら雄大はひとりも住人の名を知らなかった。付かず離れずが現代におけるマンション内の付き合いのコツだ。しかし、とうとう住人のうち二人の名を知った。

「輝さん、大丈夫ですよ」

雄大は笑ってみせた。子どもが大人の思うように挨拶をしてくれないことで、大人の自分が相手との関係を築きにくくなるつらさを味わった微かな記憶が雄大にもあった。自分の子どもが「かわいげのある子ども」だったら、自分だってもっと世間を生きやすくなったのに、と、つい心の中で思ってしまったこともあった。そう、「かわいげのある子ども」とは、大人の都合に合わせてくれる子のことだった。

「そうですか……」

輝はまだ気まずそうにしている。

「火星にも小学校はあるんじゃないですか？」

雄大は話の続きを促してみた。

「けれども、この辺りの学校とは違うでしょう。火星の小学校は、新しい時代の雰囲気なんでしょうね。まあ、地球の小学校も変わりつつありますが。そういえば最近では、公立の小学校でも、ランドセルを使わなくてもよいということをルール化しているところが多いらしいです。第七小学校はポツンと残った昔ながらの学校ですね。第七小学校は悪い学校じゃないですが、怖いこともありましたしね……。新しい雰囲気の学校の方がいいのかな」

　輝は続けた。この頃では、タブレットに教科書もノートも入っていたり、重い荷物は学校へ置きっぱなしにすることが許されるようになってきていたり、荷物の軽減化が進んでいる。昔ながらのランドセルは重く、高価で、多様な色になってきているといえども性別を意識した商品がまだ多いこともあり、今の小学生に馴染まない。そのため、通学時の荷物についてリュックを推奨する学校が増えてきて、この頃では「ランドセル禁止」を明言する学校も稀にあるという。そんな中、この辺りの学区の第七小学校はいまだにランドセルで通学する子どもが多く、雄大も色とりどりのランドセルを背負って登下校する子どもたちを朝や夕方に見かけた。

「私も七小出身ですよ。いろんなことがあっても、学校自体は良い学校だと思いますよ。とはいえ、これからのことはご自身でよく考えて決めるのがいいですよね。ランドセルは、使わないのだったらどこかの機関に寄付してもいいですし、あるいは、今はアプリなんかを通じてこちらの連絡先を伝えずに他人に売ったり譲ったりすることも簡単にできるんじゃないんですか？　そりゃあ、せっかく買ったのに使えなかったら、龍さんはがっかりするでしょうけれども。まあ、ともあれ、どこへ行ったって、子どもというものは適応力が高いから、すぐに友だちだって作れるんでしょうし、ねえ？　現に今だって、ほら」

雄大はつないだ手を高く上げた。

「龍はどうなんでしょう。私自身は友だちとの関係作りがとても苦手でして……」

輝はそんなことも吐露した。

「友だち……」

雄大は手をつないだまま立ち上がる。

「私、全然、人生をうまくやれなくて」

ぼそぼそと輝は続ける。「人生をうまくやれない」なんて、今日初めて喋った相手に言う科白ではないはずだが、やけになってなんでも相手に明け渡したい心境になっているのだろうか……。

「そうなんですね」

とりあえず、うん、うん、と雄大は傾聴上手なフリをした。

「私は、自分の人生をあきらめたいんです」

輝は低い声で言った。長く艶(つや)やかな髪に夕日が当たって光る。地球の夕焼けは赤い。

「ああ、『あきらめる』」

雄大は口中で転がした。自分が気になっていた言葉がこんなところで他人の口から出てきた。

「ふふ、『あきらめる』って言葉、古語の『あきらむ』は、いい意味だったんですってね」

輝が教え口調で喋る。

「そうなんですか？」

雄大は教えるのは好きだが、教わるのはあまり好きでない。特に年下から教わるのは居心地が悪い。だが、空気を悪くしたくないので、聞く顔を続けた。

「近世より前、平安時代なんかには、『物事をよく見る』『心の中をあかす』といった、明るい意味で使われていたらしいんです。つまり、『明らかにする』が、語源らしいんですね」

輝は訥々と語る。

「だったら、輝さん、あなたも、あきらめて、いいんじゃないですか？　現代語の『あきらめる』は暗い意味ですが、実は私も……」

雄大が言いかけると、

「ビビビビビ」

という電子音が耳に入ってきた。川の向こう岸を小型ロボットが移動していく。それを、黙って三人で眺めた。ロボットは二歳児ぐらいの大きさで、薄ピンクに青いラインが入った体をしている。ロボットには不必要に思えるが、なぜか、黄色いカーディガンを羽織っている。雄大はこれまでも何度かこのロボットを見かけたことがある。おそらく、誰かの分身ロボットだろう。雄大と同じように、夕方の散歩を日課にしているのかもしれない。ロボットのパイロットは自力では歩けない人なのだろうか……。

そうだ、それだったら、岩井だってロボットに乗ったら出かけられるのではないか？　タブレットを見たり触ったりだったらまだできるはずで、ロボットが目や皮膚で感じたことをタブレットを通して認識したらいい。でも、金がかかるだろう。ロボットを借りる値段はどのくらいだろうか？　いや、いくら安くても、雄大から勧めるのは僭越だ。金を出そう、なんて雄大が言ったら、岩井のプライドが傷つくかもしれない。そんなことを雄大はぼんやりと考えた。

「あきらめてもいいんでしょうか。自分をあきらめたい。人生をあきらめたい。この頃は毎日そう考えています。あきらめて、去りたい。家を、地球を……。山に入りたい。私は自分が好きじゃないんです。人に失礼なことばかりして……」

ロボットが橋を渡って住宅街に消えていくのを見届けながら、輝は元の話を続ける。

「山に？」

ぼんやりとした考えごとに足を半分突っ込んだまま、雄大は尋ねる。

「平安文学なんかを読んでると、みんなすぐに山に入っちゃうんですよ。恋とか人生とかを捨てて、出家するんですね。お坊さんになる。山に入る」

輝は続けた。

「ああ」

雄大が相槌を打つと、

「そういうの、いいなあ、って。憧憬を抱いています。浮世にいると罪深さに耐えきれない」

「罪深い？　輝さんはそう悪い人に見えませんが？」

出家だの浮世だの罪深いだの随分と堅苦しい言葉を使う人だな、と首を傾げながら雄大はつぶやいてみた。

「たとえば、昨年、私の誕生日にプレゼントを贈ってくれた友人がいるんです。なぜか、いまだにお礼を言えていないんです。縁が切れてしまいました。もうすぐ一年が経ちます」

輝はそんな話を始めた。夕日の光が輝の横顔を縁取っている。「他人の容姿を評価したり、型にはめたりしてはいけない」というモラルが浸透して久しい。雄大も、子どもの頃は無邪気に容姿のランクづけを表明して人を傷つけたものだが、この頃は容姿の優劣を口に出すことはしなくなった。見た目で性別や国籍を推察することもやめた。けれども、心の中ではつい見惚れてしまう。輝の顔は面長で彫りが深く、くらりとするほど美しかった。鼻梁麗しく、口元は爽やかで、見つめることが許されるのならいつまでも見つめていたい造形だ。

「ああ、プレゼント。難しいですよね、不意にもらうと。プレゼントっていうのは、そう、あげるのも、もらうのも、とても難しい」

見惚れながらも、顔や声色にはそれを出さず、雄大はうなずいた。

「ひとこと、『ありがとう』とメッセージを送るだけで良かったのに、なぜか書けなかったんです。今になってしまっても、『遅くなってごめん、ありがとう』ってメッセージを送ればいいのに、なぜか送れません」

泣きたくなったのか、輝は目をちょっと充血させた。

「複雑な関係の友人なんですか？」

「どうなんでしょう……。ただ、どんな関係でも、お礼は言わないといけません。私、人間としてどうなんでしょう。どうしてお礼が言えない人間なんでしょう？　なぜ、簡単な挨拶ができないんでしょう？」

輝は目を閉じた。

「そういうこと、私もありますよ」

雄大は濃紺と橙（だいだい）のカクテルのような段々に染まってきた空を見上げた。

「ありますか？」

輝は雄大の顔をまじまじと見た。

「簡単な挨拶がなぜか言えなかったり、はっきりとした理由がわからないまま友人や家族とうまく付き合えなくなってしまったり……。本当に、私もあります」

雄大はゆっくりと喋った。

「ランドセルは、あんまり好きじゃないんだ」

龍がまた唐突に喋った。

「本当に？　ランドセル、子どもって大概好きなんじゃないの？」

雄大は聞き返す。

「ああ、龍にはランドセルを好きになってもらいたい……」

輝はうつむいた。

「龍には？」

雄大は質問した。

「あ、いえ……、あの、ああ、暗くなってきた。そろそろ帰らなくてはいけませんね」

ランドセルは当たり障りのない話題に思えたが、輝はもごもごと口籠もると、落ちていく太陽に帰るきっかけを担わせた。

「帰ろう」

龍が夕日をまっすぐに指差し、三人は帰路についた。

やがて雄大は長く白い廊下を歩くことになった。これも雄大の「孤独散歩」のひとつだ。毎日、午後一時からの、室内散歩。この散歩には限りがある、と雄大は思っている。だから欠かしたくない。あと数回しかできない、あるいは今日限りかもしれない。明日からは歩かない道かもしれない。だから、踏みしめなければならない。

治療の難しい病を「線」のように捉えてしまう。区切られたのだ、と。これまでは茫漠と広がっていた土地に、神様が白いチョークで線をひいたのだ、と。

厳密な回数はわかりようがないが、見舞いできる回数はすでに決まっていて、その中でしか動けないように雄大は感じていた。「余命」という言葉はまだ廃れておらず、医師も使うし、世間も使う。実際の幕引きがいつなのかははっきりしないが、願っているよりも早く幕引きがくる、その終わりの線を意識しろ、と「余命」という言葉を使ってみんなが言う。だが、本来の「余命」は人間全員に当てはまる言葉のはずだ。それなのに、根治が難しい病気を患った人ばかりがそれを聞く。

本当は、すべての肉体が区切られている。ほとんどの人に、願っているよりも早く幕引きがくる。宇宙も星も人類も終わりが近づいていて、線引きのない肉体や精神を持っている存在はない。だから、そう、たとえ病気を患っていなくとも、すべての人間が、生をあきらめなくてはならないはずだった。老いを止められた人間は、古今東西にいまだにひとりもいない。

それなのに、どうして腫瘍を抱えている人を、哀れんでしまうのだろう。自分だって哀れみの対象のはずなのに。

雄大はいくつかの薬を毎日服み、腰痛を持ち、半年前には白内障の手術だってした。けれども、「腫瘍はない」。そう驕っているのかもしれなかった。

廊下は掃除が行き届いている。病院というものは昔、もっと薄暗くて、人生のどうしようもなさを隠しているような雰囲気があった。けれども今の病院は日常のどの場所よりも明るく、機能的だ。清掃員、あるいはお掃除ロボットたちが、医師よりも力強く患者の気持ちを変えていく。

ちょうど清掃員が電動モップを操作しているところに出くわした。

「先生、ありがとうございます」

雄大は挨拶した。医師だけを「先生」と呼んで別格扱いすることにこの頃の社会では疑問視する意見も出てきて、雄大も清掃員、看護師、看護助手、薬剤師、レントゲン技師、院内カフェスタッフなど、すべての病院内労働者を「先生」呼びするようになった。病院はもっとフラットな場所になってもいい。この年齢まで生きれば、白内障だけでなく療養をいろいろと経験している。わんさか思いが湧いてくる。確かに、病院という場所やスタッフたちは、自分にとって一時の居場所や浅い付き合いの相手のようでいて、人生と切っても切れない。生まれるときや死ぬとき、療養中、ここは社会になる。

実際には「先生」と呼ばれて喜ぶ人間なんてこの世にほとんどいない。医師だって仕方なく先生呼びを受け入れているのだ。言葉だけで序列が上のように扱われることが人間にとって心地良いわけがない。雄大だって、真にスタッフたちを上に見ることができている自信はない。言葉上の努力しかしていない。それが伝わってしまうのか、清掃員やカフェスタッフの多くが苦笑いする。けれども、

「おはようございます」

顔見知りの清掃員はマスクの奥で微笑んでくれた。雄大はこの四か月ほど、一週間に六回は病院を訪れているので、清掃員にも顔を覚えられているのだ。

エレベーターに乗り込む。空中ディスプレイのタッチパネルの三階のボタンを押す。感染症

対策で非接触で押せるボタンが開発された。もちろん介護や医療行為では相手の体に触らないとならないが、移動だけだったらどこにも触らずにできる。ナースステーションに寄り、やはり空中ディスプレイを操作して部屋番号や見舞い相手の名を入力すると、入室許可が下りた。許可証のシールがするりと印刷されて出てくるので、それを胸に貼り、さらに散歩を続ける。

窓から朝の光が差し込んでくる。光。光。光。今日も晴れだ、いい夏だ。病院に差し込む夏だって、素晴らしい季節なのだ。出かけることだけが、季節ではない。庭にも公園にも、病院にも刑務所にも、閉じこもっても出かけても、日本にも南極にも、あちらこちらに季節がある。差し込んでくる。

食堂では、介助ロボットの補助を受けながら朝食をとっている患者が何人かいた。見たところ八割方の患者が成熟者だ。固形の食べ物ではない人もいるし、ほんのわずかな量の人もいる。昔は療養食や嚥下食（えんげしょく）は栄養や喉を通りやすくする要素ばかりで作られていたが、食事を楽しむことがいかに生きる気力に作用するかが数字として報告されてからは、制限のある中でどうやったら食事を楽しめるか、日夜研究が続いている。病院の料理は日進月歩でおいしくなる。それでも、慣れ親しんだ食事からの変更というだけで、多くの療養者や成熟者が食事の前で目を暗くさせるものだ。ただ、夏の光のせいだろうか、そこにいた療養者たちは、その人なりに食を楽しんでいるように見えた。自分だったら切り刻まれた料理やとろみばかりの料理を楽しめるだろうか、やはり何かをあきらめて悟るのだろうか、とぼんやりながめていると、ふいに、

よく知っている、

「ビビビビ」

という電子音が耳に届いた。雄大が振り返ると、二歳児ぐらいの大きさで薄ピンクに青いラインが入ったロボットが、つつーと滑るように廊下を横切っていく。黄色いカーディガンを肩に羽織っている。川沿いを毎夕散歩しているロボットに違いなかった。また会った。

この病院に入院している誰かの分身ロボットなのだろうか？

雄大はロボットを見送ったあと、くるりと向き直り、いつもの部屋に向かった。三〇五。四人部屋だ。入り口から、そおっと覗(のぞ)く。

たまに看護師が採血や吸引などの医療行為を行なっているときがある。あるいは、看護助手が清拭(せいしき)やシーツ交換などをしているときがある。そんなときは、入るのを遠慮し、待合室のソファで読書するか、すぐに終わりそうだったら廊下の壁に同化する。雄大は医療従事者にとって異物でしかない。少なくとも、雄大は「医療従事者から邪魔に思われている」と感じていた。優しくはされるが、医療行為をするときには、邪魔な存在だと捉えられている。医療行為や介護の邪魔になりたい人間などいない。そんなわけで、壁にぺったりとくっ付いて気配を消す。「家族だったら、仕方ない」と医療従事者は思っているような気がした。たとえ医療行為が妨げられても、家族だったら仕方ない。家族には、説明をしなければならない。家族には、権利がある……。

雄大は、岩井の家族ではないだろう。少なくとも、ここの医療従事者は、雄大のことを「患者の家族」とは捉えていない。「患者の友人」と捉えている。友人は立場が弱い。優しくは接してもらえるが、医療行為には無関係であり、邪魔な存在。だが、家族と友人の間にそんなに立派な線があるものなのだろうか？　もしもあるとして、その線を引く権利は誰にあるのだろうか？

疑問を抱いたところで「線を引くな」なんて言えるはずもなく、壁に同化する。はたして、岩井は吸引を受けていた。左奥のブースのカーテンが揺れ、

「岩井さん、ごめんなさいね」

という科白が漏れ聞こえる。岩井はだんだんと食事を飲み込むのが難しくなっており、粥(かゆ)や柔らかく煮た魚や野菜などが出されているようだった。それら柔らかい料理でも、喉はときに詰まる。看護師がやってきて、詰まったものを機械で吸い出す行為、通称「吸引」を行なう。雄大はそれを垣間見(かいまみ)たとき、「岩井がかわいそう」と思ってしまった。見舞いをしている最中に、四人部屋の他の患者が吸引を受けるときもあって、いたたまれなくなって雄大は席を外した。うめき声が、とても聞いていられない。もちろん、行なっている看護師もつらいのだろうが……。

おそらく、岩井は朝食を詰まらせたのだろう。とはいえ、短時間の作業だ。数分壁に同化したのちに入室できる。顔見知りの看護師が出てきたので、雄大は会釈し、部屋に足を踏み入れ

た。左奥の窓際のベッドに、岩井は寝ていた。

「よう、元気か?」

そっと雄大がカーテンに手をかけると、

「ふっ。元気ならこんなところにはいない」

岩井はいつもの挨拶を返し、ニヤリと口の端を上げた。

「吸引、つらいか?」

雄大が尋ねると、

「あっはは」

岩井は笑ったあと、口の形だけで「じ・ご・く」と伝えてきた。同室の他の患者たちを慮(おもんばか)って、声にはしなかったのだろう。ドキリとするような言葉だが、表情は爽やかな笑顔のままだ。

「そうか」

なんと応えたらいいかわからず、雄大はただうなずいた。

「まあ、やってる方もね……、うん。看護師さん、がんばってくれているからね」

岩井は、サイドテーブルの位置を直しながら、うん、うんとひとりでうなずいている。

「うん」

雄大も真似(まね)してうなずいてみた。

「今日は、ちょっと行きたいところがあるんだなあ」

岩井は雄大の目をじっと見た。若い頃から大きくて憂いのある目を持っていて、痩せて目が凹(くぼ)んだ今でも、魅力を失っていない。頰骨が出たところや、頭蓋骨の形がぼんやりとわかるような額を見た人の中には、死の影を捉える人もいるかもしれない。けれども、真の世界においては誰だって死の影を背負っているはずだ。赤ちゃんだってそうだ。何歳であろうが、健康であろうが、誰もが明日を知らない。急病も事故もあるのがこの世だ。こういう顔からのみ死を感じるのは、死というものの本質をわかっていない人だ。雄大は「死」と思ってしまう。そう、雄大も死がわかっていない。

「どこだ?」

雄大は尋ねた。どこにだって連れていきたかった。

「床屋なんかさ、ちょっとどうかな、って。俺みたいなハンサムが何か月も床屋をサボるわけにはいかねえんだ」

岩井は、昔から人にものを頼む口が尊大だった。それはむしろ雄大にはありがたい。恐縮されながらの頼み事より、よっぽど良かった。

「ああ、院内にあるよな。一階?　車椅子を使っていいのかな」

雄大が一階で見たような気がする床屋のサインポールのイメージを頭の中にぼんやりと浮かべると、

「俺が乗らないとなあ。車椅子は俺を待っている。廊下にあるんだがなあ」

岩井は入院患者用の氏名入りビニール腕輪がぶかぶかになっている細い腕を伸ばし、廊下を指差した。

雄大が廊下に出ると、ちょうど看護師が通りかかったので、

「あ、先生、これ、使ってもいいですか?」

一応、伺いを立てる。

「岩井さんですね。ええ、もちろん、いいですよ、どちらへお出かけ?」

看護師はやはり雄大の顔を覚えている。岩井への見舞客はほぼ雄大だけなのだ。家族とは捉えられていないから相談や報告はされないが、身の回りの世話をして看護師や看護助手の負担を減らしているということで、好感を持ってもらえているのかもしれなかった。

「床屋へ」

雄大が答えると、

「さっぱりしますね。岩井さん、喜びますね」

看護師はサッと笑顔を作ったあと、ベテランらしいきびきびした動きで去っていった。

車椅子は何回か使ったことがある。食堂の隣のトイレで用を足す際や、一階のコンビニへ買い物に行くときに付き合った。使い方は大体わかる。

岩井のベッドに戻り、肩や腰を支えながら車椅子に移る手伝いをする。おそらく、岩井はこ

れからだんだんと起き上がるのさえ難しくなり、車椅子にも乗れなくなるのだろう、と考えてから、いや、岩井だけでなく、自分だってこれからだんだんと起き上がれなくなるのだ、と気がついて、首を振った。

白い廊下を歩きながら、岩井の後頭部を見る。髪は肩にちょっと触れるくらいまで伸びているが、そこまで見苦しくはない。半分ほどが白髪で、艶がある。若い頃の岩井は音楽をやっていて、長髪だった。小学生の頃は、親に切ってもらっていたのだろうか、おかっぱみたいな髪形だった。

「なあ、俺らが小学生のときは、教育は性別で区切られがちで、俺らの性別に属する子どもはほとんどが黒いランドセルを背負っていたよねえ？　でも、岩井は赤で、個性を出していたよなあ」

雄大は岩井の背中に話しかけた。

「懐かしいな。そんなものを背負った時代もあった。でも急になんだ？　ランドセルなんて、どうして思い出した？」

岩井は前方の床を見つめながら、小さな声で返す。車椅子の位置からは、廊下の窓の風景は見えないようで、ただ、廊下に落ちた四角い光から夏を楽しんでいる。

「あの頃、楽しかったよ。川でザリガニ捕まえたよねえ？」

雄大はまた眼前に昔を見た。岩井とは小学生の頃からの付き合いだ。

「なあ？　でも、あのアメリカザリガニっていうのはさ、今は迷惑な外来種だという見られ方をするようになって嫌われちゃっているらしいぜ」

岩井は寂しそうな口調で言う。

「うん、駆除も進んでいて、もうあの川にはいないんじゃないかなあ」

雄大はそう言って、うなずいた。

「人間こそが外来種だろうに。地球中に蔓延(はびこ)って」

岩井がぽつりとつぶやくとエレベーターホールに着いた。車椅子ユーザー向けに低い位置に浮かぶ空中ディスプレイのタッチパネルのボタンを押し、籠が上がってくるのを待つ。

「……あ、それから、カメね」

雄大は思い出した。

「そう、そう。あれも外来種だよな、ミシシッピアカミミガメ」

岩井も同じ光景を頭に浮かべているようだ。

「うん、学校へ行く前に川に入ってカメを捕まえて、ランドセルに入れて持っていったことがあったよねえ？」

喋っているうちに、どんどん思い出が濃くなる。

「あれはかわいそうなことをしたな。そして、ランドセルの中がひどい匂いになった」

岩井もうなずく。

「カメさ、洗面器に入れて、ちょっと飼ったんだよねえ?」

雄大は思い出し笑いをした。

「いや、本当に、ちょっとだぜ。三日後くらいに、ちゃんと川に返したんだ」

岩井もつられて笑う。

開いたドアを抜け、エレベーターを降りる。

一階の廊下を渡っていく。はたして、クルクルと回るサインポールが見えてくる。

「着いた」

雄大が言うと、

「おう」

岩井がうなずく。客は他におらず、緑色のモヒカンヘアの店主が小さな音でラジオを流しながら新聞を読んでくつろいでいた。

「お願いしまーす」

岩井が、よそいきの低い美声を出すと、

「いらっしゃいませ、こちらへ。お連れ様は、ソファでお待ちになりますか?」

店主はゆっくりと新聞を畳んでから、車椅子ユーザー専用の鏡の前へ岩井を促したあと、ふわりと肩にケープをかける。

「ありがとうございまーす」

相変わらずの美声で礼を言い、鏡の前でにっこり笑う。自分の痩せた顔を真っ正面から見るのは勇気がいるのではないか、と雄大は気を揉んだが、岩井は意外に平然と鏡に向かっている。

「どんな感じがいいですかね？」

店主が尋ねると、
岩井は軽い口調で言った。

「ああ、丸刈りで、お願いしまーす」

ギョッとした雄大は棚から取り出そうとしていた雑誌を落としかけた。そして、岩井の顔をまじまじと見つめた。子ども時代も若い頃も髪は長めだった。中年以降の岩井は前髪をふわりと横に流して耳にかける髪型をしていた。丸刈りどころか短髪も見たことがない。

「いいですね、頭の形がきれいですから」

店主は言って、バリカンを手にする。

岩井はいつも通りの表情で鏡を眺めている。

雄大は、落ちていく髪を深刻な顔で見つめていた。治療の過程で抜け毛が増えていく可能性の考慮、入院中の洗髪の面倒さなどから決めた髪型なのだろう、と推察はできるが、目に涙が溜まってくる。髪型で愛は変わりはしない。だが、自分は長髪の岩井に惹かれていたんだな、とまざまざと自覚した。本人はどうなのだろう。この性別の患者が、髪型の変化でがっくりと力を落とすことは世間には認知されていない。でも、がっくりきてもいいはずだ。いや、岩井の真の心は、いくら雄大でも知りようがない。ただ、少なくとも青年時代の岩井は髪にこだわりを持っていた。金がないときだってトリートメントを欠かさなかったことを知っている。今、岩井は平気な顔をしているが、それはポーカーフェイスを気取っているにすぎず、本当はがっくりきているに違いない、と雄大は岩井の心を想像してしまう。「がっくりきてもいいんだよ」と声をかけたくなる。

数分後には、岩井の頭はかなりコンパクトになった。頭皮と頭蓋骨の間の肉がかなり減っていることもあり、骨の形が視覚に響いてくる。

「さっぱりしました。ありがとうございまーす」

岩井は会計を済ませ、店をあとにする。

「さっぱりしたな。……さっぱりしたな」

雄大は無駄に繰り返した。「がっくりきてもいいんだよ」なんて科白は、やはり言えるわけがなかった。

「そういや、弓香ちゃんは？　元気？」

岩井は突然に尋ねてくる。

「元気でしょうけどもね……」

雄大は口籠もりながら、車椅子を押してエレベーターの籠に乗る。

「弓香ちゃんはなんて言っている？　こんなに雄大を借りてしまっていること」

岩井は空中ディスプレイの階数表示が上がっていくのをじっと眺める。

「うーん、貸しているとは、思っていないよねえ」

雄大は顎をさすった。

「そうだよな、ごめん。その通りだ、俺だって、弓香ちゃんから雄大を借りているなんて思っちゃあ、いない。ともあれ、弓香ちゃんには申し訳ない。申し訳ないなんて考えるのは傲慢だろうし、弓香ちゃんは謝られたくないだろうが、こっちはどうしたってそう思ってしまう。俺は、その思いで、苦しくて」

胸を押さえる仕草をしながら岩井は顔を歪めた。

「うん」

雄大が相槌を打つと、

「でも、口に出して謝るわけにはいかない。俺から謝られたら弓香ちゃんは余計につらいだろう。そんなことをしても俺がすっきりするだけだからな。何も言わずにこのまま逝くのがいいんだろうな」

岩井はそう続け、エレベーターのドアが開くと廊下へ出た。

「俺は、……言ってしまった」

窓から落ちる四角い光の前まで戻ったとき、雄大はつぶやいた。

「言った？」

岩井は四角い光を見つめたまま聞き返す。

「言ってしまったんだよねえ。何もかも」

車椅子を押すのを止め、雄大は立ち止まる。

「何もかも、とは？」

岩井は車椅子のアームレストの上で指を前後に動かす。

「『俺は岩井が好きだ。ずっと好きだった。子どもの頃から、今までずっと。想いも通じている。ただ、時代というものがあった。世間というものもあった。それで、流されてしまった。岩井とは結婚しなかった。難しいと思ったんだ。弓香と結婚したら弓香を幸せにできると思った。そのことを弓香に謝りたいと思ってきた。いつか話したいと考えてきた。ただ、弓香は俺にとって、これまでもこれからもとても大事な人だ。実際、結婚生活は幸せだったし、これからも弓香を幸せにしていきたい。それだけは信じて欲しい。岩井とは一緒に暮らせなくてもいいと思ってきた。けれども今、岩井が治療の難しい病気を患った。だから、今だけ、岩井と過ごしたい。とはいえ、午前中だけだ。期間限定で、且つ、その期間中だって半日しか使わない。それ以外の人生のすべての時間を、弓香に捧げる』。まあ、もう大分前だよ、伝えたのは」

雄大はぼんやりとした口調で、三年ほど前に弓香に向かって放った科白の要約バージョンを話した。

「それで？」

岩井の声は湿り始めた。雄大からはさっぱりとして筋張った後頭部しか見えず、どのような表情かわからない。

「この年齢になって改まって妻に話すようなことってほとんどないだろ。だから、真面目な顔をして向かい合うのがつらかった」

そのときの状況を思い出しながら雄大は喋る。

「いや、『雰囲気が苦しい』とか『俺のキャラが』とかそういうのじゃなくてだなあ」

「うん」

「なんて言っていた?」

岩井は恐れのようなものを声に滲ませている。

「『離れたい』って」

雄大は片方の手をハンドルから離し、手のひらを返してじっと見つめる。弓香からもらった儚い言葉を再び手のひらに載せた。

「え? 『離れたい』って? ということは、今は、別居しているのか? まさか、離婚するのか? それで?」

岩井は続きを促す。

「消えてしまった」

雄大は窓を見上げた。昼が近づき、窓は力強い四角になっている。

「ああ」

岩井はため息をついたあと、もやもやと口の中でこちらには聞こえない言葉を転がした。

「そんなわけで、この三年ほどひとり暮らししているんだよねえ」

言ってしまえば体が軽くなった。いちいち岩井に伝えることではないと思っていたが、ずっと話したかったのかもしれない。ちょっと喋っただけで、悩みが入ったバッグの持ち手のひとつを岩井に渡したような気持ちになれた。半分持って欲しい。雄大はすぐにこういうことを思ってしまうのだった。

「ああ、そうかあ……。どうも変だ、何かおかしい、とは、なんとなく感じていたんだ。それなのに、状況を知るのが怖くて、そしてなんだかんだ言って毎日雄大が来てくれるのが嬉しくて、見舞いが途絶えるのが嫌で、ここのところ弓香ちゃんの話題を振らないでいた、俺が悪い」

岩井は節くれ立った指を額に当てた。

「離婚……したいのかなあ？」

他人事のように喋ってみる。

「……雄大は？」

恐る恐るという感じで岩井が尋ねてくる。

「俺は、……うーん。離婚だなんてことを弓香が考えるとは予想していなかった。消えるなんて、あり得ないと思っていた。だって、面倒だろ。離婚だって、別居だって、手続きも作業も大変なんだ。周囲への挨拶や説明も、荷物の整理や運搬だって煩わしい。加齢で体力もがくんと落ちているんだ。とてもじゃないが、こなせないよ。俺だって弓香だってこの先何年生きるかわからないんだから、面倒なことは避けて、なあなあに暮らしていけばいいじゃないか。弓香だって、そう思っていたはずだよ。もともと愛だ恋だで結婚を決めたわけじゃないし、暮らしの中でもそんな雰囲気が漂ったことなんてなかったんだ。弓香の方だって、俺に愛だの恋だのではなくて、子どもを安全に育む環境を求めていただけだったと思うよ。子どもが生まれてからは子育てのために同居したわけで、それが失敗してからも、とりあえず一緒にいて。一緒にいた方が経済的だしね。それを今さら。もちろん、岩井の話をするからには誠心誠意謝るつもりだった。だけどさ、離婚だとか、別居だとか、そういうことにつながるイメージは全然持っていなかった。俺の予想としては、弓香は『ああ、そう』と興味なさそうに流すか、そうじゃなかったら、『私は多様な性別を理解しているし、偏見はないから』と理解者っぽいことを言うか、あるいは俺が思っているよりも弓香が優しい人なのだったら『話してくれてありがとう。そして、そんな思いを抱えながらも私と長く一緒にいてくれたことに感謝するね。これまで言えなくて、つらかったでしょう？　せめて今だけは、岩井さんのために側にいてあげて』と許してくれるか、そんなところだろうと予想していた。弓香が消えたのは想定外だったから、もう先のことは何もわからない。未来のことは考えたくない。今は岩井のことだけを考えていたい」

雄大は滔々と喋った。岩井の病を知って、この三年ほど、入退院を繰り返しながら少しずつ体力を落としていく岩井に寄り沿うのは、つらくもあったが、甘い味に満ちた日々だった。

「なあなあで暮らしていきたいのなら、黙っていれば良かったんだ。俺とのことは、俺と雄大の間だけにあるものだし、誰にも伝える必要なんてなかったんだ。そもそも俺はもうすぐいなくなるんだから、時間が解決してくれるんだ」

岩井はゆっくりと首を振った。

「……いや、……いなくなることはないんだ……」

雄大は考え考え話す。

「いなくなるよ、あはは。何で弓香ちゃんに伝えたんだ？　楽になりたかったんだろ？　自分だけ、あっはは」

岩井は乾いた声で笑い始めた。

「うーん」

雄大は頰に手を当てた。

「あのさ、『消えた』わけじゃないよな？」

岩井が指摘した。

「え？」

「生きている人間は消えない。質量保存の法則がある。弓香ちゃんは消えていない。消えたなんて言うなよ、失礼だろ。アメリカ大陸『発見』みたいに失礼だよ、それ。消えたんじゃない、別のところへ移動したから、雄大からは見えなくなっただけだ。弓香ちゃんは、雄大から離れたくなって、遠くへ行っただけだよ」

「うーん」

「いいのか？」

「え？」

「挨拶しに行ったら？」

「挨拶ったって、今さら、そんな……」

雄大がもごもごと言葉を濁すと、

「雄大が落ち着いているということは、弓香ちゃんが生きているってことはわかっているんだろ？」

岩井はさらに鋭い視線を送ってきた。

「塔子は所在を知っているらしい。……えっと、塔子ってのは二人目の子ね」

雄大は肩をすくめた。

「知ってるよ、塔子さん。小学生の頃の顔しか覚えていないけれど」

岩井は目を瞑(つぶ)った。

「塔子と弓香は連絡を取り合っているようだよ。塔子が俺にメッセージをくれた。『弓香さんは元気にしている。でも連絡先は教えられない。今後のことは弓香さんが決めるからそれまではそっとしておいて』って。しかも、塔子も俺とはメッセージのやりとりだけで精一杯だそうで、会いたくはないんだと。つまり、塔子も弓香の味方で、俺はひとりぼっちになった」

雄大はひと通り説明した。

岩井は尋ねた。

「もうひとりの子は？　一人目の子。そりゃ、いろいろあったのは聞いているけれど……」

「博士な。……わからないんだ。便りがないのは良い便りとは言うけれど」

雄大は首を振った。

「そうか。でも、ひとりぼっちではない。俺というものがいる。まあ、今だけだがな」

岩井はニヤリと口角を上げた。

「ああ、うん。……いや、今だけじゃない」

雄大は苦笑いした。

「まあ、とにかく、弓香ちゃんも二人の子どもも、雄大には関わらないが元気ではある」

岩井は腕を組んだ。

「そして、少なくとも、俺を気持ち悪いとは思っていないらしい」

雄大は付け加えた。

「気持ち悪い？」

岩井は怪訝な顔をする。

「昔は性的少数者への差別があっただろ」

「ああ、大昔」

「いや今だって根強く残ってる。だからさ、そういうことを思われるんじゃないかな、って心配はあったわけ。子どもから『雄大さんって気持ち悪い』って言われるんじゃないかな、と憂慮していたわけ。あ、俺は子どもから雄大さんって呼ばれているんだ。とにかく、『気持ち悪い』って言われるかもと覚悟していたわけ。けれどもそれはきっぱりと否定された。『まったく気持ち悪くない。むしろ、応援している。自分らしく生きる方がいいに決まっている。こうなったからには、岩井さんをちゃんと愛して、雄大さんは雄大さんらしい人生をまっとうして欲しい。ただ、弓香さんにも人生があるから、弓香さんのことはしばらく放っといたらいい』と。あ、俺のところの子どもたち、俺ら親のことを名前で呼ぶんだよ。弓香のことも弓香さん。ちょっと親を軽く見過ぎだよなあ」

雄大は塔子からのメッセージの文面を思い出しながら喋った。

「そうか」

「もっと相手してやれば良かったのかな」

「いや、相手して欲しかったわけじゃねえだろ。『相手してやれば』って雄大のほうこそあまりに上から目線で軽く見てるじゃねえか。もっと平べったく見なよ。対等ってことだよ。家族って、放っといたっていいんだよ、対等に見てるんなら。相手が未成年だったら駄目だけどさ、大人の家族だったら、理解し合わなくても、一緒に過ごさなくてもいいんだ。ただ、相手が対等な人間だってことはわかっていないとな。家族といえども人間だから」

岩井が訓戒めいたことを言ってきた。

「家族がいない岩井によくわかるな」

アドヴァイスされることが好きではない雄大は少々むっとして、意地悪なことを言ってしまった。

「いないからこそわかるんだよ」

岩井はからりと返す。

「あら、岩井さん、さっぱりしましたねえ」

先ほど車椅子を借りるときに話をした看護師が向こうから早足で歩いてくる。

「ええ、いいでしょう」

岩井はゆっくりと手をあげて、後頭部を撫でた。

「いいですねえ、いいお友だちがいらっしゃって、よかったですねえ」

看護師はうなずいてにっこりし、ナースステーションへ去った。

三〇五の部屋のベッドに岩井が戻るのを手伝ったあと、廊下の元の場所へ車椅子を返す。雄大が戻ってきて、パイプ椅子をベッド横に広げていると、

「いつかランドセルをもう一度背負ってみたいな。まだ押し入れにあるはずなんだ」

岩井はサイドテーブルを引き寄せながらつぶやいた。

「相変わらず物持ちいいな。しかし、大人が背負えるもんか？　五年生の頃にはもう、ランドセルを小さく感じていた覚えがあるけどなあ」

雄大はぼんやりと答えた。

「俺は今は縮んでいるから、背負える可能性がある。今、何キロなんだろう。小学生時分に戻ったくらい軽い気がするんだ」

岩井は削げた頬を撫でる。

「いやあ、そうは言っても、岩井は骨太だから、どうだろうな？　肩幅はあるからな」

雄大は岩井の肩を見た。

「肉は落ちても骨はある。焼かれた後、『立派なお骨ですね』って無駄な褒め言葉を葬儀屋からもらうために」

「定型の科白だから、それくらいは聞いてやれよ」

「聞くよ。骨壺の中で。俺、骨でかいから骨壺に全部入るかな？　砕いてぎゅうぎゅう押してくれるか」

岩井は自身の骨壺を夢想する。

「ああ、はい、はい」

雄大は適当にうなずいた。

「おっと、こういう話は小声でないとな」

岩井は同室の人たちへの配慮を思い出して声を落とした。

「一方、俺のランドセルは、もう手元にない。確か卒業後に海外のNPO法人に寄付したんだ。カバンがなくて学校に通えていない子どもにきれいにしてから贈る、って聞いていたけど、そういうの、本当に喜んでもらえたのかなあ？　今となっては申し訳ないよ。日本に住んでいる俺の家では、弟に新品を用意したんだ」

雄大は過去を悔恨した。

「俺はさ、卒業式のあと、ランドセルに宝物を入れた。そうしてそのまま、押し入れに仕舞ってある」

岩井はそんなことを言う。

「宝物？　何さ？」

雄大は尋ねてみた。

「あっはは」

岩井は首を振って教えてくれない。

子どもの頃の岩井の家と雄大の家の間は歩いて七、八分の距離だった。

雄大たちが小学生になる年にこの辺りが開発されて新興住宅地ができ、雄大はその一角にある新築二階建ての家に越してきた。岩井との付き合いはそのときに始まった。

岩井の家は新興住宅地ではなく、川沿いの土地にポツンと建っていた。屋根も壁もトタン製だった。赤や青のトタンがパッチワークのように組み合わされて作られているのが大型ロボットのようでかっこ良かった。岩井は得意げに「親が作った」と言っていた。岩井はここで生まれたらしい。部屋は二間しかなく、部屋を区切っている壁には岩井の親が間違ってなぐって空けたという穴があったため隣の部屋が覗けて面白かった。穴を空けた親はあまり家にいなかったが、岩井にはもうひとり親がいた。隣の部屋には大抵、そのもうひとりの親がいて、ブラインドを組み立てる内職をしていた。雄大と岩井は交代でその穴を覗いた。親は紐にブラインドの細長い板をすうっ、すうっと通していく作業を繰り返していた。紐の切れ端や、余った部品を親がくれるので、雄大と岩井はそれで工作をした。ごくたまに、年の離れた岩井の上のきょうだいが、親の内職を手伝っているときもあった。岩井のきょうだいがおやつどきに雄大と岩井にパンの耳を油で揚げた菓子を作ってくれたことが何度かあった。岩井のきょうだいはジャムの空き瓶に、川沿いで摘んだ野の花を飾るのが趣味だったようで、窓際ではいつも、季節の雑草が儚げに揺れていた。雄大はそれを知ってから、摘んだ雑草をお土産に持って岩井の家に遊びに行くようになった。

岩井の家にはインターフォンなんてないので、遊びに行ったら、

「いーわーいーくん、あーそーぼ」

ドアの前で大声で呼ぶ。

「ふっ。雄大か、よく来たな」

岩井はいつも尊大な態度でドアを開けた。

段ボールや空き缶などのゴミを集めてボンドでくっ付け、アクリル絵の具で色をつけるような工作遊びをよくやった。ほつれのあるカーテンから差し込む淡い光を浴びながら、狭い部屋を工夫して空間を作り、黙々と「作品」を制作した。「作品」は、ゲーム機、パソコン、スマートフォン、ロボット、マーズ・ローバー、宇宙ステーション、ロケット、飛行機、リニアモーターカー、車、舟、といったものだった。天気の良い日は川へ行き、「作品」の舟を浮かべることもあった。あるいは、ザリガニや川海老(えび)や小魚を釣る。虫捕りもしたし、探検ごっこもした。遊びはいくらでも思いついた。


気がつくと、雄大はトタンのドアの前に立っていた。あれ、岩井は病院にいたはずだが帰ってこられたのか？　いや、そもそも岩井はもうこの家には住んでいないはずだ。今は、ミュージシャン時代に一発当てて購入した一戸建てに住んでいる。おかしいな、おかしいな、と不思議がりつつ、

「いーわーいー、げーんきかー？」

言い慣れた科白を久々に叫んだ。

「ふっ。元気ならこんなところにはいない」

岩井の声がドアの向こうから聞こえてきた。

「え？　元気じゃないの？」

雄大が聞き返すと、

「開けていいよ」

岩井の声が再び聞こえる。

「よう、岩井」

それでいつものごとく、雄大が木切れのドアノブに手をかけてドアを開けると、

「おう」

岩井は丸刈りの顔で笑い、細い腕でボタンを押して電動車椅子で出てきた。

「あー、歩けないもんなあ」

思わず、見たままの感想を言ってしまった。

「そりゃあそうだよ、俺がなんの病を患ってるかわかっているか？」

岩井は動じずに電動車椅子でグイーンと進んでくる。この家は構造がフラットで、車椅子移動の障害になる段差が少なくていいなあ、と雄大はぼんやり思った。

「うん、わかっている。じゃあ、川には行けないよねえ？」

部屋にお邪魔しようかな、と雄大が靴を脱ぎかけると、

「行けるよ、車椅子で、ゴー！」

岩井はすごいスピードで電動車椅子を動かしてドアを抜け、河岸へ向かう。雄大も走って追いかけた。

外はひどく寒い。空気が乾いている。ああ、そうか、今は冬なんだっけ？

「ヒッヒッ」

とルリビタキの声。

「ケラララ」

とアオゲラの声。

「ああ、いい川だ」

岩井が木々を見上げた。

「ああ、いい川だ」

雄大も真似して見上げた。

「この川は俺だ」

岩井が突然に叫んだ。

「俺だってこの川だ」

雄大も負けじと大声を出した。

「俺はすべてなんだ。この空も全部が俺なんだ」

岩井は空を右手で指差した。

「それなら、宇宙だって俺だ」

負けじと雄大も言い、宇宙に向かって手を広げた。

「家が小さくたって、なんにもつらくない。だって、この見える景色、全部が俺の家だって思えばいいだけなんだから。見ただけで自分のものになるんだ。俺の目はそういう目なんだ」

岩井は手を広げると、上下左右にゆっくりと頭を動かして周りを眺めた。そのあと車椅子から立ち上がり、一歩を踏み出した。

「え？　あれ？　やっぱり、歩けるのか？」

雄大が驚くと、

「そうだな、歩こうと思ったら歩けたな。あきらめるな！」

岩井は七歩ほど進んでから振り返り、左手で地面を指差すと、ニヤリと笑った。

「え？　『あきらめるな』？」

雄大はびっくりした。冬の河岸は雑草が少なく、乾いた土を踏むことになる。

「自分がそれっぽっちの小さい存在だとあきらめるな。どこまでだって行けるんだ。やりたいことは、なんだってできる。俺は火星まで歩くつもりだ」

岩井は歩くのがどんどんうまくなっていく。すたすたと足を動かす。

「待ってよ。俺も散歩するよ」

思った以上の早足に驚き、雄大は焦って追いかけた。冬は川の水位が下がる。岩の小島があちらこちらで顔を出していて、そこに大きなアオサギが一羽とまり、じっと川面を見つめている。

「一緒に散歩しよう。今日の遊びは散歩だ」

岩井は雄大に向かって手を伸ばしてきた。

「ああ」

うなずいて、雄大は岩井の手を取った。こっそりと手を握り合ったり、隠れて体に触れ合ったりしたことはあるが、外で堂々と手をつなぐのは初めてだ。

「いいか？　忘れるな。一緒に散歩することをあきらめるな。『散歩』とは足で歩くことを指す言葉ではない。『一緒に』とは手をつなぐことではない。あきらめるな、そうすれば登山だってできる」

岩井はえらそうに訓戒めいたことを喋る。

「『あきらめるな』？　『登山』？」

雄大は懐疑的に復唱した。

「うん」

「そうだろうか……」

自分の足元を見た。理由はわからないが、雄大は登山靴を履いていた。

「飛べ」

岩井が急に叫んだ。

「え？」

雄大は顔を上げた。

「あきらめるな、飛ぼうと思ってごらん」

軽い声で喋る岩井に、

「何を言ってるんだよ」

雄大が苦笑すると、

「俺は、『俺は飛べる』と思うことができる」

岩井は地面を蹴り、ふわりと一、二センチ、宙に浮いた。

「お、おい。嘘だろ」

雄大は岩井の足と地面の間にある隙間を見つめた。踏まれていない雑草が葉っぱを広げている。ロゼットになったオオバコやタンポポだ。

「思ってごらん」

岩井は繰り返す。

「あり得ないよ」

首を振って雄大は地面を見つめ続けた。

「どうして？　飛んだことがないから？」

岩井は雄大の顔を覗き込む。

「俺を何歳だと思ってるんだ。三年後には後期成熟者になるんだぞ。いろいろな経験が山ほどあるんだ。人生を知っているんだ。俺は人に教えられるが、教えてもらう必要はない。俺には飛んだ経験はない。飛んだ人を見た経験もない。だから、飛べない」

雄大はもう一度首を振った。

「あっはは。今、飛んでいる人を見ているだろ」

岩井は雄大を笑い飛ばして、宙でくるりと回ってみせた。

「……そうだな」

雄大は岩井の足元の隙間をしみじみと眺めた。

「復唱しろ。『あきらめる』」

「え？　『あきらめる』」

「そうだ。まずは、あきらめる。あきらめることで、あきらめきれないことが始まる。そこから始まるんだ」

「『あきらめる』それから『あきらめない』」

「そうだ」

「……飛べる。俺だって、飛べる」

「飛べるぞ」

岩井が言った瞬間、

「あ、飛べた」

雄大の足も一、二センチ宙に浮いた。靴の厚い底が、空を蹴る。

「もっと高みを目指そう」

岩井はもう、地面から三十センチほど浮いて、腰を曲げて雄大の手を引っ張っている。

「高み……」

雄大は視線を下げた。すると、ツイーッと川面を横切る青い線が視界に入った。

「カワセミだぞ」

岩井も目で追っている。小鳥は、スー、スー、と木々の間を抜けていく。

「ああ、カワセミだ。岩井と見たかったんだよ。見られる喜びを分かち合いたかったんだ」

「追いかけよう」

「行こう」

雄大は体を横にして、飛びやすい体勢を作った。

「実はな、俺はカワセミでもあるんだ。ふっふっふ」

ものすごいスピードで飛びながら、岩井が笑う。

「俺だってカワセミだ」

つられて雄大もスピードを出すことができ、すると岩井カワセミの姿が視野に入った。大きくて尖（とが）ったクチバシをまっすぐに前に向けていて、リニアモーターカーのように美しい流線形の横顔だ。

「火星を目指すぞ」

岩井はまっすぐ前を見ている。

「こんなのを見ていると、いつまでだって生きていけるような気がしてくる」

雄大は見惚れてため息をついた。

「そうだ。俺らは長生きできる」

岩井はうなずくと、高度を上げた。

「もっと高く飛べるんだろうか？」

雄大が不安げに空を見上げると、

「飛べるさ、さあ、高く、高く」

岩井が手を引っ張る。だんだんと川の全貌が見えてくる。隣の市から流れてきているところがわかり、さらに上がると隣の県の山から湧き出た水が川となり、だんだんと太くなり、やがては反対側の隣県の海へと行き着くことがわかる。

ふっと岩井が足を止め、鳥がするホバリングのように右手をばたばたして空中にとどまった。

「どうした?」

雄大がいぶかしむと、

「ほら、あれ。ぶつからないように気をつけないと」

「あ、あれは?」

「飛行機だ」

岩井が堂々とそう言った。

「俺らが作った飛行機だよなあ?」

雄大は見覚えのある形に驚愕(きょうがく)した。

「段ボールで制作した飛行機だ。良かった、飛んでいるなあ」

岩井は満足げだ。

「良かったなあ」

雄大も思わず頬が緩んだ。

「ああ、空中で言うことでもないが、雄大、どうもありがとう」

岩井が急に雄大の両手を握った。

「何がだ」

突然の礼にびっくりして雄大は背中を反らせてしまった。

「いやあ、これまで、子ども時代も、若い頃も、年取ってからも、雄大がいたおかげでなんて楽しかったんだろう。素晴らしい人生だった。ありがとう、雄大」

いつもは尊大な岩井がめずらしく頭を下げる。

「……不思議だなあ」

どぎまぎした雄大は話を逸らそうとし、自身の体の感覚を改めて捉え直した。冬の河岸は肌寒く、高度を上げたらもっと寒くなるはずなのに、今、雄大は暑くも寒くもない。結構な運動をしているのに汗ばんでもいない。それどころか、空気が薄くなっているはずなのに、息苦しくもない。

「この石をあげよう」

岩井が自身の尻ポケットから何かを取り出し、雄大の手に握らせた。

「あ、これ、宝物のおにぎり石」

そうっと開いた手の中を見て、雄大の胸は懐かしさでいっぱいになった。小学生の頃の岩井が川の中で拾って以来大事にしていた石だ。角が丸い三角の形をした石で、全体的に白っぽいものだから、おにぎり石という愛称で呼んでいた。学校に持っていき、授業中に机の上に置いて愛でていたところ、それを教師に見咎められて「勉強に関係のないものを持ってきてはいけません」と没収されたこともあった。返してもらうために謝ると岩井が言うので、雄大はその謝罪に付き添って職員室まで行き、ドアの前で待っていた。「ごめんなさい。もう二度と教室に石を持ってきません」と岩井が謝る声が聞こえ、石は返却してもらえたようだ。しかし、岩井はその後のスクールライフも、おにぎり石をこっそり筆箱に入れて過ごしていた。ただ、筆箱の隠しポケットの中に入れていて、教師にはもちろん、他の児童にも、雄大にさえも、そのおにぎり石を見せることはなかった。

「それを握っていれば、宇宙空間でも平気で過ごせる。筋力は落ちないし、息もできる。電磁波が飛び交うところでも生きていける。暗黒物質も怖くない」

岩井は雄大の手の中を指差す。

「本当にそんなことができる?」

雄大はおにぎり石をぎゅっと握った。

「オーロラまで飛んでみよう。ラップランド上空まで行くぞ」

岩井は雄大の手を握ったまま、スピードを上げた。

「行こう」

雄大は引っ張られるままに、長距離飛行を続けた。

ゆらめく緑色のカーテンが見えてきた。オーロラだ。一生に一度は見てみたい、もしも見られたらこの人生を生きて良かったと思えるだろう、と長年思い続けながらも、もう見られない人生になるだろう、と半ばあきらめていた。

「ああ、昔に雑誌で見た写真の通りだ」

岩井は感慨深げにつぶやいた。

「本当だ。岩井とこうして見られるなんてなあ」

雄大は岩井の手をぎゅっと握った。

「中に入ろう」

岩井は雄大の手を引っ張ってオーロラの中へ入った。おにぎり石のおかげで、どんな空でも、体も頭も健やかだった。

「言葉にならないよ。夢見るような景色だ」

雄大はため息をついた。

「さらに旅を続けよう。宇宙へ出るんだ」

岩井はまた雄大の手を引っ張ってオーロラから抜け出し、さらに上を指差す。

「それ、いいな。火星まで行って、子どもの頃に『制作』したマーズ・ローバーを乗り回そうぜ」

雄大は二人で作ったマーズ・ローバーを思い出した。段ボールで作った火星探査車だ。どこまでも行けそうだ。

けれども次の瞬間、雄大は自分の布団の中で横になっていた。次第に覚醒していく。ああ、やっぱり夢か。まだあの夢の中にいたかった、という残念な気持ちと同時に、「醒(さ)めて良かった。夢で良かった」という妙な感情も湧いてきた。

あれが現実だったらむしろつらかった、そんなふうにも思える。そういえば、今日は疲れて昼寝をしたのだった。雄大はあきらめて布団を抜け、日課の「孤独散歩」へ出かけることにした。

Tシャツの上にベストを羽織り、スニーカーを履いて外に出る。むっとした蒸し暑さが肌に張り付く。セミの声が耳に当たるかのようにうるさい。

足は重かった。だが、これでいいのだ。あきらめなくても、あきらめても、大した違いはないのかもしれない。一歩、また一歩と歩みを進め、散歩をこなす。日が暮れ、その日は誰にも会うことなく、帰途に就く。

日曜日の昼前、秋晴れの透明な空から光が落ちてきて道路が輝く。雄大は、そのきらきらを踏みながら散歩とは違う歩き方をする。

駅前のホテルに入り、エレベーターで上昇する。最上階の中華レストランで名乗ると、

「窓際の席をご用意しています。足元にお気をつけください」

ステップを手で示しながらスタッフがフロアへ移動を促す。このところはフレイルで足がふらつきがちだ。注意深く足を動かす。レストランの片側の壁は全面が窓になっていて、遠くまで景色が見える。上には高い空、右下には青い山々、左下にはビル群。天国に似たような景色だ。雄大は、チェーン店の牛丼やラーメンはたまに食べるが、高価な外食は随分と長い間口に

していなかった。欲してもいない。今日は指定されたので来ただけで、別段、中華を食べたい気持ちはない。だが、景色は欲していた気がする。夢で空を飛んだときに見た景色の方が美しかった。だが、「本当にある」という感覚には夢とはまた別の面白さがあり、生きていて良かったなという思いを現実感はくれる。誰に置いていかれようと、胸に太い杭が刺さったような痛みが続こうと、自分が生き残っていることを肯定したい。なぜなら、景色が見られるから。

ソファに座って三分もしないうちに塔子がスタスタと近づいてくる。

「よう」

塔子が片手を挙げる。

「久しぶりだな」

雄大も片手を挙げ、背もたれに深く背中を預ける。会う前は緊張していたが、会ってしまえば見慣れた顔だ。

「時間を作ってもらって、悪かったね」

塔子は雄大の向かいの椅子に腰掛けた。髪型や服は記憶にある雰囲気とまったく違うが、顔立ちは赤ちゃんだった頃の造形のまま老化しているだけだ。塔子の顔に目をやるといつも、生まれたときの新鮮な顔や、小学生時代の甘えた顔、高校時代の暗い顔などが重なって見える。

「いやいや、俺はもう働いていないからね、毎日散歩しているだけだ。塔子だろう、時間を作ったのは」

雄大は顔の前で大きく手を振って否定した。

「働いていなくても、時間は作るものでしょう。散歩だって大事だし、仕事じゃなくても日課はいろいろあるでしょう」

塔子は荷物籠にリュックを入れながら、にっこりと笑う。

「久しぶりだな」

同じことをもう一度雄大が挨拶すると、

「ごめん。会いたくなかったわけじゃなくて、会うと余計なことを喋っちゃいそうだったから、すべて決まったあとに会った方がいいと思ったんだよ、弓香さんのために」

塔子は言い訳めいたことを言う。

「ああ、そうか。改めて思い出せば『会いたくない』と言われたわけじゃなかった」

雄大は水が入ったグラスの横に付いている水滴で爪を濡らした。

「言ってないよ。というか、書いてないよ。……この半年ほどＳＮＳしかしていなかったもんね」

「ＳＮＳは難しいな。読むとき、こっちの不安とか期待とかを上乗せして読解しちゃうから」

「あー、私のせいだね。『しばらくはＳＮＳだけでやりとりしたい』って、私、雄大さんに向けて書いたな。そんな文面、『会いたくない』に相手の脳内で変換されるよね、ごめん。もっと配慮すれば良かった」

塔子は肩をすくめる。

「お飲み物はいかがなさいますか?」

スタッフがテーブルの側にやって来た。

「飲んじゃおうか?」

塔子が雄大に聞くので、

「飲むか」

雄大が賛同すると、

「ここは私が払うからさ」

塔子はテーブルを指差した。

「そうか」

雄大は軽く聞き流した。

「瓶ビールを、グラス二つでお願いします」

注文するために横を向く塔子は、妙な形のギターと何種類もの虹色の旗のイラストがプリントされた半袖Tシャツを着ている。旗のイラストは塔子の大きな腹によって歪んでいる。ぱんぱんに布が伸びた袖からは、たくましい二の腕が出ている。もう秋とはいえ、このような天気の日は半袖でも大丈夫なのだろう。雄大は長袖だが、店内を見回せばスタッフや客たちの八割は半袖だ。

「かしこまりました。お食事ももうお持ちしてよろしいですか?」

スタッフが言う。

「お願いします。……予約したときにランチコースを頼んじゃったけど、いいよね? あ、富士山が見える」

スタッフが厨房へ引っ込んでしまってから、塔子は雄大に注文を確認し、それから窓の向こうに視線をやった。

「ああ、あれは富士山だねえ」

山並みの中に、見慣れた台形がある。角度が唯一無二だから、誰が見ても富士山だ。ここは富士山に近い土地ではないが、高台からは見える。とはいえ、いつも見えるわけではない。晴れて空気が透き通った日だけだ。

「お待たせしました」

スタッフがビールを運んでくる。

「ありがとうございます」

塔子は瓶とグラスを受け取り、ビールを注ぐ。

「乾杯は言わなくていいか?」

雄大が黙ってグラスに口を付けると、

「そうだね」

塔子もうなずき、ひと口飲む。ビールの泡がうろこ雲のような模様をグラスに付ける。

「そういうスリッパみたいな靴は良くないねえ。かかとが高い靴が良い靴だ。教えてあげよう。『靴だけは良いものを履くべきだ』。社会的マナーとして」

出だしの話題がうまく思いつかなかった雄大は、とりあえず塔子の足元を見て成熟者からのアドヴァイスを垂れた。ぺたんこの靴を履いていては社会活動に支障があるだろう。

「これ、かかとは低いけれど、素晴らしい靴なんだよ。これ、私の好きな『良い靴』だよ。教えてあげる。自分が気に入っている靴が『良い靴』なんだ。他の人に認めてもらう必要はない」

塔子はカラカラと笑った。

「靴にはマナーがある」

雄大はいぶかしみながらそのペラペラの靴を見た。

「あのさ、人の靴を良いの悪いのジャッジする方がマナー違反になるという自覚はない？」

塔子は笑い続けながら指摘してきた。

「いやいや、塔子は人じゃなくてさ、子どもだろ。こんなことを言ってくれるのは親だけだぞ」

雄大も笑った。

「いやいやいや、私も人だよ。しかも、実は、もう社会人なんだよね」

塔子は自分で自分のグラスにビールを注いだ。

「そうか、大学にずっといても社会人なのか。しかし、そのTシャツもどうだろうな？　よく知らないけど、フェスとかマーチのようなときに着ていくものなんだろ？　まさか仕事に着ていっていないだろうねえ？」

雄大は靴の話を止めてＴシャツに話を移してみた。

「着ていっているよ。私の仕事は服装自由なんだ。学生にはウケがいいよ」

そう言いながら塔子は自身の後頭部を撫でた。雄大には馴染みが薄いがツーブロックというヘアスタイルで、頭の下半分は刈り上げられている。その髪型も雄大には不遜に見えた。

「塔子は見た目を変えた方がいいな。目上の人を意識した見た目をしないと。仕事の場では主義主張や政治的意見は控えた方がいい。社会人なんだから」

雄大はアドヴァイスを続けた。

「いやいや、目上の人のために仕事しているわけじゃないから。私は仕事でもどこでも主義主張を通す。私は家でも大学でも病院でもレストランでも美術館でも政治的に存在するよ」

塔子はまだ笑って、へらへらと返してくる。

「バッグに付けているそのピンバッジも外せ。なんとか『ウォッシュ』だと思われるぞ」

雄大は、塔子のバッグにある虹色の無限大マークやピンク色のリボンを指差した。

「『ウォッシュ』っていうのは、見せかけだけで何もしていない人を批判する言葉でしょ？私はちゃんと考えを持っているし、行動もしているから」

「……しかし、博士と名付けたほうはふらふらしていて、塔子が博士になるとはなあ」

雄大がしみじみしていると、

「お待たせしました、前菜でございます」

スタッフが前菜三点を少量ずつ盛った皿を運んできた。

「いただきます」

「いただきまーす」

「そういえば、俺が住んでいるマンションに塔子と同じぐらいの年の人がいるんだけど、もうちょっと年齢に合った服や髪型をしているなあ」

ピータン豆腐に箸を付け、雄大は次にそんな雑談を提供した。

「ふうん、交流があるの？」

塔子はぱくぱくときゅうりとミントのサラダを食べている。

「最近、ちょっと仲良くなってさ」

雄大は得意げに言った。塔子ぐらいの年齢の人に俺は詳しいんだぞ、と伝えることは塔子に好感を持ってもらえることにつながる気がした。だが、

「ふうん」

塔子は関心なさそうにサラダを食べ続ける。

「お待たせしました。本日の湯でございます」

スタッフが小椀をそれぞれの前に置いた。このスタッフは姿勢がよく声の通りも良いが、見

た目は雄大と同じくらいの成熟者に見える。

「その人は子どもと一緒に住んでいるなあ。その子は来年に小学生になるんだって」

「そうかあ」

「いや、子どもはいてもいなくてもいいんだよ。いない人生もいいよな。塔子は塔子らしく人生を築いたらいいんだよ」

雄大は青菜のスープを掬(すく)いながら寛容な親というアピールをしてみた。

「うん、うん」

塔子は意に介さずにただ頭を動かす。

「俺はな、孫よりも、子どもの方が大事なんだ。孫に会えなくっても、子どもに会えれば嬉しいんだ」

雄大は真面目な顔で言った。これは実に本心だった。

「子どもって、私？」

塔子はニヤニヤしながら首を傾げる。

「そうだよ」

雄大は肯定した。

「まあ、それは置いておいて。……その人、私と同年代でも、私とはまったく関係ないからね。その人のこと、子どものように思ったら駄目だからね。相手の年齢や性別を見て自分の家族のカテゴリーに当てはめて接するのは失礼だよ。わかってる？　年齢だの性別だの国籍だのといった属性で人との付き合い方を変えたらいけないんだよー」

塔子はえらそうな顔をしてアドヴァイスしてきた。

「わかってるよ。また、親に向かって教え口調をしやがって。気をつけろよ。そんなふうに喋っていると世間から嫌われるぞ」

雄大は青菜のスープを掬い続けた。

「あはは。『世間』ね。私は気にならないけど」

塔子はニヤニヤする。

「お待たせしました。本日のメイン料理、油淋鶏（ユーリンチー）でございます」

スタッフが小さな唐揚げが二つ載った皿をことんことんと雄大と塔子の前に置いた。

「今日は私がおごるからね」

塔子は油淋鶏に箸をのばした。

「どうしてもう一回言ったんだ？」

雄大も油淋鶏をかじった。

「いやあ、ひと言、『ごちそうさま』とか『ありがとう』とか言ってもらえたら、ちょっと嬉しいかな、って思ったからさ。雄大さん、挨拶の練習をしたら？」

塔子は真面目な顔で言った。

「うーん、でもさ、稼げるようになったのは親のおかげだな、ってのは思わないか？　大学の学費、すごかったんだよなあ。勉強できたお陰で今があるとは思わないのかなあ？　親に恩返しするのは当然、とちょっとも思わないわけ？」

雄大は言ってみた。

「うん、うん。ありがとう。ローンを組んで学費を工面するのに苦労したことは忘れられない。それじゃあ、仕送り続けるね。そうして、この先にもしも雄大さんが病気になったら、私が入院費も医療費も払ってあげるね」

塔子は悟りきった顔でにっこりした。

「俺はさ、塔子の教育をがんばったんだよ。小学生の頃から学習塾に行って、習い事もたくさんして、通信教育もやって、高校は私立でも許してやって、予備校も教育ローンで行かせてやって、おかげで国立大に入れたんだろうが」

雄大が滔々と喋ると、

「許す？　あはは。ありがとう」

塔子はまた適当にうなずいてきた。

「高校時代は大変だったよなあ。塔子が起きられなくて毎朝遅刻しそうになるから、俺が車で駅まで送っていったなあ。あの頃、塔子がずっと暗い顔していて、世間では塔子と同じ世代の人が起こした凶悪事件が連日報道されていたから、塔子もそういう事件をいつか起こすんじゃないかと心配で心配で。犯罪者にならずに大人になってくれたらそれだけでいいと思っていたんだけれど、なんとか大学入って、そのまま研究職に就いてくれたから、俺は周りの人に顔が立ったよ」

雄大は二十年以上前の日々を昨日のことのように思い出した。

「雄大さんって、大人になった私と会うと、いつもその話を蒸し返すよね。雄大さんにとっての私って、その高校時代の暗い顔のイメージがすごく強いんだね。確かに、高校の頃は毎朝送ってもらって雄大さんと過ごしたし、大人になってからは関係が遠くなったから最後の蜜月だったというわけで、きっと雄大さんにとっての私はずっと『暗い人』なんだろうけども」

遠い目をして塔子はぼんやりと喋った。

「ああ、そうだなあ」

肯定してから、雄大はビールを飲んだ。

「十代の頃、私、大変だったなあ。体重計に朝夕乗って、百グラムの増減に一喜一憂して。みんなが寝静まったあとに起き出して大量にお菓子を食べて吐いて。大学生になって学生相談室で相談して薬を服用するようになって、研究に打ち込むようになったら、ようやく、体重に支配される病気が、治ったんだよね」

つらつらと塔子は喋った。

「そんなの、聞いたことないぞ」

雄大はグラスをテーブルに置いた。

「言わなかったんだよねえ。いや、違う。親が聞いてくれる雰囲気が家になかった。言えなかった」

あははは、と塔子は笑った。

「……大変だったんだなあ」

目を逸らし、雄大は富士山に視線をやる。

「でも、今は健康だよ。太っているけれど、大丈夫なんだ。ジョギングしているし、ごはんをおいしく感じるし、友人もいるし、毎日楽しい。社会人として、きちんとやれているよ。いつか、私が仕事をしているところを見てもらいたいよ。仕事仲間との関係も見せたいよ。雄大さんが私に抱いているイメージと、今の私は全然違うと思うよ。馬鹿にしないでもらいたい」

塔子はグラスを両手で握って雫(しずく)をテーブルに移す。

「そうなのかなあ」

雄大は、自分の胸に小さな不安がまだあるのを感じる。育児の失敗で社会不適合者を二人も作ってしまったという不安。そうだ。雄大は塔子のことを信用していなかった。高校生のままの塔子を見ていた。けれども塔子が言うように、本当に、今では頼り甲斐(がい)のある社会人になったのだろうか。それを雄大は知らないし、もしかしたら、これからも知ることがない。知ろうとすることよりも、知ることができないこの程度の親だとあきらめたら良いのだろうか。「家族といえども人間だ」という岩井の言葉を思い出しながら、富士山の稜線(りょうせん)に視線を走らせ、目

だけで登山をする。そこに、

「ねえ、雄大さんは、弓香さんとどうしたい？」

塔子が切り込んできた。来た、と思い、

「弓香と暮らしたい」

雄大はすぐに返答し、箸を置いた。

「岩井さんは……、残念だったけれど……」

塔子は声を詰まらせた。

「そう残念でもない。これからどういうふうにしたら岩井と一緒にいられるかについてはもう考え済みだ」

雄大は落ち着いて喋った。

「うん」

塔子は雄大の目を見る。

「それとは別に、弓香との関係を大事にする。絶対に大事にするんだ」

雄大も見返す。

「ああ、はい」

塔子は生返事のような声色でうなずく。

「謝って済むことじゃないことはわかっている。だが、まずは誠心誠意、弓香に謝りたい。『雄大さんの謝罪を聞くだけ聞いてみたら』とかなんとか、塔子からも言ってもらえないか?」

雄大は頭を下げた。

「うーん。子どもって、親同士の関係に対しては、弱い。私からは何も言えないし、言ったところでたぶん効力はない」

塔子は首を振った。

「博士は、なんて言っている?」

雄大が尋ねると、

「うーん。博士とは最近連絡取ってないんだよね」

塔子は油淋鶏をかじった。

「そうか……」

雄大は顎をさすった。

「でも、大丈夫だよ」

塔子は軽い口調で言った。

「そうか」

何が大丈夫なのかまったくわからないまま、雄大はうなずいた。

「弓香さんも、元気にはしているはずだよ。一年前から火星に住んでいるけれど、Ｗｉ－Ｆｉ飛んでいるらしいし、ＳＮＳできるから。私とは三日に一度はやりとりしているよ」

塔子はさらりと告白した。

「え？」

雄大は絶句した。

「弓香さんは、雄大さんに相談せずに火星移住を決めたかったみたい。だから、出発してしまうまで内緒にしていたの。もしも反対されたら決心が揺らぐからじゃない？　ほら、弓香さんって、ひとりで考えるのが好きだからさ。とはいえ、絶対に情にほだされないというほどの自信はないんだろうね。何も伝えずに出発したかったんだって。家に荷物を取りに帰ってから出発しようとも考えたらしいけど、やっぱり、一から出直すつもりで、着のみ着のままで行くことにしたんだって。正直、私は最初は移住に反対で、でも、弓香さんは考えを固めているからさ、何度か説得に失敗したあとで、じゃあ、もう弓香さんの気持ちを尊重しようとスタンス変えて、それで、私の心の中に火星移住の話は秘めておこうと思ったんだ。でも、私自身、不安で怖いような気持ちも湧いてきちゃって……。だから、私も、雄大さんに会ったら雰囲気に流されて、弓香さんの移住のことをつい喋って、相談したくなってしまうかも、と危惧(きぐ)したの。雄大さんに会ったら私は喋っちゃう。だから、雄大さんに会うのをこのところは自重していたわけ」

塔子はグラスの中の気泡をじっと見ている。

「ひとりでか？」

思わず、弓香が恋人と一緒にロケットに乗っているのでは？　と考えてしまった。一瞬で、弓香が指先で出会い系アプリをいじって恋人を探すシーンや、隠れて逢瀬を楽しむシーンを思い浮かべた。今は年齢に関係なく恋ができる時代だ。弓香はそういうことをするキャラクターではなかったが、一般的な「妻というもののイメージ」からそれが想起された。

「うん、ひとりで決断して、ひとりでロケットに乗ったよ。行く前は、友人も知人もいないと言っていた。でも、向こうで新しく友人を作っているみたいだよ。あるいは、弓香さんはひとりでも生活を楽しめる人だしね、まあ、そこは心配ないんじゃない？」

塔子は、雄大が恋愛を想像したとは捉えなかったらしく、ただ、友情の絡んでいない孤独な移住だということを伝えてきた。

「弓香のアカウントを教えてもらうわけにはいかないか？」

雄大が問うと、

「ごめん。『連絡先は教えないで』と言われている」

塔子はまた首を振った。

「よし、決めた。俺も火星に行く」

雄大は瞬時に決断した。

「え？　なんだって？」

塔子は目を見開いた。

「第十二期の募集に応募する。俺は、弓香を追いかける」

雄大は宣言した。

「いや、いや。安易に言うことじゃない」

塔子は首を振る。

「こういうのは勢いが大事なんだ」

雄大は拳を握りしめる。別居や離婚はあんなに億劫に思えたのに、なぜだか火星移住は簡単にできそうに感じられた。

「まあ、こういうのって自分にしか決定権はないからね。弓香さんもあっさり行ったし。成熟者は優先搭乗させてもらえるみたいだし、高確率で行けるかも知れないね。でもね……」

塔子はため息をついた。

「お待たせしました。お粥でございます」

スタッフが小さな茶碗を置いていった。

「だけどさ、応募の前によく考えておきなよ。勢いで移ってしまったあとに『こんなはずじゃなかった』となっても簡単には帰れないんだ」

塔子はまたもアドヴァイス口調になる。

「考えても同じだ。先のことなんて誰にもわからない。未来は決まっていないんだよ。だから、予想するのはあきらめて、ただ、『どうなっても〝こんなはずじゃなかった〟とは思わないぞ』と決意するだけでいいんだ。つらいことが起きようと起きなかろうと、覚悟があれば受け入れられる。万の中に一でも面白いことがあれば儲けもの。老い先短い人生だ、これから先はおまけなんだ。……ああ、もうわくわくしてきた」

雄大は本当に胸の底に膨らむものを感じた。

「それでも、考えられるところまでは考えておいた方がいいよ。……まずね、行ったところで、弓香さんが会ってくれるかどうか、わからないよ」

塔子は蓮華を手に取り、冷静に指摘する。

「そりゃあ、そうだ。同じ星にいても、結局お互いに孤独なままかもしれないな」

雄大は粥を嚥下する。

「そう、そう。そして、私が弓香さんと話したときの雰囲気からすると、もし雄大さんが弓香さんと会えたとしても、謝罪を受け入れてもらえない確率はかなり高いと思う。いろんなパターンを想定しておかないと。弓香さんとまったくコンタクトが取れない場合の火星での暮らし、コンタクトが取れても仲直りは難しい場合の暮らし、プランB、C、D……といくつか考えておいて損はないよ。ひとりでも家事をこなし楽しく生きられるか、火星での趣味をどうするか、趣味がないと人は生きられないからね。それから、病気になった場合は……」

塔子は研究者らしく仮説を立てたがる。

「ああ、はい、はい」

雄大は生返事をした。

「博士と私のことはどう思ってるの？」

塔子も粥を食べる。

「がんばれ。遠くから応援している。移住は死ぬわけじゃない」

雄大は粥を掬った。

「そりゃあそうだけれど、宇宙では何が起きるかわからない」

塔子は窓の外に広がる空を見上げた。

「ここだって宇宙だぞ。誰だって明日をも知れぬ命なんだ。塔子だって明日の命はわからない」

雄大はレストランのフロアを指差した。

「よくそんなことが言えるね」

塔子は首をすくめる。

「真理だ」

雄大はテーブルに手を置く。

「お待たせしました。本日の点心でございます」

スタッフが餡皿(あんざら)をそれぞれに二つずつ置いていった。

「ありがとうございます」

「ありがとうございます」

礼を伝えたあとにスタッフが厨房へ戻ってしまうと、

「はあ、これ、最後の皿だよな？　やっと終わりか」

雄大はふう、と息をついた。

「ちょっと。まるで私に付き合って食べてあげたかのようにしないでよ。いやいやレストランに来たの？」

塔子は頬をふくらませた。

「あ、いや、おいしかったよ。でも、昼にこんなに食うことってないんだよ、この頃は。この年齢の胃だぜ？　今日は塔子が中華食べたいなら俺もがんばろうかな、と思って来たんだよ」

雄大は説明した。

「でも、私は『レストランどこにしよう？　そういえば、雄大さんは中華が好きだったな』って思い出してここを予約してあげたんだよ」

塔子は憮然としながら胡麻団子を口に放った。

「ええ？　俺は中華が好きだったかなあ？」

雄大は首を傾げながら小豆が入った饅頭を手に取った。自分が中華料理好きとは思えなかった。子どもというものは親に興味がなく、親の嗜好など知らないのだろう。適当に記憶を改竄しているのではないか。

「好きだったよ。雄大さん、よく餃子を自分で焼いていたし、チャーハンとかラーメンとかも作っていたじゃない。この店は最近できたから子どもの頃は来ていないけど、ほら、覚えていない？　『好々(ハオハオ)』っていう町中華の店で家族でよく外食をしたよね。そもそも、私が子どもの頃、雄大さんに『何が好き？』って聞いたら、『中華料理が好き』ってはっきり言っていたよ。それで、大きな画用紙に一緒に中華料理の絵を描いたことがあったじゃない？　ピータン豆腐とシューマイと胡麻団子と餃子の絵を合作でたくさん描いたの。私が五歳くらいのときだった」

塔子は記憶に自信があるらしく、熱心に喋ってくる。

「『中華が好き』なんて言った覚えはないなあ。俺が好きなのは和食だし。その絵も、描いた記憶ないなあ」

雄大は頭を振った。自身の頭の中を丹念に探ったところで、塔子との思い出に中華や絵に関するものはカケラもない。

「そんなわけはないよ。家を探したら、絶対にどこかにその絵があるよ。その絵、しばらく壁に貼って飾ってたし、剝がしたあとも弓香さんが大事に筒に入れて仕舞っていたもの。……雄大さん、忘れちゃったんだね、悲しい」

塔子は空になった小皿に目を落とす。

「そう言われてもな」

「記憶のバグはどうやって起こるのかな？　それとも過去って変化していくものなのかな？」

「まあ、しょうがないね。これが人生だ。親子といえども頭の中は別々だ」

腕を組んで、雄大はくっくっと笑った。

「そうだね。弓香さんも雄大さんも頭の中は別々だったんだね。親子の頭も別々。実は、弓香さんから移住の話聞いたときも、私、最初は反対で、翻意させようと何度も説得しに行ったんだよ。でも、暖簾に腕押しだった。弓香さんは私の話を一所懸命聞いてくれるんだけど、自分の意見は変えないの」

塔子はジャスミン茶をコクリと飲んだ。

「わかるよ」

ゆっくりと雄大はうなずいた。何かを決めてしまったあとの弓香の頑固な態度は目に浮かぶ。

「とにかく、行くとしても、生活を何通りか計画するのだけはやってよ」

塔子は頼んできた。

「ああ」

雄大はうなずいたが、深く考えるつもりはなかった。

「それでも行くんなら、行ってらっしゃい」

塔子は湯呑みの縁で指先を温めている。

「うん」

雄大も真似して湯呑みに手を添えた。

「ちょっと私、今ここで考えていい？」

塔子は突然に目を瞑った。

「え？　……ああ、いいよ」

雄大は「どうぞ」という仕草をした。

塔子は瞑想のような雰囲気で体をリラックスさせた。

そして、三分ほどしてから目を開いた。

「雄大さん、私は遠くにいても、雄大さんを応援しているよ。これまでの雄大さんがやったことと言ったこと、正直、嫌だな、って思ったこともあった。外面ばっかり良くして身内に厳しくするところには反感持っていたし、差別的なのも嫌だったし、でも、すべて許す。雄大さん、がんばってね。……それからさ、雄大さんの恋愛のこと、少なくとも私は雄大さんの人生にそういうきらめきがあったことを嬉しく思う。最後にまっすぐに向かってきてくれて岩井さんも喜んだろうし、これで本当に良かったんだろうなと私は感じている。弓香さんの話は別の話だから。私は弓香さんのことも大好きで、弓香さんの未来も応援しているし、弓香さんの人生も尊重しているけれど、それは雄大さんのこととは別だものね。とにかく、雄大さんの人生は、こうなったんだ。それを尊重する。私はどんなに遠くにいたって、雄大さんの味方だよ。雄大さん、大好きだよ」

ひと息にそう言ったあと、突然、塔子はまるで今生の別れのごとく強く雄大の手を握り締めてきた。塔子の手は、ジャスミン茶の熱が移っていて、温かかった。

「うん、俺だって、……これまでそうは受け取ってもらえなかったかもしれないけれど、塔子の仕事を応援してきた。……いや、そうじゃないな、これまでちゃんとは応援できていなかったかもしれない。これからは応援するように努めるよ。遠くからだけれど。塔子、がんばれ、でもがんばるな。仕事というのは自分にできることをこつこつやればいいだけなんだ」

雄大は、塔子に気圧（けお）されて自分も何か良いことを言おうとしたが、矛盾を孕（はら）んだ科白になってしまった。けれども、正直な言葉を出せた気はした。

「最後になるけど、私からのアドヴァイス。雄大さんはマイノリティに不寛容だよね？　そこを考え直して、反省した方がいい」

「何言ってるんだ？　俺こそがマイノリティだ」

「いや、雄大さんはマイノリティの中でも比較的強い方なんだよ。だから体制側に擦り寄った方が雄大さんの場合はうまくいくことが多いんじゃない？　でもマイノリティのみんながそうなわけじゃない。これからの雄大さんはマイノリティに寛容になった方がいい」

「……考えてみよう」

「人を嫌いになりそうなときは離れるのが一番だ。距離は人を好きにさせる。弓香さんのことも、私は今、昔よりも大好きになれたんだよね」

塔子はそんなことを言って、窓の外の富士山に目をやった。真昼が近づいて光が山に当たる角度が変わったのか、富士山は薄くなっていた。

食事を終え、塔子が支払いを済ませた。電車で帰るという塔子を雄大は駅まで送った。

「成熟者にコース料理はきつい。だが、少量ずつで構成されていたからなんとかなった。しかし、ひと口ずつの料理をいちいち皿に盛ってご丁寧なことだな。皿洗いが大変だ」

道すがら雄大がつぶやくと、

「食洗機でしょ」

塔子が平坦（へいたん）な声で返してきた。ひらひらと手を振ると塔子は改札の中に消えた。塔子の後ろ姿が完全に見えなくなったあと、そういえば結局のところ、塔子に「ごちそうさま」も「ありがとう」も言わなかったな、と気がついた。

駅から雄大の緑マンションまでは徒歩で十五分ほどかかる。初秋の昼下がりは暖かく、額に汗が滲む。

帰り着き、手を洗うついでに洗顔を済ませたあと、鏡を見て、

「勢いだ」

雄大はつぶやくとキッチンへ行き、ダイニングテーブルの上に置いておいたタブレットを手に取った。インターネットを検索し、火星移住の第十二期の募集ページを開くと、猛スピードで氏名や連絡先などを記入し、身分証を撮影して画像をアップし、申込書を送信した。その事務作業は十五分もかからなかった。

心底わくわくしてきた。

第二章　私の不思議な子どもたち

ランドセルは秋の午後のやわらかい光を受ける。このマンションは、微妙な色合いのグリーンの壁をしており、輝は「緑マンション」と自分だけの名称で呼んでいる。実は多くの住人が緑マンションという呼称を使っているのだが、他の住人たちとあまり交際していない輝はそれを知らず、自分だけの名付けのつもりでいた。ともかくもこの緑マンションの一〇七号室で赤く光るランドセル。白いシーツの上の赤いランドセルに、青や黄色や紫などの光も重なっている。龍が作ったステンドグラスが窓に貼ってあり、宇宙を長く旅してきた日光が最後にそこを通ってランドセルに辿(たど)り着いたのだ。ステンドグラスはリュウグウノツカイという深海魚の形をしていて、本来は赤や白っぽい見た目のはずだったが、黄色い体、紫の背びれ、そしてなぜか口から青い炎を吐いていていた。

ランドセルを嫌う龍は「ランドセルは奥にしまっておいてほしい」と言っている。だから、いつもは押し入れに隠している。秋が深まり、この頃は肌寒い日が増えたため、そろそろ長袖を出さなければ、と衣替え作業を始め、押し入れを開けた。衣装ケースを取り出そうとしたところ、その手前に置いておいたランドセルをどかさなければならなかったため、布団の上にぽんと置いたのだった。光。光。光。ランドセルが光る。

龍はひとりで庭で遊んでいる。掃き出し窓越しにそれを眺めながら、輝は衣替え作業を進める。

小学校の入学まで、あと半年だ。それまでに龍はランドセルに好感を持ってくれるようになるだろうか。

そっと撫でる。人工皮革のキュッという感触を指で楽しむ。春に展示会へ行って、試しにこれを背負ったときの龍の姿を思い出す。出会ったときは赤ちゃんだった龍がもう小学生だ。いやあ、大きくなった。けれども、自然とこうなれたわけじゃない。そりゃあ、誰だって自然と年を取るわけだが、龍はがんばって大きくなったんだ、誰だってする成長というものだけれど、龍はがんばったんだ……、そんなふうに考えたら、感慨で目の縁に涙が溜まってきた。

龍はランドセルを嫌い、小学校へ行くのを楽しみにしている雰囲気は微塵（みじん）も漂わせない。それでも、輝は着々と入学準備を進めている。先月、家具店に行き、学習机も購入した。ランドセルも机も龍本人が選んだものだ。龍はこだわりが強いので、輝が口出しするわけにはいかない。何事も即断即決の龍だ。展示会では、雷のようなラインがかっこよく施されている赤いランドセルを入室するなり選んだ。机は白い板に赤いパイプが付いたものを入店一歩目で選んだ。正直、輝の趣味とは違う。でも、受け入れるしかない。龍は赤が好きなので赤いものを選びがちだ。かっこ良くて派手なものが好きらしい。服も毎日赤いものを着ている。ただ、好みのものを選んだからといって「小学校が楽しみ」ということにはならない。学習机は、工作の作業場になっており、絵の具やクレヨンや紙などでいっぱいになっている。

「大きくなりたい」とは言うが、「小学生になりたい」とは言わない。それどころか、夏休み明けから、「幼稚園をやめたい」と言い出した。

理由を尋ねると、

「幼稚園はあきた」

とのことだった。

「飽きた？」

川沿いを散歩しながら聞いていた輝は呆(あき)れた。

「うん」

龍は堂々とうなずいた。

「説明してみな」

輝は立ち止まり、続きを促した。外向きと内向きの顔が大分違う自分のことを輝は恥じていた。親というものはどこでも同じ顔や声でいるように努めなければならないはずだった。だが、龍は意外と受け入れていた。家の中では「○○してみな」といったふうに言葉が粗野になりがちな輝を、龍はむしろ好意的に見てくれているようだった。

「もう、見切ったってこと」

龍は胸を張って言う。輝は諭してみた。

「見切ってからだよ、勉強は。飽きたところからが、人生さ。わかっていると思い込んでいたことを、わかっていなかったとあとから気がつく繰り返しさ」

「人生なんて、ない。生活なんて、ない。リュウには今だけ。今だけなんだー。あきたら、今すぐ、やめるんだー」

龍は地団駄を踏んだ。

「飽きたところに、きらりと光るものを見つけるのが芸術家だろ?」

輝は龍に奮起させようと言葉をかけた。龍の将来の夢は「芸術家」だ。「芸術家だろ?」は龍の心によく届くフレーズのはずだ。

「家で、芸術家になるおべんきょうをする。家のなかにも、光るものがある」

龍は自信満々で喋る。

「いやあ、そりゃあ、家にも光るものはあるけれどもさあ……。今日は幼稚園で何した? ヨージくんと遊んだ?」

輝には、幼稚園生活の躓(つまず)きに心当たりが全然ないというわけでもなかったので探りを入れてみた。

「ヨージくんがあんまり三人組をやらなくなった。そしたら、エイタくんも他の遊びをするようになった。それで、リュウは、先生とどんぐりで電車を作って、それで、それで、もうあきたんだー」

というようなことをたどたどしく喋る。このところの雰囲気から、一学期は何をするのも三人で一緒に行なっていたヨージくんとエイタくんという幼稚園の友だちが、二学期が始まってからは龍から少しずつ離れていっているらしいことを薄々読み取っていた輝は、さもありなんと聞いた。

「そういうことはよくあるよ。小学校に行ったら、もっとそういうことがあるよ。友だちっていうのは、グループじゃないんだ。流動性のものだ。この遊びのときはこの友だちと仲良くして、他の遊びのときは他の友だちと仲良くして、誰もいなかったらひとりで遊ぶんだ。仲の良い人ができても、今は仲良いけどその先は仲良くないかもしれない、もっと先にはまた仲良くなるかもしれない。友情は流れるからね。流れを楽しむんだよ。ああ、流れていってるな、って、流れるのを見ていればいいんだよ。いいか、仲間は作るな。仲間を作ったら、必ず仲間外れが始まる。グループや仲間を作らずに、友情を作れ。これは私の経験から言っている」

輝は自分では良いことを言えた気分になったが、やはり長科白は龍には響かなかったようで、

「しらない。とにかく、あきた」

そう言ったきり、黙りこくってしまった。そもそも龍は目で見るのが得意で、耳だけで長い話を聞くのが苦手なのだ。輝は反省したが、あとの祭りだった。

そして、翌日も翌々日も、さらにそのあとも、幼稚園の話題を出すと、「あきた」としか龍は言わなくなった。

友だち関係の問題は幼稚園にも小学校にもその先にもごろごろしているのだから親が動じてはいけない。常識的にはそうだろう。だが、本当に龍の「幼稚園、あきた」を一時的なものと見なして良いのだろうか？　飽きたのではなく、つらいのではないのか？　語彙の問題で「あきた」と言っているだけなのではないか？　もしかしたら、友だちが離れてしまうのは、「友情が流動的なもの」だからではなく、龍のコミュニケーション能力の問題ではないのか？　流れが去ったあと、もう次の流れはこないのではないか？　この先の龍の人生には友情がないのではないか？　日が過ぎるに従って、輝の気持ちは重くなった。毎朝ぐずる龍をあやだこうだ言ってなんとか連れ出すのも大変だった。龍が幼稚園を休むと輝も仕事を休まなければならない。だから、引っ張ってでも連れていきたくなる。一回だけ、「もし幼稚園に行ったら、帰ってからオモチャを買ってあげる」と、育児シーンで「絶対ＮＧ」と言われている「物で釣ること」をやった。とはいえ、当日に休みを告げて店長や仕事仲間に迷惑をかけるのが嫌なだけであり、ひと月前から店長に告げて準備をすれば、仕事をしない生活も作れるのではないか。窮していうというわけではない。小学校入学まで凌ぐだけなら、やれるかもしれない。仕事を辞めて、龍を毎日美術館に連れていく。そんなふうに半年を生きる世界もあり得るかもしれない。もしかしたら幼稚園を退園するという選択もあるのだろうか？　なんてことさえ頭を掠める。
輝と龍が住む一〇七号室には専用庭が付いている。猫の額ほどの広さだが、輝は気に入っている。

元パートナーの英二は輝とどうしても別れたかったらしく、昨年に離婚の話し合いが定まるとすぐに緑マンションの部屋を輝名義で購入し、毎月欠かさずに十分な額の養育費を振り込むようになった。英二の律儀な性格もあり、それから、英二の職種が時勢に合って需要が急に伸びているらしいので、おそらく養育費は振り込まれ続けるだろう。昔は養育費を振り込まない親が多かったらしいが、現代では法律が細かく定められ、弁護士に頼めばほぼ強制的に支払いをさせられるし、給料から天引きする方法もある。たとえ振り込みが滞ってもなんとかできるだろう。この先の龍の教育において経済問題で悩むことはないような気がしている。今は、ひとり親家庭への支援制度も整っている。もちろん自立と責任を意識して人生を築いていきたい。だから仕事もするし、身の丈に合った生活をやりくりする。ただ、今は先々の経済問題を案ずる以上に、まだ五歳で不安定な龍に向き合うことが大事なのではないか。輝は今、ファストフード店でアルバイトをしており、夕方に延長保育をしている幼稚園に龍を迎えに行き、散歩がてらゆっくりと川沿いを歩いて帰宅する、という日々を繰り返している。散歩中に龍の話に耳を傾けるのが一日のハイライトだ。そんな暮らしの中に、火星行きの夢が湧いてきた。夏の初めにマンションのエントランスに貼ってあった火星移住のポスターを見て、むくむくと「行きたい」という気持ちが膨らんだ。その後、どんどん夢が育っていく。龍はどこででも育つのではないか。地球の幼稚園に合わないのかもしれないのなら、違う場所に行ってもいいのではないか。大人になってからの龍が地球に帰りたいと考えたら、帰ればいいのだし……。

人生計画は白紙。数か月後さえ未知数だ。この緑マンションに一生住むかどうか、あやふやだ。もらった部屋は好きにしていいんだ、という思いから、龍がふざけ回って空けたドアの穴や、びりびりに破けた押し入れの襖(ふすま)もそのままにしているし、部屋中の壁に龍がアクリル絵の具でどんどん絵を描いていくのも「いいねえ、かっこいいじゃん。芸術家らしい部屋になってきたじゃん」とむしろ促している。真面目でちょっと神経質な性格だった英二と離れたことで、解放感も味わっている。いつか引っ越すのなら、売るときに査定に引っかかるし、直す費用は尋常じゃない気もするが、深く考えるのは疲れる。なるようになれ、と思いながら、部屋がぼろぼろになるにまかせていた。輝が移住を伝えれば、きっと英二は部屋を売る手伝いをしたり、経済援助の別の方法を考えたりしてくれるだろう。

専用庭は、生垣とフェンスで囲われ、隣の部屋の庭と、向かいの公園との境が作られているのだが、数か月前にフェンスの一部が切れて穴が空き、龍が面白がってちょっとずつそれを広げていった。生垣にも隙間があり、小さな子どもだったら通り抜けられるので、庭は公園の離れのようになった。その公園は、南公園という名前だ。砂場とジャングルジムと滑り台と、春にシロツメクサが咲く広場があり、大きなけやきの木が一本立っているのが愛らしい公園で、近所の子どもたちがよく遊んでいる。

とはいえ、このご時世では、未就学児をひとりで遊ばせる親なんていない。公園で遊ぶ子どもは大人に見守られている。小学校高学年になると子どもだけで遊んでいる人もちらほらいるが、最近の子どもは知らない人の家には入らないよう躾けられている。そもそも、小学校二年生ぐらいになればもう通れないぐらいの小さな穴だ。くぐって来る者はほとんど現れなかった。

ごくたまに、「ボールが入っちゃったので取らせてください」と小学生が這いつくばって顔を出したり、「駄目だよ、戻ってきてー」と親から呼ばれている乳幼児がこちらを覗いていたりはするが。

それを輝は微笑ましく見て、「まあ、大きな問題は起こらないだろうな」と高を括り、「とはいえ、境目というのは大事にしなくちゃいけないのかもしれないなあ」ともぼんやり考えた。マンションの管理会社に伝えたら修理することになるのだろう。「伝えようとは思うけれども、そのうち、そのうち……」と放置していた。

その穴の前で、龍はしゃがんでいる。公園を覗いているようだ。それからくるりと振り返り、

「ねえ、友だちがいる」

と叫んだ。

「え、知っている子？」

輝は衣替え作業の手を止め、掃き出し窓を開けてサンダルに足を差し込み、龍の側へ行った。同じ幼稚園に通う誰かが来ているのだろうか？　この公園に知っている子が来ることは稀だが……。

「しらない子」

龍はぶんぶんと首を振った。

「あはは、知らない子か」

輝は思わず笑ってしまったが、そのあと腕を組んで考え込み、いや、「知らない子だって友だちだ」と思い直した。世界中のみんな、龍の友だちかもしれない。龍は、他人との距離を、平均的な感覚とは違うもので測っている。人と距離を取り過ぎたり、近づき過ぎたりするのだ。親としては見ていてハラハラする。いつもはそう思っていたが、龍の方が正しいときだってあるのではないか。輝は知らない人を友だちとは言わない。でも、龍の言うように、知らない人も友だちかもしれない。そんなことを思いながら、輝も地面に横顔を押し付け、穴を覗いてみた。すると、砂場のところに、龍と同じ年くらいの子どもがいた。その子どもも、まっすぐにこちらを見ている。穴に気がついているようだ。

「あの子のところへいく。公園にいく」

龍がきっぱりと宣言した。

「いいよ。でも、穴からではなくて、ちゃんとマンションのエントランスを出て、道を歩いて、公園の門から入ろう」

輝が言うと、龍は従った。

輝と龍が正式なルートで公園へ行くと、その龍と同じくらいの年齢に見える人が砂場で山を作っていた。遊びたがっていたはずなのに、龍はその人に声をかけない。ちょろちょろとその人がいる砂場を遠くから何周かして、それから意を決して砂場に入った。そうして、その同い年っぽい人から一メートルほど離れたところで、やはり山を作り始めた。輝は、まあ龍に任せよう、と考え、砂場の横にあるベンチに腰かけ、二人を眺めた。

十五分ほど、お互いに気にし合いながらも別々に山の「制作」を続けていたが、

「こっちは、富士山」

龍が誰に言うでもなくつぶやくと、

「オレのは、オリンポス山なんだ。ひょうこうは約二万五千メートル。火星最大のたてじょう火山だよ」

その人はペラペラと喋った。龍よりもかなり言葉がしっかりとしていて、背も龍より五センチほど高い。ただ、輝は幼稚園の送迎で多くの五歳児を見慣れている。小学生とは雰囲気が違うし、おそらく龍と同学年の幼稚園児か保育園児なのではないか、と踏んだ。

「つなげようよ」

龍が言ったので、輝の心は温かくなった。龍がその人と遊ぼうとがんばっている。

「いいよ。つなげよう。じゃあ、山と山の間にミゾをほるっていうのはどう？　それでもって、ほら、ここで宇宙くうかんがねじれるんだ。だから、地球から火星までワープできるんだ」

その人も嬉しそうな顔になって、龍と遊び始めた。

「このミゾを歩いていくのね。富士山を登ってー、ミゾを歩いてー、火星の山にのぼってー」

龍が砂を撫でる。

「そう。富士登山がそのままオリンポス登山につながるんだ」

和気あいあいと龍とその人は山だの溝だのを広げていった。

不思議なのは、その人には付き添いの親が見当たらないことだった。ここは治安の悪い地域ではないが、連れ去りや性犯罪を多くの親が心配しているし、乳幼児をひとりにさせることは犯罪にはならなくとも通報されるケースはままあるとほとんどの親が認識している。

その人は精悍な顔つきで、すらりとしている。未就学児だと思うのだが、眉の辺りになんとなく思慮深さが漂い、それでいて口元に諦観が隠されている感じも受ける。背は高いが、ちょっと痩せ過ぎのようにも見える。Ｔシャツと短パンは少し寒そうで、かなり汚れている。まあ、でも、幼児の服はすぐに汚れるものだ。

三十分ほど、砂山を作って遊ぶのを眺めたあと、輝はそっとベンチから立ち上がって二人に近づき、

「遊んでくれて、ありがとうー」

と声をかけてみた。

「うん」

その人は輝をまっすぐに見てうなずいた。

「この子は龍だよ。お名前を聞いてもいい？」

尋ねてみると、

「ユキヤマトラノジョウだよ」

やけに古風な名前を答えた。

「トラノジョウさん、素敵なお名前だね」

輝がにっこりすると、

「うん、五さい」

トラノジョウは、片手を突き出して指を広げてみせた。

「あ、龍もだよ。ね」

輝が龍の方を見ると、

「うん、リュウも五さい」

龍も片手を突き出した。そこでお互いに名前と年齢を知ったことになる。幼児同士は、名前も年齢も知らなくても、「こんにちは」や「一緒に遊ぼう」といった挨拶がなくても、砂さえあれば三十分遊べるらしい。

「オレ、来年、七小」

トラノジョウは腕を組んだ。第七小学校に入学予定ということだろう。

「リュウも」

龍はにっこりした。

「火星にいかなければの話だけどね」

トラノジョウは空を仰いだ。

「え？　火星に行くの？」

龍は驚いた顔をした。そのとき、十七時の音楽が空に流れた。「小さな世界」という曲だ。どこから流れてくるのかは知らないが、この街の夕方の空ではいつも流れる。しばし、三人でその音に耳を傾けた。その間に一台のロボットが公園の中に入ってきた。この辺りでよく見かける分身ロボットだ。薄ピンクに青いラインが入った体をしている。ロボットも音楽に耳を傾けているようだった。そして、数フレーズ聴いたあと、また出入り口から出ていって、川の方角へ向かっていった。音楽が終わると、

「五時になって『おうちに帰りましょう』の音楽が流れたねえ。トラノジョウさんは、おうちの人は一緒に来ていない？」

輝はしゃがんだ。

「オリンポス山がふんかしたらどうする？　かざんばいがふってくるよ」

トラノジョウは聞こえないフリをしているのか、ぷいと横を向いた。

「こういうの?」

龍が砂をさらさらと「オリンポス山」の上にかける。

「ふんかはこわいんだぜ、こんなもんじゃない。ドロドロドロドロー」

トラノジョウは怒ったように「オリンポス山」を掻き回し、壊してしまった。

「ああー」

龍がため息をつくと、

「もう帰るんだろ、どうせ」

トラノジョウはパタンと砂の上に倒れ、山を完全に潰した。

「あっはははは」

龍は笑い出し、トラノジョウを真似して自分も砂の上に横になった。二人とも、服はもちろん髪の毛まで砂だらけだ。あーあ、と輝は思ったが、五歳児だ。仕方がない。

「龍のおうちは、すぐそこなんだよね。トラノジョウさんのおうちも、近く?」

輝は質問を続けてみた。

「そうだよ。でも、オレはまだ帰んねえ」

トラノジョウは起き上がって、雑な仕草であぐらを組んだ。靴の中まで砂が入っていそうだ。

「え、だけどさ、もう五時だし、良かったら、おうちまで送っていこうか? それとも、誰か迎えに来ることになっている？」

差し出がましいだろうか、と思いつつも、五歳児が夕方にひとりで公園にいるなんて物騒だ。置いては帰れない。送っていかせて欲しい。

「ううん」

トラノジョウはぶんぶんと首を振った。輝は否定の意味を読み取りかねた。送って欲しくないということか、誰も迎えに来ないということか、あるいは、意外なところで「五時ではない」という意見なのか……。次の科白を考えあぐねて、

「えーっと」

輝が顎に手を当てると、

「だーれも」

トラノジョウはつぶやいた。

「誰も迎えには来ないんだね？　おうちに誰かいる？」

さらに輝は質問を続けた。

「うん」

トラノジョウはうなずいた。

「おうちはわかるかな？」

輝が公園の門の方にそっと視線をやると、

「すぐそこ」

トラノジョウはぐるりと回って、公園の向こう側を指差した。

「じゃあ、送っていこうか？」

輝はもう一度尋ねた。そうさせてもらえないのなら、警察に届けるべきだろう。たとえ家がすぐそこでも、未就学児を暗くなるまで外にいさせられない。

「まあ、いいけど……」

トラノジョウがぶつぶつ言って歩き出したので、輝はほっとし、龍と一緒に後ろからついていった。

公園をぐるりと回って、道を渡ったところにある、こぢんまりとしたアパートの前でトラノジョウは立ち止まり、

「この、二〇三」

ぶっきらぼうな声で言った。

「そっか」

輝はうなずいた。家の前まで送ったら、ひとまずは大人としての責任を果たしたことになるだろうか。

「リュウは、一〇七」

龍は自分の部屋番号を言った。

「そう、じゃあな」

トラノジョウはうつむいた。

「バイバイ」

輝は手を振った。

龍は例のごとく押し黙っている。龍は挨拶の中でも「さよなら」がことに苦手らしく、幼稚園でも友だちに手を振らない。

「龍、バイバイ」

トラノジョウは最後に名前を呼んでくれ、返事は待たずにくるりと後ろを向いた。

トラノジョウが後ろを向いたあと、龍が足早に去ろうとするので、輝は追いかけた。
三、四歩進んでから、やっぱり気になって後ろを振り返った。トラノジョウがカンカンと外階段を登っていき、二階のドアを開けるところが見えた。ほっとして、輝は龍の手をぎゅっと握った。龍とは、車道の脇を歩くときは必ず手をつなぐことにしている。手を放せるのは小学生になってからだと思っていた。
龍は教育界隈(かいわい)や社会から「手がかかる子」と表現されそうな性質を持っている。「トラノジョウみたいな性質だったら、親も育児が楽なのかもしれない。同じ五歳児といえども、龍とはまったく違うのかもしれない。トラノジョウの親はトラノジョウを信頼しているのかもしれない」なんてことさえ、輝の頭には浮かんでしまった。

その夜、龍は食事中にも寝る前にも何度もトラノジョウの話題を出した。少しの砂遊びだったが、よっぽど楽しかったらしい。毎日続けている絵日記には、トラノジョウと自分が登山をしているところを描いていた。

翌日は日曜日だった。のんびりと朝食をとっていたらインターフォンが鳴った。今はスマートフォンで玄関カメラの確認ができる。輝が手元のスマートフォンを触ったところ、

「おはようございます」

トラノジョウがおずおずとカメラを覗いている姿が現れた。

「え？　え？　えーと、トラノジョウさん？」

輝が驚くと、

「あのう、龍はいますか？」

トラノジョウはちょっと緊張した面持ちで喋った。敬語を使えるんだなあ、と輝は感心した。

「えっと、このおうち、よくわかったね。すぐにそこに行くから、待っててね」

輝はスマートフォンをオフにしてポケットに入れると、ボサボサ髪のままで玄関に向かい、サンダルに足を突っ込んでから、

「龍もおいで」

と叫んだ。「幼い子どもが朝から他人の家にひとりで来るなんて、事件か何か起こったので

はないだろうか?」と心配で胸がどきどきした。

「どこいくの?」

寝癖のついた髪と寝ぼけ眼と口の端に茹で卵の黄身が少量付いた姿で龍は玄関にとことこと来た。去年着ていた長袖パジャマのサイズがきつかったので、このところは普通の長袖シャツとストレッチパンツで寝ていたのが功を奏した。起きたままの格好だが、マンションのエントランスに出るくらいなら十分だ。

「トラノジョウさんが来ているみたいだ。行こう」

輝が手招きしてから龍のサンダルを指差すと、

「ええー」

龍はニヤニヤしながらサンダルに足をはめる。嬉しいらしい。

外の廊下を小走りで抜け、エントランスに出ると、

「おはよう」

トラノジョウがこちらの姿を認識して片手を挙げた。

「ふ、ふ、うふふ」

龍は笑い出した。

「砂、やろうぜ」

トラノジョウは普通の声色で誘ってきた。

「やろう」

当たり前だという顔で龍はうなずき、トラノジョウと一緒に公園に向かおうとする。

「ちょ、ちょっと待って。何かあったんじゃないの？」

輝が慌てて止めると、

「何かって、なあに？」

トラノジョウはきょとんとする。カメラ越しでは敬語だったが直接に話すと外れるようだ。

「ええっと、その、家族っていうのかな、おうちの人たちは、元気？」

まずは周囲の人の安否を尋ねたいところだ。

「げんき」

真面目くさった顔でトラノジョウはうなずく。

「えっとさ、何かあったから、ここに来たんじゃないの？」

戸惑いながら、輝は探る。

「龍とあそぼうと思ったんだ」

平然とトラノジョウは言う。

「あそぼう」

龍はトラノジョウの手をとり、公園へ歩き出す。子どもたちに気圧されてはいけないのだが、
輝は龍とトラノジョウが手をつないでいるシーンに見入ってしまった。そして、そのまま二人

と一緒に隣の公園へ移動した。本来は、三人のうちのひとりだけの大人という責任をまっとうしなければならないはずだった。大人は、子どもを守らなければならない。通報の義務もある。それなのに輝はその役目を忘れそうになるくらい、手の重なりを見つめてしまう。

「山だよな」

トラノジョウがつぶやくと、

「うん。山だよね」

龍はニヤニヤしながら砂場に入り、砂山を作り始める。

しばらくしてから、輝は二人の近くにしゃがみ、

「あのさ、トラノジョウさん、どうして龍のおうちがわかったの?」

と質問してみた。

「だって穴でつながっている。それに、きのう、龍が一〇七って教えてくれたでしょ? だから、一、〇、七ってボタンを押したんだ。そしたら、ピンポーンってなった」

トラノジョウは底の方の冷たくて黒い砂に手をうずめて、爪の中を真っ黒にしながら答える。

「数字が読めるんだな、すごいね」

輝はうなずいた。

「前から、このマンションにすんでいること、しっていたんだ。何度か見かけたことがあった」

「龍を?」

「龍とあなたを」

昨日は気がつかなかったが、トラノジョウの視線は、子どもの龍に対するものと、大人の輝に対するものとで違う。大人を見る目が熱を帯びている。輝を見ているのではない、大人を見ている。そんな感じがする。

「そうか」

とりあえず、輝はうなずいた。輝の方では、昨日が初対面だと思っていたが、トラノジョウの方では、何度か見かけたことのある人たちが公園にいる、という認識だったようだ。道端などで見かけ、同い年ぐらいの子どもとその保護者だと思って、緑マンションに入っていくのをいつも眺めていたということだろう。

「ごめんなさい」

視線を逸らして、トラノジョウが謝ってきた。

「なんで謝るのさ?」

思わずいつものざっくばらんな口調になって輝が問うと、

「……でも、うらやましかったわけじゃないんだ」

ぼそぼそとトラノジョウは答える。

「え? あの、いや、龍も私もトラノジョウさんと会えて嬉しいんだよ。朝ごはんは食べた?」

輝は「うらやましい」というしっくりこない言葉に首を傾げつつ、会話を続けた。

「うん」

トラノジョウは素直にうなずく。

「何、食べた？」

他人のごはんを細かく聞くのは失礼だろうと思いつつ、気になってしまう。トラノジョウが着ている服が昨日と同じなのも目に付いてしまう。

「クリームパン！」

なぜか元気よくトラノジョウは答えた。

「リュウは、目玉やきとー、塩もみきゅうりとー、ミニトマトとー、おかかマヨごはんとー、豆乳とー、バナナ」

砂山をどんどん大きくしていくことに集中していた龍がそこで急に会話に加わってきた。

「きゅうり、オレもすき」

トラノジョウは龍を見た。

「おいしいよねー」

野菜が苦手な龍も、塩揉みきゅうりは好物なのだった。

砂山の頂に「カルデラ湖」を作ったあとは、砂場から出て追いかけっこを始め、疲れるとブランコに乗り、トラノジョウが足をぶらぶらさせながら何やらアニメの話を始めた。そのアニメは龍の見たことのない作品でキャラクター名などについていけていないようだったが、「猫」

だの「魚」だのといった聞き馴染みのあるワードが出てくると、「うちの庭によく来るしましまの猫がいるんだよ」と教えたり、「リュウも魚好き。リュウが考えた深海の魚の種類があるんだよ。ドラゴンの一種なんだ」と想像上の深海魚の絵を地面に描いてみせたりして、勝手に自分に引き寄せてはアニメの話の腰を折った。トラノジョウはどうしてもアニメの話をしたいというわけではないらしく、龍が関係ない話をし始めると、「どんな猫？」「どんなドラゴン？」と龍の語りに興味を向けた。

輝はそんな二人をベンチから見るともなく見ながら、たまにスマートフォンで「通報」「義務」などの言葉を検索して自分がやるべきことについて調べているうちに、「時間の矢」は飛びに飛んで、あっという間に正午に近づいた。

「そろそろお昼ごはんかなあ？」

と声をかけてみる。

「そうしたら、帰るよねえ？」

トラノジョウはあっさりと立ち上がって、膝の砂を払う仕草をした。

「あ、送っていくよ」

「え、いらない」

「送る、送る。大人は子どもを送ることになってんの。それは『世界のルール』」

輝が少し強引にトラノジョウに近づくと、

「あっそう、まあ、いいけど」

トラノジョウがうなずいたので、前日と同じようにアパートまで送っていった。

「トラノジョウさんの昼ごはんは何かなあ？」

輝が歩きながら何気なく喋ると、

「パンじゃね？」

トラノジョウは石を蹴って言う。

「トラノジョウさんは、アレルギーってある？」

プライベートに踏み込んでいいのかもわからなかったが、昼ごはんを一緒に食べないかと誘う選択肢はないのかなあ、とぼんやり頭に浮かんでいたので尋ねてみた。とはいえ、保護者の同意なしに食事やおやつを子どもに与えることは今の時代ではアウトだ。下手すると訴訟問題になる。それどころか、アレルギーがあれば死んでしまう。

「ない」

トラノジョウは首を振ったが、子どもが自身のアレルゲンを知らないことはままあるので、信用はできない。

「リュウもない」

龍も首を振った。

「じゃ、バイバーイ」

トラノジョウはアパートの外階段をカンカンカンと登っていった。

輝の背中には、児童相談所か警察への通報案件かもしれない、という考えが張り付いている。でも、なぜか輝はその考えを振り払ってしまう。

輝と龍はオムライスの昼食をとり、午後は図書館へ行って過ごした。


そしてトラノジョウと出会って三日目。月曜日になった。

月曜日は輝の仕事が休みで、龍も降園後に予定があるので、延長保育は入れておらず、午後二時には帰宅することになっていて、「今日も公園にトラノジョウがいるかも」と龍が言い張るので、幼稚園リュックを部屋に置くなり、輝と龍は隣の公園に行った。はたして、トラノジョウがいた。

「リュウのおうち、ここからも行けるんだよ」

龍が得意げに穴を指差す。

「もちろん、しっているよ。いいよね、穴」

トラノジョウはニヤニヤしながら、うらやましそうに言った。

「すごいでしょ?」

龍は得意げに頬を紅潮させる。

「すごい。ひみつのぬけ道って、オレのあこがれなんだよ」

トラノジョウは目をキラキラさせている。

「ついてきて」

龍が這って穴を抜けていくと、

「え、オレも通っていいの？」

トラノジョウは感激して、ついていった。

仕方がない、と輝は思った。大人としても大きい方である輝の体は抜け道を通れないので、急いで公園を出て、隣の緑マンションに回る。エントランスで雄大が掲示板を見上げていたので、

「こんにちは」

と挨拶すると、

「ああ、こんにちは。そういえば、あのね……」

雄大が輝の方を向いて、何かを言いかけた。

「あ、ごめんなさい、急いでいて」

五歳児たちから長く目を離すわけにはいかないので、輝は気が急いていた。

「ええ、それじゃ、また」

おそらくたいした話ではなかったのだろう、雄大はにこにこと輝を見送ってくれた。

輝はせわしなく自室へ帰った。

掃き出し窓にかかるカーテンを開けると、小さな庭に龍とトラノジョウがいた。秋の庭で、コスモスのオレンジの花や、ニシキギの赤い葉っぱの中で遊ぶ二人がまるで天国にいるように見えた。野薔薇（のばら）の実やムラサキシキブの実をむしって、ポーン、ポーンと飛ばしている。

輝は声をかけず、ベッドに腰掛けて窓の向こうを気にしながらちびちびと古典のページをめくった。輝の趣味は古典の読書で、今は『源氏物語』を読み返している。すでにストーリーを知っていて、これから何が起こるかわかっているのに面白いのが不思議だ。

三時を過ぎるときに、おやつの時間だなあとは思ったのだが、アレルギーなどがわからないトラノジョウにおやつを出すのは難しいので、スルーした。三時半が近づいてから、

「『さざなみ』に行く時間になったから、バイバイしなくちゃな」

輝は掃き出し窓を開けた。

「もう？」

龍は少しむくれた。

「どっか行くの？」

トラノジョウが尋ねる。

「うん。月曜日は『さざなみ』に行くの」

龍は答えた。

「そっか」

トラノジョウはうなずいた。

「おやつは？」

龍が聞いた。「さざなみ」に行く前におやつを食べてから出発する習慣になっている。

「ちょっと時間がなくなっちゃったからねえ……」

輝は言葉を濁したが、

「棚にクッキーがあるの知ってるよ。トラノジョウと食べる」

龍が靴を脱いで部屋に上がろうとした。

「クッキー？」

トラノジョウはクッキーが好きなのかもしれない。目が輝いたように見えた。

「あ、駄目なんだよ。おうちの人にＯＫもらってからじゃないと、子どもには食べものをあげられないんだよ。そうだ、今度、トラノジョウさんのおうちに挨拶に行こうかな。よく遊んでもらっています、って。でも、挨拶したあとじゃないとあげられないから、今日はもう、またね、だ」

輝はちょっと胸を痛めながらも、そう伝えた。

「トラノジョウのおうちにあいさつしに行って、また、もどってきたら？」

龍は提案を続ける。

「でもさ、それだと『さざなみ』の時間に間に合わなくなっちゃうよ」

輝は壁にある時計を指差した。

『さざなみ』って、おもしろいの?」

トラノジョウが尋ねた。

「おもしろいよ、いっしょに行く?」

龍は無邪気に誘う。

「うん」

トラノジョウは素直にうなずいている。

「ごめん、『さざなみ』ってところは遊びじゃなくってさ、支援センターのことで、龍は『療育』ってのを受けてるんだよ」

輝は説明した。隠すようなことではない。来年の龍は第七小学校のいわゆる「通常級」のクラスに在籍する予定だが、「通級」と呼ばれる制度を使って「特別支援教室」にも週に一回、二時間だけ通う。輝としては、「特別支援学級」に在籍できるのなら、そのほうが龍に合っていると思い、就学相談でその希望を伝えた。でも、人数に枠がある教育方法なので、支援の必要があると国から認めてもらえないと、支援を得られる学校に入学できない。龍の個性ではそこまで支援が必要だとは認められない、と判定され、入学許可は得られなかった。それで、「通常級」に在籍して、週に一回、二時間だけ、算数や国語なんかの授業を抜け、コミュニケーションの練習をする、という予定になっている。同じ小学校に通って仲良しでい続けるとしたら、それは自然と知られていくだろう。とはいえ、「療育」という単語をトラノジョウは知らないに違いない。子ども相手にわかりやすく「療育とは何か？」を話せたらより良いのだろうが、輝の頭はそこまでは回らなかった。

「そっか」

トラノジョウは軽くうなずいた。

「とりあえずさ、ごめん。時間が足りなくなっちゃったから、みんなでおうちを出よう。私、トラノジョウさんをおうちに送っていくからね」

輝が言うと、

「『私』って言うんだね」

トラノジョウが指摘した。

「え？　うん」

「うちのママは『ママ』って言うよ。『ママはいそがしいから』とかさ『ママのお金あげるから』とかさ。『私』って言ってるのは聞いたことない」

「トラノジョウさんのおうちには『ママ』がいるんだな。他に、大人の人はいる？」

「いない」

「そしたらさ、『ママ』に、最近仲良くなった龍っていう友だちがいて、龍のおうちの人が挨拶したいって言ってる、ってこと、伝えておいてもらってもいいかなあ？」

「いいよ」

「ありがと。さ、出発。悪いけど、抜け道からじゃなくて、マンションのエントランスを通って外に出よう」

輝は自転車を押してトラノジョウをアパートまで送っていき、トラノジョウが部屋に入ったのを見届けてから龍をチャイルドシートに乗せ、自転車を漕いだ。

「さざなみ」は公の施設だ。輝たちの住む緑マンションから自転車で二十分ほどのところにある。

上履きに履き替え、エレベーターで三階に上がり、いつもの部屋をノックすると、

「龍さん、よく来たねえ」

時田先生が迎え入れる。白いTシャツにジーンズ、ビーチサンダルを履いていて、リラックスした雰囲気の先生だ。

龍は横目で壁をにらみ、挨拶はしない。そういう姿を見ることに、いつまでも輝は慣れることができず、冷や汗が滲む。

時田先生の方は慣れており、気にせず椅子に座るように促し、「今日のスケジュール」の表を龍に見せる。龍は耳からしか入ってこない情報に対しては戸惑いを示す。そのため、「今日のスケジュール」は紙にイラスト付きで示してくれている。輝は部屋の後ろの方の椅子に腰かけ、邪魔をしないように見ている。

「さざなみ」では、挨拶を強要されない。先生と一対一で一時間ほど遊ぶだけだ。幼稚園でも強要されることはないが、門前に園長先生が立ち、行きも帰りも挨拶が交わされる。子どもが挨拶を返さなくても怒られることはない。ただ、他の子どものほとんどが挨拶をしている。子ども同士でも挨拶を交わしている。「龍さん、おはよう」「龍さん、バイバイ」と声をかけてくれる子どももいるが、龍は何も返さない。幼稚園児たちはあまり気にしていない。大きなトラブルはまだ経験していない。けれども、小学校ではどうだろう。小学生になっても龍がこの態度だったら友人付き合いなんてとてもできない。友だちを傷つけることだってあるかもしれない。なぜなら、この社会は、努力すれば全員が挨拶をできるとされていて、挨拶をしないのは敵と見なされるからだ。

「挨拶を交わせば仲良くなれる」という社会システムは「挨拶ができる人」というマジョリティのみを想定して作られているのだ。挨拶が苦手なマイノリティには努力が強いられる、と輝は気がついた。

龍は三歳のとき、小学校受験のための教室に少しだけ通った。挨拶ができないと気がついたのは入室してすぐだ。その教室には十五人ほどの子どもがいて、できないのは、ひとりだけだった。「挨拶しないとお部屋に入れませんよ」と何度も言われ、それでも龍は頑固に黙り続けた。「『お』だけで良いから言いましょう」と指導された。小学校受験で問われるのは、「指示行動」という、先生から指示された行動を取れるかどうかといったことらしいのだが、龍は指示に従うことは一度もなかった。指示通りに動くことは片手を挙げるだけでも拒否した。ペーパーテストはまあまあやれるようだったが、未就学児の「点数」は、「挨拶」と「指示行動」でほとんど決まるらしい。その教室は二か月でやめた。

そのあとに音楽教室とスイミングスクールに入った。

音楽教室では、龍がみんなとは違うポーズで踊っても「いいね、龍さんのポーズかっこいいと思うよー」などと先生がおだててくれた。龍はエレクトーンの造形をかっこよく感じたらしく、鍵盤に触るのは喜んでやり、家に帰ってからもエレクトーンの絵を描いていたが、みんなと同じにできないことを自身でも気に病んだのか、やはり二か月で「やめたい」と言い出した。

スイミングスクールでは、泳ぐのはそれなりにやったが、準備体操や整列がまったくできなかった。ただ、水は面白いらしかった。「水中メガネで水の中を見たら世界がきらきらしていたんだよー。明かりが水の中に入っているところがあるんだよー」と龍は喜び、ひとりだけ初めから終わりまでずっと水中メガネをかけて泳いでいた。ただ、一年ほどすると、「水の匂いがつらい」などと嫌がり出し、結局はやめた。

輝には「平均的な親よりも、龍に手や金をかけなくてはならない」といった漠然とした焦りがあった。「挨拶ができないことで習い事や進学ができないことは回避したい。努力しなければ」と思った。

ただ、挨拶の練習ポイントが判然としない。言葉の意味にも交わす理由にも理解がある。本は好きで、文章の組み立ても、本のストーリーの把握もできる。タイミングがわからないのだろうか？　だが、「相手の真似をすればいいよ」とか「私が言ったあとに、同じことを言って」とか伝えてもできない。

誰に相談しても「挨拶の教育法」は聞き出せなかった。幼稚園教諭も、他の親たちも、「親が挨拶する姿を見せていたら、自然とするようになりますよ」と口を揃（そろ）える。ということは、これまでの自分は挨拶する姿を龍に見せていなかったのだろうか。確かに、輝自身、人との交流が得意なたちではない。

輝は使命感に燃え、人と関わるシーンを増やそうとした。マンションの管理人さんや、他の住人たちにまずは自分が大きな声で挨拶するように心がけた。だが、龍は横で見ているだけだった。

世間を揺るがすような大きな事件が起きたあとは、加害者の住宅周辺に記者たちが言葉を集めに行くようだ。近所の人たちが発した、「いつも元気に挨拶してくれて、とてもそんなことをするような人とは……」、あるいは「こちらが挨拶しても、あの人は小さい声でしか返してくれなかったし……」といったコメントが新聞などによく載っている。それを読むたびに、輝は小さく傷ついた。挨拶をする人は犯罪と無縁で、挨拶をしない人は犯罪の加害者になりそう、というイメージが世間にある。あるいは、犯罪被害に遭ってしまった子どもについても取材があるようで、近所の人が、「明るく挨拶してくれる良い子だったのに……」と涙ぐんでいる記人が、「あの子は挨拶してくれなかった」と語るのだろうか。管理人や他の住んらかの事件に巻き込まれたとき、緑マンションに取材が来るかもしれない。もしも龍がなる子どもは良い子で、挨拶しない子どもはそうではないと思われてしまうのか。挨拶す事もよく見かける。被害者になった場合も、「挨拶をする人」の方が同情を得られる。

五歳の誕生日が近くなった頃、輝はとうとうこれまで押さえ込んできた考えに蓋ができなくなった。「もう、躾の問題とは捉え難い。龍が挨拶できないのは、生まれつきの『性質』によるのではないか?」。他の親たちも、ある程度の努力はしているに違いない。でも、ものすごく大きな努力をしているのか? 挨拶する姿を強く意識して見せていたり、挨拶の仕方を徹底的に教え込んだりしているのか? 周囲を見渡したとき、「普通に過ごしていただけで、そんなに教えなくても挨拶ができるようになった」という子どもが大半であるように輝には見える。教えても教えても挨拶しない龍を見ていると、どうしても「生まれつきの性質」という見え方が頭をもたげてくる。でも、「性質」と捉えるのは、まるで「血」というものを信じているかのようで、そして、龍の生物学的親に責任を転嫁しているようで、自分が悪者になっていく感覚が湧く。だから、これまでは、「生まれつきと思ってはいけない。自分の教育のせいだ」と考えるように努めてきたのだ。

けれども……、「生まれつき」という考え方が許されるなら、すっと胸に落ちる。いや、「性質」は遺伝による要素だけではできていない。親は関係ないことも多い。人間は誰しも生まれながらにいくつかの「性質」を持っていて、誰だってその「性質」と共に生きていく。遺伝とはつなげない、「生まれつきの性質」という概念を持ってもいいのではないか。「性質」と捉えていいのなら、「じゃあ、どうやってこの社会と折り合いをつけようか」と考えられる。他者に助けを求めても良いように感じられてくる。

ちょうど離婚が決まり、引っ越しをした時期だった。生まれ育った土地に戻ってきたので、土地勘があり、役所に行って相談したり、インターネットで近所にある支援機関を探してみたりできた。病院で診断を仰ぎ、児童発達支援センターに通い始め、光明が見えてきた。

ヴィジュアルで認識した情報の方が行動につながりやすい、という龍の特性もわかってきて、絵や写真でスケジュールや指示を伝えることを心がけるようになった。

絵を描いたり工作をしたりが好きなことも発覚し、「じゃあ、芸術家になったら?」と輝が思いつきで言うと龍は目を輝かせた。ことあるごとに「リュウは芸術家になるから」とやる気をみせ、「芸術家になるために、これをやる」と新しいことに挑戦する姿も現れた。とはいえ、「芸術家は挨拶も大事だ」という科白だけは響かなかったが……。

緑マンションの住人たちとは、一年住んでも誰とも仲良くならなかったのだが、三〇二号室の雄大とだけは距離が縮まった。雄大だったら、何かが起こって取材が来たとき、挨拶に関係なく、「とても良い子ですよ」と言ってくれるかもしれない。

光が強くなる。ただ、まだ自分と向き合うのは面倒だ。育児をしていると、自分がどんな親か、自分がどんな人間かを、意識せずにはいられない。龍によって「挨拶」というものを意識させられ、自分の人間的駄目さが明らかになった。意識すると、自分までもが挨拶が下手になる。自信がなくなると、さらに下手になる。声の大きさやタイミングが難しい。また、育児中の生活はSNSをする時間さえなかなか作れず、SNSでの挨拶が遅れがちになる。友人から誕生日のプレゼントを送ってもらったあと、お礼のメッセージが遅れてしまい、「遅れた」と思ったら、余計にSNSのハードルが上がった。

そうこうしているうちに、今度は幼稚園への登園拒否が始まったのだった。

「療育」が終わると、輝と時田先生は二人で小さなブースに入った。個人面談をしてくれるという。龍は、違う先生と、別室で遊んで待っている。

「最近は、どうですか?」

時田先生がパイプ椅子に座る。

「幼稚園への行き渋りが続き、幼稚園をやめる選択肢も頭をよぎります。龍には集団行動に馴染み難い『性質』があるのかもしれません。小学校入学が不安です」

輝もパイプ椅子に浅く腰かけ、話し始めた。

「この国では、高校生までは辛抱が必要ですもんね。そのあとは好きに生きられますが」

時田先生はうなずいた。

「え?　ええ……」

輝はぼんやりとうなずいた。

「それまで、どうやって凌ぐかですよね。学校生活は、龍さんみたいな人には辛抱ばかりですもんね」

時田先生は、うん、うん、と自分で言ったことに自分で深くうなずいている。

「辛抱？ うーん、龍は辛抱していないと思うんですけれども……。私からすると、龍の方がみんなに辛抱させてしまっているように見えます。挨拶を返せないし、何かしてしまっても『ごめんね』を言えません。周りの友だちは、みんな良い子です。お友だちは、龍の自分勝手な行動を許したり我慢したりしなくちゃいけなくて本当にかわいそうです。龍から離れていってしまうのは自然なことです。龍は辛抱なんてしていなくて、いつも自由気ままに、勝手な言動で生きているように私からは見えます。私は親だから龍がどんなことをしても龍が大好きですが、友だちはどうでしょうか？ もしかしたら、龍が幼稚園をやめた方が、友だちは助かるんじゃないでしょうか？」

輝は幼稚園での龍の行動を思い出しながら喋った。

「うーん、でも、僕からすると、龍さんも辛抱していると思います。もちろん、それぞれの友だちにそれぞれの心理があるに違いありません。けれども、僕は友だちのことまでは考えられないから、まずは龍さんの気持ちに寄らせてもらうとして……。龍さんはこれまで幼稚園に行くのをすごくがんばってきたのは確かだと思いますよ。今の龍さんは芸術家になりたいということですよね。もし本当に芸術家になったら辛抱の必要はなくなるのかもしれません。いや、職業芸術家でなくても、趣味でただの芸術家をやってもいいですしね」

時田先生は「芸術家になる」を普通に話している。輝は「ときたせんせい」と書かれた名札を見た。「先生」という呼び名は不思議なものだな、と思った。

ふいに、幼稚園や小学校は本人の希望に沿ってやめたっていい、行きたくないのならあきらめるという風が吹いてきた。それは爽やかな風だった。

「……話を変えてもいいですか？」

輝は先生の顔を見た。

「もちろんです」

時田先生はにっこりした。

「育児って、あきらめていくことなのかな、って思うときがあります」

輝は両手を握り締めた。

「そうですか？」

時田先生は首を傾げる。

「親になろうと決めたとき、いい親になろうと思いました。でも、この頃は、私はいい親にはなれない、とあきらめるようになってきました」

「はい」

「人間としても、自分をあきらめる気持ちが日に日に湧いてきます。『自分も挨拶ができない人間なんだ』と改めて自分を認識せざるをえません。これまでは、なんとなく、普通に挨拶ができていて、普通の人間として生きられていた気がしていました。でも、育児をしていく中では自分のことも振り返らなくてはならなくて、そうすると、駄目な自分がくっきりと見えてきて、意識すると余計に挨拶がぎこちなくなって、周囲とのコミュニケーションが難しくなってしまいます」

「ええ」

「龍に対しても、あきらめていっています。生後半年ぐらいの頃の龍の顔をよく思い出します。カーテン越しの日光を浴びて、頰がぷっくりと輝いていて、それはそれは美しくて、私は何枚も写真を撮ったんです。絶対に立派な人になる、と思ったんです。赤ちゃんだった頃の龍の周りにはたくさんの道があるように見えました。もしかしたら、将来は博士になって、ノーベル賞をもらうかもしれない。そうしたら私も授賞式に参列しにストックホルムへ行こう、とか。将来はミュージシャンになって、シドニーのあの珍しい形のオペラハウスで演奏をするかもしれない。そうしたら、私も飛行機とコンサートのチケットを買ってこっそり聴きに行こう、とか。笑っちゃうようなことをいっぱい夢想しました。とはいえ、もちろん、親が道を決めちゃいけないことはわきまえています。だから、小さいうちに習い事をたくさんさせてあげて、できるだけたくさんの道が拓(ひら)ける状態にして思春期を迎え、大きくなってから自分で進む道を決めたらいい、そんなふうに考えていました。もちろん、いつかは受験の失敗や何かの落選や怪我や病気などで『人生のうまくいかなさ』を経験し、道が狭まるのを感じるでしょう。でも、それは思春期や大人になってから味わうことに違いない、と想像していました。こんなにはやく『あきらめる』を感じるとは思っていませんでした。今、幼稚園で歌にもダンスにも体操にもまったく参加していません。運動会も発表会もどの集合写真にも龍だけがいません。身体測定や診療で服を脱ぐのを恥ずかしがって絶対にできず、注射も打てません。体が大きくなってきて押さえつけられなくなった今、医療を受けるのも難しくなってきています。歯医者さんで口を開けるのもできません。今後は、学校に通えるかも危ういです。博士はもちろん、歌もダンスもしないのだからミュージシャンにもならないでしょう。龍の場合は、あきらめることが小さいうちから始まっています。『今、生きているだけでいいんだ』とあきらめないといけません」

「あきらめる……。僕はこれまで『育児はあきらめることだ』と考えたことがありませんでしたから、僕にとっては新しい観点です。これからそのことについて考えてみます。話してくださってありがとうございます」

時田先生は漠然としたことを言った。

「こちらこそ、聞いてくださってありがとうございます」

輝は頭を下げた。まだ個人面談を二回しかしたことがないのだが、前回の面談時も結論はよくわからなかった。そもそも「療育」というもの自体、どこを目指しているのかわからない。挨拶の指導もないいし、毎回遊んでいるだけだ。

「それで、あの、『これから考えてみます』と言いながら、恐縮なのですが、実は……」

時田先生は口をもごもごと動かした。

「はい」

よくわからないまま輝は耳を傾けた。

「僕は来年度から火星に行くことになりまして」

時田先生は笑顔でそれを言った。

「えええ？」

輝は大声を出してしまった。

「あ、驚かれましたか？　火星に行く人って、まだ少ないですものね」

時田先生は頭を下げた。

「あ、いえ、すみません、驚きすぎでした。……うらやましい」

輝はもごもごと語尾に本音を滲ませた。

「そのため、小学生になってからは違う先生が龍さんの担当になります。でも、まだ半年ありますから、まだまだ、よろしくお願いします」

時田先生は話を締めた。

「こちらこそ、よろしくお願い致します」

輝は再度頭を下げた。

翌日は、龍はすんなりと幼稚園に行った。すんなり行ける日と、行けない日、その違いを輝は読み取れなかった。朝起きたときからぐずるときもある。あるいは、起きてからご機嫌で早々に登園準備を終え、自転車の後ろで「今日はリレーの練習をする」などと活き活き話していて、幼稚園の門の前で急に「休む」と言い出すこともあった。あるいは、ゆっくりと支度してやる気がなさそうだったのに、幼稚園に着いたら走って門を抜けることもあった。これが人間というものなのだろうか。ロボットよりもかなり複雑に行動を決めているようで、メンテナンスやプログラミングが難しい。

ともかくも、今日は、幼稚園に行ってもらえた。ほっとした気持ちでひとりで電動自転車を走らせていると、救急車のサイレンが聞こえてきた。自転車を止めて心の中で、「無事でありますように」と祈る。これは輝の癖でサイレンカーの音がするといつも祈る。それでいて心は平穏なままで、まったくドキドキはしていない。救急車が通り過ぎるまで、じっと停止しながら、「どうしてドキドキしないのだろう。もしも龍が救急車に乗るようなことになったらドキドキしてたまらなくなるのに。自分は関係の薄い人に冷淡なのだ」と考える。通り過ぎてしまったあとは平然とペダルを漕ぎ、すぐに救急車のことは忘れる。

定期利用している駐輪場に向かう。輝が停める時間帯のこの駐輪場では、接客や自転車の整理を、成熟者と思われる人と若い人の二人組で行なっていて、毎朝、

「おはようございます」

「おは、よう、ござい、ます」

にこやかな挨拶をしてくれた。朝を爽やかにしてくれる二人のスタッフに輝は好感を抱いていた。

若い人の喋り方はいつもぎこちない。何かしらの「性質」によるものだろうか。力みがあったり、違う方へ向かう視線があったりする。声が小さすぎたり大きすぎたりして、聞き取りにくくはあるのだが、「慣れた人が言う聞き取りやすい挨拶」よりも、強く伝わってくる。「仕事をしよう」と思って出している声ではなく、相手を見て喋っている声に聞こえる。

自転車を置いたあと、輝は駅前にあるファストフード店に向かう。ロッカールームで制服に着替え、バックヤードの壁に貼られたポスターにある接客七大用語を五回音読する。フロアに出る前にそれをする決まりになっている。

「『いらっしゃいませ』『少々お待ちください』『かしこまりました』『お待たせいたしました』『申し訳ございません』『恐れ入ります』『ありがとうございました』……」

ひとりで壁に向かって挨拶する姿は奇妙だが、挨拶練習により口が滑らかになり、フロアに出たときにうまく声が出る。ただ、相手を見て喋っているような「強い声」にはならなかった。

ネクタイの結び目を直し、

「おはようございます」

輝はスタッフたちに挨拶して回る。キッチンに六人、フロアに六人のスタッフがいる。成熟者のスタッフもいるし、「生まれつきの性質」や「後天的な性質」もさまざまだ。このファストフードチェーンは世界中に店舗を出しており、イメージアップのためにスタッフの多様性を打ち出している。

決して社交的ではない輝だが、同僚の三好(みよし)さんとはよく喋る。

「お、は、よ、う」

三好さんの笑顔には邪気がない。向日葵(ひまわり)のような表情。

三好さんは複雑な仕事内容を理解したり複数の作業を同時進行したりすることは苦手だ。それが三好さんの「性質」なのだろう。それで最初は、皿洗いなどの単純作業のみを店長から任せられ、多くの時間をキッチンの中で過ごしていた。ただ、キッチンスタッフでも、ウェイティングになっていた料理を届けるためにフロアに出ることがあった。すると、三好さんの人気に火がついた。

「あのスタッフさんのサービス、いいねえ」

というオンラインメッセージがたびたび本社に届けられ、アンケート用紙に褒める言葉が残り、三好さんにはむしろ接客の方に才能があることが店長にもスタッフ間にも伝わってきた。

つまり、三好さんはコミュニケーション能力が高かったのだ。現代社会にばっちりはまる。ファストフード店というものに対する客からのニーズに三好さんは応えられる。

輝は三好さんと働くのが好きだったし、「自分にも三好さんのような仕事ができたら……」と尊敬もしていた。ただ、そういう気持ちの裏に、嫉妬のような感情も湧いていた。コミュニケーション能力をどうしたって伸ばせない人、「現代社会にはまらない性質」しか持っていない人は、この社会でどう生きていけばいいのだろう。そう、龍のような……。

「い、ら、っ、しゃい、ませ。ご注文は、何になさいますか？」

三好さんがにっこりと笑う。

「マヨネーズシュリンプバーガーとポテトのセットで……」

お客さんはカウンターの画面に表示されたメニュー表を眺めながら注文を始めた。

「はい、マヨネーズシュリンプバーガー、と、ポテトのセット、を、おひとつ。お飲み物、は、こちら、から、お選びいただけます」

三好さんは復唱したあと、メニュー表にあるセットドリンクの種類を手で示す。

「えーと、えーと、どうしようかなあ……」

お客さんは腕を組み、しばし黙ってしまった。その間に、

「ワンフォース、プリーズ」

輝は、三好さんの打ち込みによってレジ画面に表示された注文を確認し、後ろを振り返って

キッチンに大きな声でコールした。この店の隠語で「ワン」は「ひとつ」、「フォース」は「季節メニュー」、「プリーズ」は「お願いします」のことだ。マヨネーズシュリンプバーガーは秋の初めの一か月ほどだけ毎年作られるメニューなので、「季節メニュー」だ。

コールを受けたキッチンスタッフが料理を作る。できあがったマヨネーズシュリンプバーガーを受け取り、ポテトをフライヤーから袋に詰め、トレイに載せる。

三好さんは「お客さんと喋る」という作業だけで手一杯になることをみんなわかっているので、料理やコンディメントを揃えるのはいつも別のスタッフが行なう。ファストフード店は速さが売りなので、輝はいつも急いで商品を揃える。

「……じゃあ、ホットコーヒーにしようかな」

お客さんがドリンクを選択したので、輝はすぐにカップをコーヒーマシンにセットし、マドラーと砂糖とミルクをトレイに載せた。画面に出ているメニュー名とコンディメント名をひとつひとつ指差して確認する。ファストフード店のクレームで一番多いのは、商品やコンディメントの「入れ忘れ」だ。そのため、画面には、「シュリンプ　1」といった商品名だけでなく、「マドラー　1」「シュガー　1」「ミルク　1」といった、添えるべきコンディメントの名前も表示されている。「ストローがなかった」「砂糖がなかった」といった苦情は頻繁に届く。チェーンのファストフード店のスタッフは軽く見られがちで、「揃え忘れ」で大きな声で怒られることを何度か輝も経験しており、ついびくびくしてしまう。輝が揃えたテイクアウトの袋を持ち帰ったお客さんから「マドラーがない」という怒りの電話がかかってきて、マネージャーが車で隣県のお客さんの自宅までマドラー一本を届けに行き、玄関前で三十分間の謝罪をする、という事件も先日に起きたばかりなのだ。

だから、輝は商品とコンディメントを丁寧に確認し、「よし、揃えた」と心の中で唱えた。

そのとき、

「しまった。ああー、キャンセルで」

お客さんが自身の鞄を覗いたあと、頭を掻いた。

「あら、まあ」

三好さんが困った顔でつぶやいた。

「あ、いえ、大丈夫ですよ」

輝は慌てて三好さんの隣に行き、お客さんに話しかけた。ファストフード店には接客マニュアルというものがある。「カスタマーファースト」を心がけ、常に笑顔を振りまく。「あら、まあ」という困り顔は、マニュアル外だ。だから、輝としては三好さんのフォローをしたつもりだった。

「ごめんなさい。あの、今、鞄を開けてみたら、スマートフォンも財布も入っていなくて、支払いできなくて……。すみません、ああ、マヨネーズシュリンプバーガー、毎年一回は食べることにしているから、今日は楽しみにして来たんだけどなあ、はあ……」

お客さんはため息をついた。

「はい、キャンセルということで承知しました。またお待ちしております」

輝はにっこりと笑顔を作った。心中で「きちんと揃えて丁寧に確認した作業が水の泡じゃないか」と苛立ちながらも堪え、「心とは裏腹な笑顔を作る」という仕事をしたつもりだった。

けれども、

「そうでしたか、残念ですよ、ねえ。一年ぶり、でしたのに、ねえ。マヨネーズシュリンプバーガー、おいしいですもん、ねえ、私も大好きです」

三好さんは、肩を落とし、首を傾げ、眉毛を八の字に曲げて悲しそうな顔をした。

「ええ。……あの、今日はあきらめます。また今度、来ます」

お客さんは、三好さんが悲しげな表情をしたことで心が和らいだようで、気持ちを切り替えて手を挙げ、店から去った。

三好さんは、お客さんが出ていったあとも一分ほどは悲しみをたたえた顔を維持していた。

悲しげな顔はマニュアルにない。

だが、三好さんの方が、輝よりも仕事をしたことは確かだった。これが真の挨拶なのか……。

そうだ、私もマニュアルではない挨拶をしてみよう、と輝は思い至った。

これまでは、育児シーンでも、マンションでも、仕事でも、自分らしさを消すことを周囲から求められている、と思い込んでいた。幼稚園で会う「ママ友」にも、暗黙のルールに沿った、マニュアルのような挨拶と表情で接していた。

でも、相手を見て、自分が本当に言いたい科白やしたい表情で、ママ友に挨拶したほうが伝わるのではないか？

決めた。トラノジョウの保護者に挨拶しに行ってみよう。

トラノジョウの言うところの「ママ」が、あのアパートの二〇三号室にきっといる。

訪ねてみよう。変なコミュニケーションになったっていい。相手を見て、そのときの自分が言いたい科白としたい表情で、挨拶してみるのだ。

いつ見ても、ひとりだけで公園をぶらぶらしているトラノジョウ。着替えをしていないらしく、汚れた身なりで毎日過ごすトラノジョウ。大人に対して、救いを求めるかのような熱い眼差しを向けるトラノジョウ……。

こういう児童を見かけたらネグレクト、つまり育児放棄を疑うべきだということを、輝は知っていた。ネグレクトは児童虐待のひとつの形だ。この国には、ネグレクトによって人権を侵害されている子どもが多くいる。食べ物を十分に与えられず、受けられるはずの教育を受けられず、苦しい思いをしている子どもたち。保護者も苦しんでいる。自身の心身の病気、経済的な苦境、育児の知識や能力の不足、その他さまざまな理由で保護者は育児に困難を覚える。周囲はそれを感じ取り、国の機関につなげなくてはならない。

「児童虐待かも?」という場面に遭遇した市民には、通報の義務がある。「189(イチハヤク)」という電話番号で、すぐに児童相談所につながる。あるいは「110(ヒャクトオバン)」で警察につなげてもいい。たとえ勘違いだったとしても、責任を感じる必要はないらしい。児童虐待の可能性を感じたらすぐに通報をしなければならない、と緑マンションのエントランスに貼ってあるポスターにも書いてあった。輝には義務がある。わかっていたのに、後回しにしていた。

なぜ通報したくなかったのか? それは、単純に面倒だったというのもあるが、国の機関ではなく自分という個人にも何かできるのでは、という驕りもあった。自分には何もできないかもしれないが、できるかもしれない。そんな思いがずっと胸に渦巻いていた。

トラノジョウに何かしたい。それは、トラノジョウを助けたいという清らかな心ではなかった。むしろ、汚い心だった。輝は自分を浄化したくて、自分のために「トラノジョウみたいな人」「ネグレクトを受けているかもしれない人」に関わることを求めていた。自分勝手な思いを、強く抱いていた。だから、まだ自分の手元に事案を置いておきたい。自分本意な思いで、今すぐ通報するのではなく、一度だけ、トラノジョウの「ママ」と話し、そのあとに通報したい、と思ってしまう。

トラノジョウは、あまりにも似ているのだ。輝の小学生時代の、あの、苦しい思い出……。輝のランドセル嫌いのきっかけになった、あの思い出の中にいるキナヌマくんに……。

輝の小学生時代の同級生のキナヌマくんも、毎日同じ服を着ていた。緑色のTシャツとジーンズ。汚れていて、匂いもしていた。

輝にできることが何かあったはずだ。でも、何もしなかった。いや、何もしないどころか……。

ファストフード店の仕事を終え、幼稚園へ自転車で龍を迎えに行く。龍を後部座席に乗せた自転車で緑マンションに戻ってくると、駐輪場の前を雄大が通りかかった。

「あ、雄大さん、こんにちは」

輝は自転車を停めながら挨拶する。

「よお、龍さん」

雄大は輝ではなく、龍に挨拶した。

「よお、ユウダイ」

龍が片手を挙げる。

「昨日は、お友だちと一緒にいたなあ」

雄大はにこにこ笑う。

「そうだよ。トラノジョウっていうの。今日も、となりの公園に行ったら、トラノジョウがいるかも。ユウダイも一緒に行って、トラノジョウに会う?」

龍は自転車の後部座席から降りて、雄大を誘った。

「お、いいねえ。成熟者の俺は暇だからなあ」

雄大は本当にトラノジョウに会いに行くようだ。

「すみません、いつも龍に付き合ってもらってしまいまして。……そしたら、龍、このまま行こっか」

輝もトラノジョウに会いたかった。幼稚園リュックはそのまま自転車籠に放置して、財布とスマートフォンが入ったポシェットだけを持って公園に行ってしまおう。

「こんにちは、輝さん。毎日、公園に行ってるんですか？」

今更ながら雄大が輝に挨拶を返した。

「はい、ここ数日は……。あ、昨日、お話をちゃんと聞けなくて失礼しました」

輝は、何か言いかけていた雄大を思い出した。

「ああ、あれね。俺もとうとう、申し込んだんですよ」

雄大は公園に向かって歩みを進めながら微笑んだ。

「申し込み？」

輝が走っていこうとする龍の手をつかまえてゆっくり歩くことを促しながら聞き返すと、

「火星行きです。第十二期のロケットに申し込んだんです」

雄大は公園の門を抜けながら言った。

「……うらやましい」

輝は心の底からそう思った。

「龍」

トラノジョウが手を振って近づいてきた。やはり、いつもと同じ、汚れた服を着ている。

「トラノジョウ」

龍は喜んで駆け寄る。

「あなた、火星へいくんですか?」

と雄大の方を向いた。

「そうなんですよ」

雄大がうなずくと、

「いいなあ、火星、オレもいきたいんです」

トラノジョウは雄大を熱い目で見上げた。

「リュウも火星、いきたい! ねえ、トラノジョウ、また、オリンポス山を作ろうよ」

龍が砂場に向かって走り出す。

「おお、お山を作るんだな。俺も一緒に作ろうかな」

雄大も腕まくりをして龍を追いかけていく。

「あ、あのう、すみません。厚かましいお願いですが、ちょっとだけ、二人を見ていていただくことはできませんでしょうか?」

輝は思い切って雄大に頼んでみた。他人にこんなことを頼むのは非常識だろうが、子連れで行くよりも単身のほうがうまく挨拶できるだろうと踏んだ。挨拶にそんなには時間はかからないはずだ。

「ああ、いいですよ」

雄大は輝の方を振り返り、うなずいた。

「すみません、すぐに戻ります。すぐそこの、トラノジョウさんのおうちに行って、そのう、トラノジョウさんの保護者の方に、……挨拶してきたいんです。すぐそこの、あの赤いアパートなんです。本当に、すぐに戻りますから」

輝がそう言うと、トラノジョウは目の光を消して、まるで何も聞こえていないかのような表情になった。

「大丈夫ですよ」

雄大はにこやかに言う。

「どうぞよろしくお願いします」

輝は頭を下げて雄大に子守りを任せると、意を決して公園を出て、トラノジョウのアパートへ向かった。

カンカンカン、と金属の階段を登っていく。勢いをつけて足を動かす。扉の前で立ち止まったら、勇気がしぼんでしまいそうだったので、階段を駆け上がった前傾姿勢のままで二〇三号室のインターフォンに指を伸ばす。ピンポーン。

一分ほど待ったが、誰も出てこない。けれども、電気のメーターが動いている。それに、なんとなく、扉の向こうに人がいる気配を感じる。

居留守を使っている相手にしつこくするのは失礼だ。しかし、この勢いを失ったら、もう押せない気がして、もう一度、押す。

またも無視されたあと、あと一回だけ、と思い、押す。

……ガチャ。扉が開いた。

「どなたですか？」

ふわふわの髪と、きれいにアイシャドウが塗られた大きな目が、チェーンをかけたままのドアの隙間から漏れ出た。輝よりグッと小柄で、細い体つきだ。

「あ、えっと……」

輝は緊張から言い淀（よど）んでしまった。小柄な相手に、大柄な自分が威圧感を与えている気分にもなった。

「集金？」

ふわふわの髪を揺すり、いぶかしむ。

「いえ……」

ふいに、川辺で、龍が雄大に対して突然に「リュウ」と名乗ったシーンを思い出した。名前を伝えたあと、「友だちになろう！」と言ったのだ。

「用がないのに、インターフォンを押したんですか？」

ふわふわの髪は警戒心丸出しの体勢で、扉を少しずつ閉めようとしていく。

「私は、秋山輝と申します。友だちになりたくて来ました！」

早鐘を打つ胸を押さえ、名乗った。

「はあ？」

当たり前だが、ふわふわの髪は恐れの表情を浮かべた。扉はあと数センチで閉まる。

「わ、わ、ちょっと待ってください。変なことを言いました。ごめんなさい。実は、トラノジョウさんと、私の家にいる五歳児、龍さんっていうんですけども、最近、お友だちになりました。ほら、あそこの公園で知り合って、今も一緒に遊んでいます。先日、トラノジョウさんが、うちに来たんです。それでまた今日も公園に一緒に来て……。親の私たちもお友だちになれるかと思いまして、ご挨拶に伺いました」

輝は焦って、ひと息で喋った。

「リュウさんのこと、聞いてます」

意外なことに、ふわふわの髪はうなずいた。扉が少しずつ開き始めた。

「あ、本当ですか？　良かった。失礼ですが、そのう、あなたは……ユキヤマさん、でしょうか？」

輝は名を尋ねた。トラノジョウは、自分のことを「ユキヤマトラノジョウ」と名乗った。親も同じ苗字だとは限らない。だが、その可能性は高いだろう、と推測し、尋ねてみた。

「まあ、そうですね。ユキヤマユキですよ。変な名前でしょ？　雪が二つ入ってんの。雪山雪。重複狙って付けられた名前じゃないよ。最初の親の苗字だと語呂がよかったんだ。だけど、親が結婚したり離婚したり繰り返す奴でさ、最終的にこうなっちゃったのよ」

ユキは肩をすくめて、カジュアルに笑った。

「素敵なお名前ですよ。覚えやすいし、なんだか、詩的だし」

輝は微笑んだ。本当に、素敵な名前だと思った。

「そお？」

「私の名前も、『アキ』が二つ入ってるんですよ」

「あがる？」

ユキは玄関をぶっきらぼうに指差す。意外な展開に、輝は目を丸くしつつ、

「え？　いいんですか？　お邪魔します」

靴をサッと脱いだ。機を捉えてあがってしまえば、もっと話せるかもしれない。

「……大丈夫なの？」

ユキは玄関に転がっている小さな長靴に視線を落として、つぶやいた。

「あ、トラノジョウさんと龍さんは、そこの公園の砂場で遊んでいて、私の知り合いの大人が

見てくれています」

輝は不信感を持たれないよう笑顔を保ち、さらりと家に上がり、足を進めた。廊下というものはなく、引き戸を引いたら、すぐに居間だった。

「ごめん、タバコ、吸っていい？」

ユキはちゃぶ台の上のタバコの箱を取り、トントンと叩いて一本取り出した。灰皿には山盛りの吸い殻がある。

「あ、はい、もちろんです。ユキヤマさんのおうちなんですから、どうぞ」

輝は手を「どうぞ」という形にして喫煙を促した。

「ネグレクトを疑って、偵察に来た？」

直球でそう言ったあと、ユキはタバコに火を点けながらあぐらを組む。

「え？　偵察って、そんな……」

いきなりそう言われることは予想外だったので輝は口籠もり、もそもそとちゃぶ台の前に座る。偵察とは思っていなかったが、ネグレクトを疑ってはいるので、ちゃんとした否定まではできない。

「まあ、ネグレクトと言われたら、そうよ。私、ネグレクトをしているんだと思う。トラノジョウを愛している。でも、世話は行き届いていない。『育児ができていない』と指摘するのなら、その通りとしか返しようがないわ。ごはんは菓子パンばっかり。風呂は週一くらい。パンやおにぎりのコンビニ飯をたくさん冷蔵庫に常備しておいてあげているけど、たまに、トラノジョウをこの部屋に置いたまま、私だけで外泊するときがある。トラノジョウってさ、ほら、しっかりしているでしょ？　だから、これまで、なんていうか、問題にならなかったんだよね。翌日に帰ってきても、生きているし。来年から小学生だから、『どうなるんだろうな？　公的機関にチェックされるのかな？』って漠然と怖さを感じて、それでいて、そのチェックが楽しみなような、そんな気持ちでその日暮らしを続けてきた。ずっと不安だった。誰かに見つけてもらいたかった。私は誰かに怒られたかったし、トラノジョウを救ってあげて欲しかった。だって、私、自分ひとりのことさえも、生かせそうにない。とてもじゃないけれど、トラノジョウのことまで頭が回らない。このあと世話をやっていく自信も気力も湧いてこない。だって、育児スキルがないし、お金もないし、頭はいつもパンパンで考えごとができないし」

ユキは灰皿に視線を落としたまま、早口で一気に喋った。風船に小さな穴が空いたときにシューッと空気が出てくるような勢いだった。

「すごいですね。『できていない』『自信もない』って、ちゃんと言えるの、なんていうか、立派ですね」

輝は感動してしまった。ネグレクトの疑いは否定されると予想していたのだ。多くの親は、ネグレクトを認めたがらない。だが、ユキは違うようだ。ユキは、ほとんど育児放棄の状態でその日暮らしをしながらも、頭のどこかではずっと考えごとをしていて、今喋った言葉をずっと用意していたのだろう。

「すごい？　は？　立派？」

　ユキは眉をしかめた。

「あ、ごめんなさい。えらそうなことを言いました。だけど、『育てられない』って言うことには、ものすごく高いハードルがある、って聞いたことがあるんです。多くの親がそれを言えなくて、子どもに苦しい思いを続けさせたり、亡くなるまで何もできなかったりしている、って。育てられないことは、いけないことではないそうです。人間だから、産んだけれども育てられない、ということは起こります。誰にだって、育てられなくなる状況が訪れる可能性があります。それを認めて、他の人間につなげられたら、子どもは助かるらしいんです。ラジオで聴いたんです」

　輝は、ユキが心を開いてたくさん喋ってくれたことに対して、自分も熱量のある言葉を返したい、と思ったのだが、すぐには思い付かず、とりあえず、ラジオで耳にした話を引用した。輝はここのところ、子どもの居場所作りや児童虐待に関することが気になるようになっていて、そういう話題が聞こえるとつい耳を澄ましてしまうのだ。

「ラジオ？　ふうん」

　ユキは灰皿の縁を撫でながら、ちょっと視線を上げ、口の端で少しだけ笑った。ラジオという媒体からの情報、というところが可笑しかったのかもしれない。

「……トラノジョウさんを助けたかったんですね？」

輝は、そうっとユキの顔を覗いた。

「随分前から、観念していたの。でも、自分からは動けなくて、待つだけで精一杯だった」

ユキは目を瞑った。

「観念？」

輝はその単語を復唱した。

「いつか、こういう日が来ると思っていた。誰かが、そこの玄関のドアを開けて、私を断罪して、トラノジョウを救うんだろうな、って。そうしたら、ドアを開けた人にトラノジョウを任せよう、観念しよう、と前から決めていた」

ユキは目を開けて、部屋を見渡した。家具らしい家具はなく、敷布団は敷かれたままになっており、壁際に百円ショップで買ったような簡素な棚がいくつか並んでいる。家具は少ないのに、六畳のワンルームは、かなり散らかっていて、足の踏み場があまりない。弁当や飲み物の残骸のプラスティックごみが散乱し、段ボール箱がたくさん積み上げられ、網戸やカーテンは破れたりほつれたりしている。

「私、断罪はしませんよ。だって私は、行政の関係者でも、専門家でもなんでもない、ただの、えーと……、ママ友？　ですし……」

輝が首を傾げると、

「いやいや、ママ友ではないでしょ？　あっはは」

ユキは声を出して笑った。

「そうですね、まだママ友ではないですね。えっと、えーっと、『子どもの友だちの親』ですね、ただの……」

輝は言い直した。

「うん。ともあれ、ドアは開けられた」

ユキは自分の指の爪を見下ろしている。爪は綺麗なミントグリーンに塗られていた。

「あの、外泊することがある、って、さっき言っていたけど、その理由は、お仕事？」

輝はつっこんだ質問をしてみた。

「うーん、仕事のときもあるけれど、どっちかというと、恋愛かな？　したくてしてるんじゃないよ、私だって、もう恋愛したくないの。でも、恋愛しないととても生きていけないの。自分でも、どうしたらいいのかわからない。何をしたら、恋をしないで生きていける人になれるの？　私はもう、変われっこない。恋をして、誰かに夢中になったり、誰かに好きだって言ってもらったりしないと、足ががくがくして立っていられないくらいの不安に襲われる。そういう人間なの。今日という一日を死なずに生き続けるだけでも大変なの。誰かに頼らないと、とても息ができない」

ユキは眉間にシワを寄せながら苦しそうにする。

「そうなんですか」

輝はうなずいたが、その声や表情が乏しかったのだろう、

「わかんない？　ちょっとはわかるでしょ？　恋愛経験はあるでしょ？」

ユキは輝の顔をじっと見る。

「えっと、私は、恋愛って、したことがないんですよ」

輝は正直なところを話した。

「ふうん。広い世の中、そういう人もいる、って聞いたことあるけど……。まあ、恋愛しないで済む人生があるなら、その方が幸せだよね。私だって、そうなりたいもの。……だけどさ、輝さん、結婚はしたんでしょ？　だって、龍さんの親なんでしょ？　子どもがいる人は大概結婚しているよね。私はひとり親で、結婚しないでトラノジョウを産んで、しかも分散恋愛派だからさ、トラノジョウの血縁の親が誰だかはっきりとはわかんなくて、そのあとも恋愛相手がずるずる増えていくだけって状況にあるんだけど……。しかも自分の親が結婚離婚繰り返す奴だったから私は結婚制度を良いものに思えなくてさ、結婚を一度もしない人生になりそう。まあ、そもそも人生ってものが私にまだあるならの話だけどさ……。とにもかくにも、輝さんは、見た感じ身持ち堅そうだし、どうせ、結婚して子どもを産んで……、って、そういう人生を歩んでるところでしょ？」

ユキはつらつら喋って輝のほうを顎でしゃくった。

「私は、恋愛してないのに結婚しちゃいました」

輝は肩をすくめた。

「ふうん」

ユキは首を傾げた。

「私が結婚していた相手、英二って人なんですけどね。英二は、私と結婚する前に、別の人と結婚して、そしてすぐに離婚したらしくて。英二の前の結婚相手は、赤ちゃんを産んだあとに別の人と恋愛していなくなっちゃったんだって。その赤ちゃんが龍さん。英二は子どもを作るようなことをしたとき、覚悟を全然持っていなかったみたい。しかも育児の知識もなかったから、赤ちゃんの龍さんを置いて前の結婚相手が出奔したあと、龍さんを育てる自信が湧かなくて、途方に暮れたらしい。そんなときに私と出会った。私、『困っている赤ちゃんがいる』って聞いて、もともと育児に憧れがあったし、舞い上がっちゃって、私にできることがあるかも、って驕った気持ちも湧いてきて……。それで私が好意を示したらさ、英二は渡りに舟って感じですぐに私に飛びついて、再婚話をとんとん拍子で進めて、三人で暮らすことになったわけさ。私は、龍さんが生後六か月のときから世話をしているんだ」

輝は来し方を語った。長く喋っていると緊張が解けて、普段の口調に近づいてきた。

「つまり、血がつながっていないのね。輝は、龍を産んではいないんだ？」

ユキは輝を呼び捨てにし始めた。

「うん、産んでいない。でも、〇歳から育てている。龍さんが四歳になったときに英二と離婚することになった。私は龍さんと離れたくなかった。英二とは離れてもいい、でも龍さんとの離別は耐えられない。おそらく、龍さんもそうだった。もともと英二は仕事を理由にあまり家にいなくて、龍さんとたくさん接している親ではなかった。龍さんは私をとても好いてくれている。英二よりも、私の方が龍さんをうまく育てていける、っていう自負が私にはあった。それを主張したら、英二は龍さんと私のために、マンションの部屋を私の名義で買ってくれたわけさ」

輝は淡々と話した。

「離婚の理由は?」

ユキは輝に興味が湧いたのか、ずけずけと聞いてきた。輝は、公園で遊んでいる龍たちをまず頭に浮かべ、さらに長い時間をかけて話すのは雄大に悪いとは思ったのだが、ユキと会話ができる機会がこの先もあるかどうかわからないとも感じられて、今ここで自分が心を開くことのほうが重要かもしれない、と舵(かじ)を切った。

「重い話をしてもいいか?」

居住まいを正し、会話を続けた。

「いいに決まってる。もうすでに、重い話しまくっててんじゃん、私たち。あはは、何やってるんだろうね、初対面なのに」

ユキはあぐらをかいている膝を叩いて大袈裟に笑った。

「なんかさ、私は最近、初対面の人にペラペラ喋ることに抵抗がなくなったんだよな。なんか、離婚以来、やけっぱちになってて、誰にでもあけすけに話しちゃうんだ」

輝は、ふう、と息を吐いた。

「へええ」

ユキは輝の顔を見て、話を聞く体勢に入る。

「……キナヌマくんって知ってる？　一時期、テレビや週刊誌でよく名前が報道されていた」

輝は語り出した。

「キナヌマさん？　変わった名前だね。えーっと……、報道ってことは、何か事件を起こした人？　うーん、思いつかないなあ……」

ユキは顎に手を当てて、考えながら喋る。

「そう。事件を起こした人。三人の人の生をうばってしまった、キナヌマワガヘイくんのこと。第七小学校で何年か前に起きた事件なんだけど、覚えていない？」

輝はうなずいた。

「ああ……、そりゃあ、さすがにその事件は知ってるよ。その時期、ネットニュースでも雑誌記事でもたくさん見かけたもの。だけど加害者の名前までは覚えてなかった。え、まさか、『くん付け』で呼ぶってことは、輝は、あの加害者の人と知り合いなの？　そういえば、加害者は卒業生だ、って週刊誌の記事で読んだ」

ユキは目を見開いた。

「キナヌマくんは、私の小学校時代の同級生なんだ。と言っても、仲が良かったわけではなくて、だから、あの事件が起きて、容疑者はキナヌマワガヘイさんだ、ってあちらこちらのメディアで名前が報道されても、変わった名前だな、としか思わなくて、全然ピンとこなくて、思い出すことはなかった。顔写真が出ていたけれど、ぼやけていたから気づかなくて。でも、事件から半年経った頃に出た週刊誌の記事でハッとした。そう、その週刊誌の記事を、私も見たんだよ。キナヌマワガヘイ被告は第七小学校の出身だ、って書いてあった」

輝は、第七小学校のある方向をなんとなく指差した。

「うん。トラノジョウが行く予定の小学校でもあるからさ、その記事はさすがの私も覚えているのよ」

ユキは神妙な顔でうなずいた。

「龍さんも、第七小学校に進学予定なんだよね。そして、私も七小の卒業生なんだ。だから、その記事を見て、びっくりした。よく読んだら、犯人の生年が私と同じで、ということは同級生なのか、って考えて、ハッとした。記事に使われてた卒業アルバムの写真と名前をまじまじと見返して、『あのキナヌマくんだ』って気がついたんだ」

輝は自分の手をじっと見た。

「うん。小学生時代の友人だったのね？」

ユキはうなずく。

「ううん。キナヌマくんと私は、友人同士だったわけじゃない。五、六年のときに同じクラスで、お互いに存在を知っているという程度だった。ただ共通項としては、いじめられっ子だった、ということがある」

輝は首を振ってから、話を続けた。

「え？　いじめられっ子？　輝もいじめられていたってこと？　いや、顔の話するのは失礼だけれど、そのう……、輝はいわゆる『美人』だよね？　それなのに、いじめられていた？」

ユキはちゃぶ台の上に身を乗り出す。

「いや、小学生の人間関係って、見た目はあまり影響しないよな。それより、コミュニケーション能力がものを言っていた。明るい子や話しやすい子や優しい子はヒエラルキーの頂点にいて、周囲に人が集まっていた。そして、いじめの加害者は決して悪い子ではなく、明るい子や話しやすい子や優しい子たちとその周辺だったと思う。とにかく、私は明るくなく、話しやすくなく、優しくない子どもだった。私、学校に行くとまったく喋れない、って子どもだった。学校でひと言も言葉を発しなかった。家では話せるんだけど、学校では声が出ないんだ。私は人と喋れなかった。授業中に手を挙げたことが一度もない。いつも暗い表情でうつむいていて、異様な空気をまとっていた。それで、私はみんなから気持ち悪がられていた。クラスメイトは私が近寄ってくるのを恐れていた。私に触りたがらなくてダンスなんかでは私は手をつないでもらえなかったし、私が給食当番でパンを配ろうとすると受け取り拒否をされた。『気持ち悪い』『こっちに来るな』なんていう悪口を陰でも面と向かっても言われ、今となっては思い出したくもない嫌なあだ名をつけられた。そういう声を浴びながら学校生活を送っていた。とにかく嫌われていた」

輝は昔を思い出すように瞬(まばた)きをした。

「そうだったの。でも、今は初対面の私とも平気で話している。喋れないなんて、微塵(みじん)もそんな雰囲気ないけどな」

ユキは不思議そうな目で輝を見る。

「子どもの頃に喋れなかったのに大人になったら自然と喋れるようになったっていう人、多いみたいなんだ。私の場合も、それだったんだろうね。努力も工夫もしないままハタチを過ぎて、自然と人と話せるようになった。今は、初対面の人とでも、人数の多い場所でも、喋れる。ファストフード店で働けるまでになっている」

輝は頬を押さえる。

「そう」

ユキはうなずいた。

「キナヌマくんの方は、週刊誌の記事にもあったように、毎日同じ服を着ていたり、お風呂に入っていないようだったり、ということがあった。それがネグレクトの被害によるものだということは、当時の私にはわからなかったし、クラスメイトもわかっていなかったと思う。ただ、あの記事にあった『ネグレクト』っていう言葉は、当時のキナヌマくんを思い起こすと、ものすごくしっくりくる。まあ、週刊誌の記事を鵜呑(うの)みにしていいのかどうかわからないけれど……。ともかくも、キナヌマくんはコミュニケーション能力が低いというよりは、人とのコミュニケーションの取り方が独特だったり常識のようなものがなかったりといった雰囲気の人だった。とはいえ、当時のクラスメイトたちはみんな、家族関係のことなんかはもちろん知らなかったしさ、家族関係とか家の環境とか衣服のこととかに関して悪口を言う人もいなかったと記憶している。服が同じとか体の匂いとか、そういうことを指摘する人もいなかった。いじめの内容としては、キナヌマくんに対してもやはりコミュニケーション能力のことで『浮いている』『みんなの中に入れない』というところを言葉で指摘される、っていう感じで、いじめ加害者からつつかれていた。あだ名をつけられたり、悪口を言われたり。私もキナヌマくんも、いじめられっ子とはいえ、いわゆる、体をなぐられたり蹴られたりといった暴力は受けていなかった。悪口やあだ名なんかの言葉の暴力を浴びる、無視される、話しかけたり触ったりしてもらえない、受け入れてもらえない……」

輝はちゃぶ台に両手を置いて、言葉を選んでいった。

「そういうことをされている子、私の小学生時代にもいたなあ……。大人になった今となっては『あのとき、あの子を助けてあげれば良かった』って後悔が湧くけどさ、子どもだったときは『自分自身の学校生活もままならないのに、他の子を慮る余裕なんてなくて当然だ』と思っていた」

　ユキは唇を嚙み締めた。

「私もそう思っていたんだよな。『私もいじめられているんだから、他のいじめられっ子を助けられるわけがない』と考えていた。だけどさ、週刊誌の記事を読んで、キナヌマくんのおうちの大変さを知った。幼少時代のおうちが過酷だったことがわかって、涙が止まらなくなったね。少なくとも私は、家は過酷じゃなかった。私は、たとえ学校がつらくても、家という逃げ場所があった。でも、キナヌマくんにとっては、きっと学校も家も地獄だったんだろう。逃げ場所がなかった」

　輝は目の縁が濡れてくるのを感じた。

「うん。……でも、輝が何もできなかったのは仕方ないんじゃないの？　輝も子どもだったんだから。それに、クラスメイト程度の関係だったらさ、できることなんて限られている。学校のクラスが一緒になったくらいの人とは、浅い関わりしか持たないで過ごすのが普通だしさぁ」

　ユキが慰めの口調になる。

「だけれどもね、私、一度だけ、ちょっとした関わりを持った。私には、強烈な思い出がある。とても後悔していること」

輝は声を低くした。

「うん」

ユキは、少々の好奇心を滲ませつつ、優しい声で相槌を打ってきた。

「小学五年生のときだった。担任の先生に何かしらの急用ができて、五時間目の授業が自習になったことがあった。図工の授業だったと思う。教室が子どもだけになっていた、ってことね。それで、各々、工作作品を制作していた。私はキナヌマくんの隣の席にいたんだけれど、その制作中、私に声をかけたクラスメイトがいた。その人はミユちゃんっていう名前で、『キナヌマくんは嫌だから、あっちの床で工作をやろう』というようなことを言って私を誘った。それで二人で教室の後ろの隅に移動して、床にぺたんと座って、制作を続けたんだ」

輝は語る。

「そのミユちゃんと輝は、仲が良かったの？」

ユキは質問する。

「うーん、どうなんだろうか？　ミユちゃんは私の家の近所に住んでいた人で、リーダーシップを取る、明るくて優しい人だった。近所の人で、まあ、いわゆる幼馴染(おさななじみ)だよ。放課後にときどき遊ぶことがあった。私、学校にいる間は喋れないんだけども、帰宅後は声が出たんだよ。だから、お互いの家を行き来したり、近所の家に行ったりして、ミユちゃんと遊んでいた。ただ、学校にいる間はね、ミユちゃんには別の友人がいて、私と一緒に遊ぶことはほとんどなかった。ほら、小学校高学年の頃って、『グループになることがすなわち友情』って感じがあったじゃない？　私はどのグループにも属していなかったけれども。ミユちゃんには属するグループがクラスの中にあったからさ。ミユちゃんはグループの子としか喋らないし、私は誰とも喋らないわけ。だけど、そのときは、なぜか声をかけてきたんだよね。邪推するなら、ミユちゃんのグループ内で何か揉め事があって、そのときは一緒に工作する人がいなかったのかな？」

輝は顎に手を当てる。

「なるほど」

ユキは軽くうなずく。

「その頃の私、なぜかいつもミユちゃんの言いなりで、断るって発想がなかったんだよ。だから、誘われたら、誘われるまま、その通りの行動をしていた。だから二人で、教室の後方の隅っこの床にぺったり座って工作をしていたわけ。そしたら、キナヌマくんがスライディングキックをしてきたんだよ。スライディングキックというのは、床を滑って勢いをつけて蹴る、というやつね。なんでそんなことをされることになったのか、私の記憶にはっきりとした『きっかけ』は残っていないんだけど、ともかくも私はキナヌマくんのスライディングキックを受けて、太ももに激痛が走ったわけ」

輝は自身の太ももをそっと撫でた。

「うーん、でもさ、人を蹴るのは、さすがに理由があるんじゃゃ……」

　ユキは話の飛躍を指摘する。

「そうだよなあ。……また邪推をするとしたら、ミユちゃんが、キナヌマくんにもっと何かきついことを言ったのだろうか。まあ、『キナヌマくんは嫌だから、あっちの床で工作をやろう』って十分に嫌な科白だから、それで怒ったのかもしれない。ミユちゃんの方はリーダー格の人だから蹴りにくかったけれども、私はクラスの中でも位が最下層にいたしいじめられっ子だったし蹴りやすかったんじゃないかな。それで私が選ばれて蹴られたんじゃないか。……あるいは、私が忘れちゃっているだけで、私自身がキナヌマくんにきついことを言ったという可能性もないわけではないけど、とはいえ、学校で全然喋らなかった私が、そこで急に喋るかな？　と疑問だし、保身になってしまうけど、自分は悪口を言っていないと思う」

　輝は眉間にシワを寄せた。

「そうか」

　ユキは半信半疑の顔で聞いている。

「とにかくさ、私がはっきり覚えているのは、蹴られて、自分が怒ったこと。私は、家では怒りっぽかったけれども、学校で怒るなんて、それまでは一切なかったんだが、そのときは痛さで頭に血が昇った。カアッときて、体が動いた。立ち上がって、教室の後ろに並んでいるロッカーから自分の赤いランドセルを取ってきて、振り上げて、キナヌマくんをなぐった」

　輝は架空のランドセルを振り上げる仕草をした。

「え？」

ユキの顔は固まった。

「牛革のランドセルは重かった。なぐられたキナヌマくんは泣き出して、そのまま自分の机に戻って、突っ伏した。そのままずっと泣いていて、やがてチャイムが鳴って、先生が教室に戻ってきた。先生は、私とキナヌマくんに『前に出てきて、立っているように』って言った」

輝は眼前に昔の教室を浮かべた。

「えーと、先生から怒られたってこと？」

ユキは尋ねる。

「そういうことなのかなあ……。とにかく、『帰りの会』の間、教室の前方の隅っこに二人でただ立っていた。先生から叱責されたり、理由を聞かれたりはされなかったように思う。子どもの話を聞くとか、状況を把握するとか、そういう教育法がなかった時代なのかな？　とにかく、そのときは、喧嘩(けんか)両成敗というような雰囲気で、その先生は事件を終わらせた。ただ、私たちがいじめられっ子だったことを先生は知っていたはずだからねえ、詳しく事情を知るのが面倒だったのかも」

輝は教師の心を推測した。

「ランドセルでなぐったのかあ」

ユキはランドセルにこだわる。

「正直なところを言うとさ、そのときの私に、罪悪感はなかった。『先に暴力を振るってきたのはキナヌマくんで、私はやり返しただけだ』と自分の行為に正当性があると思っていた。しかも、キナヌマくんは背が高くてがっしりしていて、子ども時代の私は背が低くて痩せてて、体型的にキナヌマくんの方が上だったからさ、大きい人に小さい人が何かやるのは問題ない、私がやり返したってなんてことない、という気持ちさえ持っていた。あと、あの時代には、ジェンダーというものがあったからさ、『あの性別の人に、やり返してやったぞ』という、むしろ誇らしいような気持ちさえ湧いていたんだ」

　輝は当時の高揚感を腕に覚え、指で二の腕を摘まんだ。

「うーん、とはいえ、ランドセル……」

　ユキはまた言った。

「そう、向こうは武器を使っていないけど、私は武器を使ったんだよな。でも、当時は相手が大きいんだから、こっちが素手で行くわけにいかないし、ランドセルを使ったのは当たり前の行為だ、くらいに私は思っていた。当時の自分の暮らしの事情を言うと、その頃、私の幼いきょうだいが長期入院してて、親も幼いきょうだいの付き添い入院で長く家にいなくて、私はもうひとりの親と束の間の二人暮らしをしていたんだ。仕事でいそがしいもうひとりの親と寡黙な私はほとんど会話をせずに暮らしていたから、その日に家に帰ってからその出来事を伝えることはなくって、十日くらい経って、付き添い入院していたほうの親が家に帰ってきたとき、なんか、久しぶりに一緒に風呂に入ってさ、『あんた、その太ももどうしたの？』って聞かれて、見たら、直径七、八センチの大きい青あざができていたんだ。『ああ、スライディングキックされた』って答えたんだけど、もう十日も前の話だしね、親はスルーっていうか、怒らないし、やっぱり面倒に思ったのかな、それ以上の詳しい話を聞こうともしなかった。これもやっぱり、子どもの話を聞くことが当時の主流の教育法ではなかったり、学校にすべてを任せる雰囲気の時代だったりした、ということなのかもしれない。とにかく、誰かにこの出来事について詳しく話すことなく、そのまま大人になった。そうして、思い出すこともなくなった。キナヌマくんとは、そのあと中学校も一緒だったけれど、会話を交わす機会はなかった」

輝はエピソードを語り終えた。

「そうか」

ユキは、うん、うん、とうなずいた。

「あの事件が起きて、最初の報道に触れても、キナヌマくんのことを思い出すに至らなかったんだけども、事件の半年後に週刊誌にあった小学生時代の卒業写真の顔を見て、小学校名や地名も読んで、『あ！』と突然ブワワって記憶が蘇った。そして、当時は知らなかった、キナヌマくんのおうちの事情を知って、『ああ……』と。ランドセルでなぐるなんて、しなきゃ良かった。もし私が誰かに何かのアクションをするべきだったとしたら、ミユちゃんにだった。ミユちゃんに従わなければ良かったんだ。『時間の矢』を逆に向けられるのならば……」

輝は遠くを見た。

「うん」

ユキはまたうなずく。

「過去に帰って、自分をはがいじめして、ロッカーのランドセルを持とうとしたところを止めたい。いや、その前に、ミユちゃんに従わずに、キナヌマくんの隣の机で作業を続けたい。『私はキナヌマくんの隣で作る』と言いたい。私は、自分が思うほどには弱者じゃなかった。家庭に恵まれた小学五年生であり、小さくてもある程度の力は持っていた。できることはいろいろあった。たとえ学校で声を出せなくても、家で親に相談して、キナヌマくんを助けてもらえば良かった。五年生だったのだから、自分で児童相談所に電話だって、がんばればかけられたかもしれない」

輝は頭を掻きむしった。

「いや、小学五年生は、子どもだからね」

ユキはゆっくりと首を振った。

「あの頃、きょうだいの病気に親が付き添い入院しているだけで、『私は恵まれていない』って自身を憐れんでいた。実際には、私は親から暴力を受けたことがない。食料は十分に与えられていた。風呂に毎日入れてもらえていた。家事はすべてやってもらい、服は買い与えられ、学費も払われていた。その私が、武器を持っていなくて、学校も家庭も地獄でヘトヘトに疲れていたキナヌマくんを、ランドセルでなぐったんだ、とやっと気がついたわけだよ」

輝は自分の頭をぎゅうと押さえた。

「でも、何度も言うけど……。輝は子どもだった」

「そう。私は子どもだった。でも、今は大人になった。大人になった私には、やるべきことがあるかもしれない」

「……ん？　あれ？　待って。私は今、離婚の理由を聞いているんだよね？」

ユキがハタと動きを止めた。

「ああ、うん。そう、そう、今語ったエピソードを、私の前の結婚相手の英二にも話したんだよ。週刊誌を読んだときにいろいろ考えちゃって、とてもひとりじゃ受け止められない、ってなって、『そうだ、こういうときってパートナーに相談していいんだよな』って思ったの。『結婚って、こういう重い話を二人で一緒に持つことなんじゃなかったっけ？』って考えて、今話したのと同じような感じで、英二に喋ったの」

輝も、そうだ、そうだ、と元の話を思い出した。

「うん」

ユキは相槌を打つ。

「そしたら、英二は引いちゃってさ」

輝は肩をすくめた。

「そうなの？」

　ユキは目を開いた。

「なんだろうな、このエピソードを単純に『いじめの懺悔』として聞いたのかな？　私を『いじめっ子』と捉えたんだと思う。ほら、今って、『いじめの加害者』だった人は被害者からだけでなく、世間からも一生許されないよね。世間からずっと叩きのめされていく風潮があるじゃない？　それと同じ感じで、英二は私を許せなくなって、強靭な私を叩きのめすのが正義という感覚になったわけ、たぶんね。ほら、私って見た目が強そうじゃない？　私は英二からいろいろなことで怒られるようになった」

　輝は手の上に顎を乗せる。

「え？　それで離婚を決めたの」

　目を見開いたまま、ユキは聞く。

「なんかさ、英二との生活が、苦痛になったんだよ。だって、コミュニケーションを取ろうとしたら、『怖い』とか『上から喋っている』とかすぐ言ってくるしさ。『話し方を直せ』というのも何度も言われたんだけど、でも、自分の話し方がひどいとは私には思えない。性別が違えば、私の話し方、ごく普通だと思う。もしも私が違う性別だったら、この話し方に上から喋っている雰囲気はきっとない。だから、喋り方は直さなかった。英二は、今でも私が悪いと信じている。あの会話のあと、結婚生活の中のどんなシーンにも、私のことを悪者として見る視線があった。何を話しても、私が悪者になってしまう。そうしたら、私も私のことが嫌いになってくる。私も自分を『悪者なんだ』という認識で生きていくことになる。悪者として生活するのが、苦痛で苦痛で」

輝は英二のことを思い出した。

「ふうん、生活って、そんなものなのか」

ユキはうなずく。

「体が小さくて、喋れなくて、っていうのがあって、私自身は子ども時代の私を弱者っぽく認識していたんだけど、英二から見える私は、たぶん強者なんだよ。私のことが、すごく強い人に見えているんだよ。英二は大人になった私の姿しか知らないからさ。私、中学で二十五センチ背が伸びたんだよ。ユキさんも私を見たとき、『背が高い人だな』って、思わなかった？あと、大人になると、いわゆる『美貌』ってのが社会的に力を持ってくるだろ？ 私、こんな見た目だから性的強者に見られがちで。自分で言うのもなんだけど、『美人』ってのはさ、異性からも同性からも『強い人』『上にいる人』って捉えられがちで……。英二も、初対面の時から私のことを『きれいな人』って思っていたらしくってさ。英二は、背が低めで、顔も、まあ、いわゆる『かっこいい』って感じではなくて、自身の容姿にコンプレックスを持っているみたいでさあ、私に対していつもへこへこしていたんだよね。そこに、私の小学生時代の話を聞いて、『ああ、やっぱり、お前は強者なんだな。上にいる人なんだな。いじめっ子なんだな。

加害者なんだな』って、そう受け取ったんじゃないかな。それで、私という強い悪者を退治しなければならない、という態度になっていった。私としては、キナヌマくんや、キナヌマくんの起こした事件の被害者に対する懺悔がもちろんあって、どうしたらいいんだろう、申し訳ない、という気持ちになって落ち込んでいたところに、英二の態度を目の当たりにして、自分のことがさらに嫌になって、もう本当に、キナヌマくんやキナヌマくんの被害者に対してできることなんて、何も思い浮かばないし、自分になんて何もできるわけない、と思えてきた。それで、離婚した。離婚後はやけっぱちになって……。ただ、これは保身の感情かもしれないけど、自分としては、キナヌマくんと自分との間に起きたのは『ケンカ』であって『いじめ』ではない、という認識で、英二から『いじめの加害者』という単純なレッテルを貼られるのには反駁したい強い思いもあって……」

輝は説明した。

「えっと、そういうギクシャクすることが起きた場合って、コミュニケーションを何度も取ったり、誤解を解いたりするもんなんじゃないの？　よく知らないけど婚姻関係ってさ、話し合いが大事なんでしょ？　普通に、『私が行なったのはいじめではない』って自分の考えを話せば、その英二さんって人も、『そうなのか』って聞いてくれたかもよ。結婚していない私が言うのもなんだけどさあ」

ユキはふわふわの髪に指を入れる。

「いやあ、面倒になっちゃってさあ。もういいや、って。……要は、私も、そしてきっと英二も、お互いに相手のことをそこまで好きじゃなかったんだろうな。コミュニケーションを取る努力をしたいと思えるほどの情熱がないままに、育児への熱だけで結婚しちゃったわけだからさ」

輝は胸の前で手を組んだ。

「うーん」

ユキは釈然としない顔をする。

「えっと、まあ、それだけじゃなくって、ちょうどその頃、英二に好きな人ができた、っていうのも重なったんだけどね」

輝は頬を掻いた。

「ほら、やっぱりね。恋愛って、しょっちゅう人生の中で起こるもんね」

ユキは納得した表情になった。

「私の人生には起こらないんだがな。でも、そういう人生があることは、周囲を見たりメディアで見たりしているから、知っている。恋愛したい人、恋愛せざるをえない人、っていうのがいるんだな」

輝はうなずいた。

「うん。私はそっちね」

ユキはコクコクうなずく。

「英二もなんだな。落ちたくなくても、恋に落ちちゃうんだって。一方の私は、恋愛っぽく人を好きになったことがないし、したいとも思えない」

輝は胸を押さえた。

「うん。輝は、何をしたい人なの？」

ユキは短くなったタバコを灰皿に押し付けながら尋ねる。

「育てたい人、なのかもしれないな。あ、『母性』なんてものとはまったく違うよ。育てたい欲が自分の性別に関連しているとは感じないからさ。私とは違う性別で、育てたい欲が強い人もいるらしいんだ。性別にかかわらず、育てるのが好きな人が人類の中に一定数いるんだ。私の場合、龍を育てていると、昨日まで生きてきて良かった、今日も生きていける、明日も生きていけそう、この世は素晴らしい、そんな気分になる」

輝はゆっくりと考えながら話した。

「なるほど。私とは、まーったく違うね」

ユキは腕を組んだ。

「うん。これは、生まれつきの『性質』なのか、後天的なものなのか、わからないけれども。とにかく、殊勝な気持ちではなくて、自分勝手な思いとして、『育てたい』っていう欲が自分の内側にあるのを感じる」

輝はまたゆっくりと話した。ユキは二本目のタバコに火を点けた。

「へええ。広い世の中、色んな人がいるもんなのねえ」

「恋愛したい人がいるおかげで、新しい子どもが生まれるし、恋愛にまつわる絵画や文学なんかの文化が発展するし、花屋や宝石屋やチョコレート屋なんかが儲かるし、良いことだよね。恋愛したくない私たちも、恋愛したい人のおかげでいろいろと良い人生になっている。私、自分は恋愛しないけど、恋愛小説を読んだり恋愛映画を観たりするのは好きなんだよ」

輝はにっこりした。

「そうか。他人の恋愛が、社会の役に立つ場合もあるのか」

ユキは唇の辺りを押さえた。

「恋愛したい人が恋愛して、恋愛したくない人は恋愛しない。産みたい人が産んで、産みたくない人は産まない。育てたい人が育児して、育てたくない人は育児しない。そういう社会だったら生きやすいよな」

「まあ、今の社会では、それらを全部ひとりでやらないと、『自分勝手』とか『無責任』とか、批判されるよね」

「責任?」

輝は片眉を上げた。

「私は、『自分のことだけ考えて、目先のことしか見ていない』って世間から言われるし……

実際そうなのかもしれない」

　ユキはうなだれた。

「……ねえ、ねえ、火星に行く予定あるの？」

　気になっていたことを、輝は尋ねてみた。

「どうして？」

「トラノジョウさんが火星の話をしていたからさ、ユキさんとトラノジョウさん、もしかしたら移住を計画しているのかな、……って」

　輝は踏み込んでみた。

「ああ、それね。トラノジョウ、ものすごく火星が好きなの。憧れてんのよ。ほら、見て」

　ユキは部屋の中を指差した。

　散らかっていたので最初は気が付かなかったが、あちらこちらに置いてある段ボールは実は「作品」のようだ。段ボールに、広告チラシやプリンカップなどをくっ付けてある。よく見ると、ロケットのような形、国際宇宙ステーションのような形、マーズ・ローバーのような形、オリンポス山のような形をしている。セロハンテープでつなげ、クレヨンで色を塗っている。

「コンビニやらスーパーやらに一緒に買い物行ったとき、段ボールだとか空き容器だとかを大量にもらってくるんだわ。私としても、タダの道具だし、それやってくれていると間が持つから、工作はいいもんだと思って、好きにさせているの。部屋、散らかってるけど、私が掃除不得意ってだけの話じゃないのよ。トラノジョウが段ボールやら紙屑やらプラスティック容器やらが好きなのよ」

ユキは言い訳めいたことを言った。

「そうか」

輝はうなずいた。

「そして、そこにあるタブレット。中古のを知り合いにもらったんだけど、私は機械ってからっきしで。でも、トラノジョウは機械が得意みたいで、あと会話も得意だからさ、お隣りさんからＷｉ－Ｆｉのパスワードをうまく聞き出したみたいで、お隣りさんのＷｉ－Ｆｉで自分のタブレットをインターネットにつなげて、なんかいろいろやっているみたいなの。まあ、子どもだからね、アニメやゲームをよくしているみたいだけど、アニメもゲームも火星関連の作品ばっかりダウンロードしているのね。やたらと知識が増えちゃって、宇宙だの火星だのに関する、私が知らない単語をペラペラ喋る。動画やＳＮＳで、色んな人とつながりも持っているみたい。ちゃんとした親なら、そういうの制限付けて、管理するんでしょうね。『怖い動画や傷つく言葉もあるから大人向けのは見ない』とか、『知らない人には気をつけて』とか、『自分の情報を無闇に他人に伝えない』とかさ。でも、私は野放しにしているから。トラノジョウは知らない大人とつながってんの。好きなアニメの制作者のファンでね。その人がやっている動画サイトをずっと観ている。動画制作者のなんとか博士？　火星博士？　……だったかなあ、なんかそういう名前の人の、ファンなのよ。私がいるときでも、動画をずっと見ているから、私のこと、そんなに好きじゃないんじゃないかなあ、と思うくらいだよ。火星のことを教えてくれる人が好きなの」

ユキは、棚の上に大事そうに置かれているタブレットを指差した。

「……そっか」

輝はうなずいた。

「それで、火星移住計画の十二期の募集があることも知ったみたいで、『応募してくれ』って、私、せがまれてんの」

ユキは、ふう、とため息をついた。

「そっか。トラノジョウさんは、火星に行きたいんだね」

輝はもう一度うなずいた。

「でも、私、移住は絶対しない。だって、私、今の恋人から離れられないもの。私の今の第一の恋人は、地球から絶対に出ないって言ってる。その人、火星が大嫌いなの。まあ、私には第二、第三の恋人もいるんだけどさ、でも第一の恋人はこれまでになく長く付き合えていて、私、その人からどうしても離れたくないの。その人なしで息が吸えない。まあ、それを別にしたってね、私は乗り物酔いするから、ロケットなんて嫌い。飛行機も乗れないのよ。宇宙旅行なんてとてもとてもとても」

ユキは強く首を振った。

「そうか」

輝はうなずいた。

「親の付き添いなしに、子どもだけで火星移住ができるんなら、トラノジョウだけで行かせたいけどね。そんな制度、ないでしょ？」

ユキは軽く喋った。

「え？　ユキさんは、トラノジョウさんと離れることができるの？　そりゃあ、さっき、誰かがトラノジョウさんを助けに現れたときのことについて『観念していた』って言っていたけれど、でも、でも、……離れて暮らせる？」

輝は驚いた。虐待をしている多くの親が子どもと離れたがらない、という話もラジオで聴いた。たとえネグレクトの状況になっていても、「実際に離れる」という選択肢を自ら選び取るのは難しいことらしい。

「そりゃあ、できるものなら、トラノジョウと離れたくない……。ちゃんと世話できていないけど、私だってトラノジョウがかわいいもん。でも、現に私は、二日ほど家を空けるときあんのよ。たとえ私がトラノジョウと一緒にいたい気持ちを持っていたって、トラノジョウが私と一緒にいたい気持ちを持ってくれていたって、もう、トラノジョウの幸せは、私との暮らしの中にはないもの……」

そこまで喋ると、それまで何かを堪えていたのがあふれたかのように、ユキはワッと泣き出した。

「ユキさん……」

輝はそっとユキの背中に手を置いた。ユキは背中を丸めて、子どものように泣きじゃくった。ユキの人生のことなどまるで知らないが、おそらくユキもまた自身の過酷な幼少時代を潜り抜けて今という大人の時間を生きているのではないか、と輝は想像した。

「うっ、うっ、うっ……」

ユキはしゃくり上げた。

「親業って、離れたところにいても、できることなのかもしれないよ……。それに、親は何人いたって、いいよね?」

輝は何気なく喋った。

「え?」

ユキは赤い目で輝を見上げた。

「あ、いや……」

輝は慌てて口を塞ぐ。

「それって、もしもトラノジョウと私が離れて距離ができても、親として居続けられるってこと?」

ユキが尋ねた。

「うん、そう。もしかしたら、そういう選択肢も、あるのかもしれないよね」

本当は大した知識を持っていない輝なのに、安易に言ってしまった。あとになって「そんな選択肢はなかった」ということが判明したところで、責任は取れない。だが、言ってしまった。

「そうね」

ユキは泣き止んだ。

「新養育システム法では、親は五人まで認められることになったらしいし。たとえ養育を他の人に委託することになっても、ユキさんもずっと親でいる方法があると思うよ。今は、インターネットでテレビ電話みたいなこともできるし、ＳＮＳだってあるし、すごく遠い人とでも連絡は取れる。たとえ宇宙の果てでも」

輝は、天井を見上げた。

「うん」

ユキは涙を拭う。

「この前、ニュースで見たの。新養育システム法ができてから、たくさんの人が協力して子どもを支援していく方法が模索できるようになったって。もしかしたら、私にもできることがあるんじゃないか、って微かな光が見えた気がして……。私は、血のつながらない子どもである龍さんを育ててきて絶大な喜びを味わっている。血のつながらない子どもを育てることが私にはできる、という自負もあるかもしれない。私にも何かできるんじゃないか……」

輝はブツブツ続けた。

「そうか」

ユキは相槌を打つ。

「私、罪悪感にさいなまれて、キナヌマくんが起こしたあの事件の被害者の方々の月命日にお祈りをしているんだけれど、祈っても祈っても私は浄化されないし、被害者の方々も私なんかに祈られたいと思っているかどうか……。私にやれることは、祈りよりももっと他にあるんじゃないか、って……」

輝はちゃぶ台を見つめる。

「うん」

ユキは自身の美しい緑色の爪を見つめる。

「私、ランドセルが嫌いでさ。あの週刊誌の記事に触れてキナヌマくんのことを思い出して以来、ランドセルというものが嫌で嫌でたまらなくなってさ。だって、私は武器にしてしまったんだから。ランドセルって重くて、怖い。龍さんにランドセルを用意してあげたあとも、なかなか前向きな気持ちで見れなかった。龍さんは私のその気持ちを察したのかもしれない。龍さんもランドセルが嫌いなの。でも、私は、これからランドセルに対して、何かをしたい。ランドセルっていうか、つまり、教育？　トラノジョウさんや龍さんのこれからの学校生活を応援するような、何かができる人になりたい」

輝の心臓は熱くなっていった。

「ああ、本当に、輝自身の問題なんだね。他人に何かしてあげたい、という良い気持ちではなくて」

ユキはぼんやり喋った。

「そう、自分勝手な、切実な問題です」

輝は認めた。

「私は、トラノジョウが小学生になることはわかっていたのに、ランドセルを用意するなんてこと、まだ思いついてもいなかった……」

ユキは頬杖をつく。

「うん」

輝はうなずいた。

「……公園にいるの？」

ぼんやりとユキが言う。

「トラノジョウさん？　いるよ。公園へ、一緒に迎えに行く？」

輝は立ち上がった。気がつけば、随分と長く雄大に任せてしまっていた。きっと雄大は難儀しているだろう。早く戻らなければ……。

「うん」

　ユキはまだ赤い目を擦って、立ち上がる。

　公園に戻ると、なぜか雄大も泣いていた。目が腫れている。

「申し訳ございません。こんなに長く子どもたちをお任せしてしまい……」

　走っていって、焦りながら輝が謝ると、

「いやあ、すみません、お見苦しいところを……。どうもね、昔を思い出しましてね。私も、子ども時代にこの土地で、幼馴染との間に、龍さんとトラノジョウさんのような友情を紡いでいた時期があったんですよ。もう何十年も前の話ですがね、こんなふうに遊んでいた相手がいたんです。ちょうど龍さんぐらいの年のときに出会って、つい最近まで、とても仲良くしていたんですよ」

　雄大は、砂場で背中を丸めて、手の甲で目の下を拭った。龍とトラノジョウは雄大の涙をまったく気にしないで、せっせと山を高くし続けている。

「そうだったんですね……」

　輝は、こういう年齢の人が泣いている姿を見るのが初めてだったので気圧され、なんと声をかけていいのかわからなかった。

「ああ、トラノジョウさんは、あいつにとても似ている……。岩井にそっくりなんだ……」

雄大はひたすら目を擦り続ける。

「イワイさん、とおっしゃるんですね」

輝は何もわからないままに名前を復唱した。

「そうです。懐かしい。『時間の矢』は同じ方向しか目指さないから、どんなに科学が進歩してもタイムマシンは発明されず、過去には行けない。岩井とは、もう二度と会えないんだな」

雄大はゆっくりと首を振った。

輝の後ろに隠れるように歩いてきていた小さなユキが、そっとトラノジョウの方に顔を向けた。

「いいじゃん、その山」

ユキがトラノジョウの作っている砂山を指差して、適当な褒め方をする。

「……うん」

トラノジョウは頰を紅潮させてうなずいた。それからユキは雄大に向き直り、

「あのう、トラノジョウを見ていてくださって、そのう、ありがとうございます。トラノジョウの親の、雪山雪と申します」

ユキは雄大にペコッと軽く頭を下げた。

「ああ、いや、大丈夫です。私は早乙女雄大です。龍さんと同じマンションに住んでいます。トラノジョウさんはとても頭の良い子ですね」

雄大はトラノジョウの方を向いて目を細めた。

「はあ、まあ……」

子どもが褒められたことに照れているのか、こういった状況に不慣れなのか、ユキはどぎまぎと体を動かした。

「龍のことも、ありがとうございます」

輝も頭を下げた。

「龍さんも良いお子さんですね。いつも面白いですよ」

雄大はポケットからハンカチを出して目と鼻の辺りを拭い、にっこりと笑った。

「火星に連れていってもらうんだよねー」

トラノジョウが顔を上げて叫んだ。

「ねー」

龍も同調する。

「ええ?」

ユキが固まった。

「ああ、いや、いや。私は十二期の火星移住の申し込みをしていましてね。トラノジョウさんが聞きたがるもんで、その話をしながら、火星移住ごっこをしていたんですよ。トラノジョウさんは火星が好きなんですか? ほら、これ、火星のオリンポス山を砂で作っていたんです」

雄大は砂場の中を指差した。

「トラノジョウは、火星にくわしいんだよ。どうがで、勉強したんだってー」

龍が爪の中を真っ黒にしながら言う。

「博士さんっていうどうが制作者のどうが、おもしろいんだよ。龍も今度、みてみなよ。火星の話をたくさんしてくれるし、火星猫がかつやくする火星アニメを作っているんだよ。そのアニメもおもしろいんだ」

トラノジョウも砂の作業を続けながら喋る。絵がちみつなんだ」

輝が興味を惹かれて質問すると、

「えーと、その『博士さん』っていう動画制作者は、アニメ作家なの？」

「本人がとうじょうするどうがもあるんだけどねえ、絵がすごくじょうずでさあ、アニメも作っているんだよ。本人がとうじょうするどうがで、絵を描きながらおしゃべりする回もあるんだよ。すごくじょうずだよ。でも、だんだんと手がうごかしづらくなってきてるんだって」

トラノジョウは説明した。

「手が動かしづらい？　なんでだろう？」

輝が首を傾げると、

「あのねえ、ひとにはじじょうがあるの。なかよくしたかったら、聞きすぎないことだね」

トラノジョウは人差し指を立てて、どこで習得したのかわからない「人間関係の作法」を忠告してきた。

「ほほう、さすがトラノジョウさん」

輝は感心して、肩をすくめた。

「いいなあ、リュウも絵をかくのすきだからさあ、リュウもアニメ作るひとになりたいなあー」

龍が言うと、

「いいじゃん、いいじゃん、おうえんするよ。龍にアニメ、作ってほしい！　オレ、ウェブせいさくとかさつえいとか手伝いたいし。そうだ、龍、博士さんに絵の描き方をおそわったらいいんだ。このあたりに住んでいるらしいんだ」

トラノジョウが拍手した。

「え？　でも、トラノジョウさん、博士さんのことは、動画で観て知っているんでしょ？　博士さんのおうちがどこにあるかってことは、知らないでしょう？」

輝がしゃがんでトラノジョウの目線に合わせて尋ねると、

「だけどさ、博士さんはときどきロボットになるんだよ。ロボットとしてどうがにとうじょうするときがあるの。それでね、ああー、これ、言っていいのかなあ？　住んでいるところって、言っちゃおうっと。〝こじんじょうほう〟なんだよねえ、本当はペラペラしゃべったらいけないことなんだ。でも、オレ、よく見てるんだ。それであそこのおうちに入っていくのも、オレ、よく見てるんだ。あのねえ、その博士さんのロボットがさ、このあたりを歩いているのを、だからねえ、たぶんねえ、博士さんのおうちは、あそこなんだ。あのおうちから、どうがはいしんしているんだ」

トラノジョウは公園の横の方を指差しながら、何やら一所懸命に喋った。

「ふうん？」

輝は頭の中が「？」でいっぱいになった。会話が達者なトラノジョウとはいえ、五歳児の説明をきちんと理解するのは難しい。

「もしかしたら、そのロボットって、これぐらいの大きさで、薄ピンク色に青い線が入った体をしているんじゃないか？　黄色い羽織りものを着ている」

雄大が手を動かし、二歳児の身長ぐらいの高さを示しながら、トラノジョウに聞いた。

「そうだよ、そうだよ。雄大さんも、見たことあるの？」

トラノジョウが喜んで手を叩く。

「ありますよ。川沿いを散歩していたり、病院の中を歩いたりしているところに、遭遇したことがあります。あのロボットのユーザーは、動画制作者だったんですね」

雄大は深くうなずいた。

「そうだよ、そうだよ。博士さんだよ。博士さんは、火星にくわしいんだ」

トラノジョウはぴょんぴょん飛び跳ねた。

「ねえ、トラノジョウ。火星に行きたい？」

ふいにユキがしゃがみ、トラノジョウの手を握った。

「いきたい」

トラノジョウはすぐにうなずく。

「ママと離れることになっても火星に行きたい？」

ユキがもう一度尋ねた。

「……うん、いきたい」

トラノジョウはじっとユキを見つめてから、しっかりとうなずいた。

「行けるといいね」

ユキはトラノジョウの手をギュッと握り締めた。

「ああ、私、トラノジョウさんと火星に行きたいなあ」

思わず、輝は言葉を漏らした。

「え？」

ユキが振り返る。

「連れてって」

トラノジョウが、またあの不思議な熱い目で、輝を見つめた。

「あ、あの……」

輝が我に返ると、

「まさか、輝にも火星に行く予定があるの？」

ユキが聞く。

「行きたいな、って漠然と考えていて……、ごめんなさい、ちゃんと決めてないのに、『行きたいなあ』なんてつぶやいちゃって……」

しどろもどろになって輝が答えると、

「なあんだ、まだ決めてはいないのか」

トラノジョウが肩を落とした。

「えー、行こうよ、行こうよー。リュウも、火星、いきたいー」

龍が手を挙げた。

「わかった。私、すぐに調べます。そして、自分の気持ちも定めます。数日後に、またユキさんのおうちにお話しに行きます。ちょっと待っていて」

すっくと立ち上がり、輝はユキに頭を下げた。

輝は実際にすぐ動いた。インターネットを検索し、書籍をめくり、火星移住、それから新養育システム法や養育サポートについて調べていった。

「さざなみ」に話を聞きにも出かけた。龍を担当している時田先生が火星移住を計画している。あの先生ならば力になってくれるのでは、と期待した。

はたして、時田先生は頼りになった。どうも時田先生は児童支援の意欲が高い人のようで、発達支援のことだけでなく様々な勉強をしているらしい。社会福祉士や臨床心理士の資格も持っているという。ともかくも、火星に行く話を親身になって聞いてくれた。養育者として申請する窓口や手続きの順番、申請書の書き方、責任の持ち方や子どもの表情や行動のどこに注意をしたらいいか、手続きから心理のことまで細々とアドヴァイスをくれた。

申請後、児童相談所の職員や新養育システムの関係者らが輝の緑マンションを何度も訪れた。児童相談所では人を変えて三回の面談が行なわれ、輝はテストのようなものも受けた。輝に養育能力があるかどうか、丹念に調べられた。やがて、トラノジョウの養育許可がおりた。トラノジョウはユキと親子関係を維持しながら、輝が養育をメインで担当することになる。とはいえ、養育の経過を観察するため、第三者が週に一度は輝とトラノジョウと個別に面談を行なうという。また、「火星子ども支援チーム」と常に連絡を取れるようにすることも約束させられた。

十二期には、火星移住者の中で、養育のサポートを支援するためのチームを作ることになっており、「さざなみ」の時田先生もその一員なのだそうだ。ロケットや、火星基地に「子どもの居場所」を作る計画を進めているという。ロケットでの移動中も、火星での生活が始まってからも、「火星子ども支援チーム」と共にトラノジョウの養育を行なうことになる。

輝は火星移住の申し込みサイトに、龍とトラノジョウと自分の三人の名前を家族として連名で記入した。ちょっと前まで、龍を家族として申請できるのかどうかにも悩んでいたのに、トラノジョウの名前までスラスラと家族として書く自分に、輝は驚きつつ、誇らしい気持ちにもなった。

冬の始まる頃、トラノジョウは輝の緑マンションに引っ越してきた。三人暮らしが始まる。

輝はトラノジョウと龍を連れて、一日置きにユキのアパートへ出かけた。ユキは何かといそがしくて留守のときもあったが、在宅していればにこやかに応じ、一時間ほど、アパートの部屋か公園でトラノジョウと交流した。ユキはトラノジョウの前で涙を見せることはなかった。だが、気持ちが揺れていることは明らかだった。それでも堪えてくれた。

輝とユキは、メッセージを三日置きに送り合った。

そして、輝とユキは、友だちになった。

第三章　小さな小さな小さな世界で

博士は認められたかった。親から、先生から、教授から、先輩画家から、えらい人から、国から、世間から……。

けれども、誰からも認められることがなかった。

気がつくと、褒め言葉も、賞も、地位も、金も、何もないまま、ただ絵を描いているだけの人になっていた。

三十歳を過ぎた頃、ふと周りを見渡すと、同世代の友人のアーティストたちはみんな、褒め言葉か賞か地位か金のどれかひとつは得ていた。何も得ないで三十歳になった人は、別の職業に移っていた。

日本の美術界は腐っている、と博士は思った。システムがおかしい。アートは自由だ。自由のためにアートは生まれたのだ。それなのに、日本の美術界は、権威のある存在に認められた人だけに仕事が許される場所になり下がっている。会社のような組織と同じように、出世しなければ仕事ができない仕組みになっている。

大学などの機関から地位が与えられたアーティストだけが堂々と意見を言い、在野の人間には発言権がない。世間の人々は、肩書きのある人だけをアーティストと捉えている。賞を受賞した人、新聞に載った人、世界的に有名な人こそがアーティストで、そうなっていない人がするアートの活動は「そういう人」になるためにすることだと思われている。そして国はアーティストに、家のない人が公共施設に寝泊まりすることを避ける目的の作品を金を出して作らせる。横になりにくいベンチを作らせたり、誰でも受け入れるはずの公共の場所の壁に「家のない人を拒むような雰囲気の絵」を描かせたりする。人を排除するアートこそ、国が求めるアートなわけだ。国に与しないアーティストに、国は居場所を与えない。国やら、先輩やら、金持ちやらにぺこぺこできる人、うまくコミュニケーションを取れる人、明るく優しく挨拶ができる人、世間に合わせられる人、そして世間に合わせられる人だけの街作りに協力する人だけが、表現できる世界なのだ。

美術界。こんな界、ばかだ。くだらない界だ、と思いつつも、自分のような状況からそれを言えば負け犬の遠吠えにしかならない。まずは、何かしらの賞をもらおう。賞をもらったらすぐに、「この界は腐っている」と言い、自分が改革を行ない、後輩のアーティストたちの支援を行ない、自分の自由な活動も始めるのだ。

けれども、賞はもらえなかった。

そうして、再び部屋にひきこもるようになった。ひとり暮らしの家の中で、ひとりっきりで絵やアニメを制作し、個人のSNSなどで発表する。それが思いのほか人気を博し、自身が出演して動画配信もするようになった。自分の得意分野である絵や漫画やアニメの描き方を伝えたり、興味があって詳しくなった火星の話をしたりしている。今は、「ひきこもり　2」という動画を作っている。

「ひきこもり　2」。今、博士が部屋にひきこもっているのは、そう、「シーズン2」なのだ。「シーズン1」は、小学生から高校生の時代、年齢でいうと、十一歳から十八歳くらいまでのことだった。

博士は、小学校五年生の頃から不登校になった。

ある朝、目が覚めると、「今日はどうしても学校へ行けない」と強く感じた。金縛りにあったように体が硬く重くなり、動かそうと思っても腕が上がらない。

心配する親に、

「明日は学校へ行く。今日だけ休ませて」

と布団の中から言った。それは決して出まかせではなく、本当に明日は行けると思った。親は渋々、学校を休むことを許した。

しかし、翌朝も同じように「どうしても行けない」と感じた。

「今日はがんばって学校に行こうね」

と親が起こしにきて、

「明日は学校へ行く。今日だけは休ませて」

と博士が頼む。

この科白の応酬は毎朝繰り返された。一週間、二週間……と休みは長引いた。理由さえわかれば対処できると親は考えたようで、博士に向かって「なぜ?」と執拗に尋ねた。博士は、「学校に行けるような気力が湧かない」「体が重くて動けない」「だるい」「頭が痛い」「お腹が痛い」といった、感じていることをすべて正直に伝えた。親は博士を病院に連れていった。まずは内科で、「体の病気ではない」と言われた。そこで思春期外来に連れていかれたのだが「精神の病気でもない」と診断された。その時代にあった病名のすべてに当てはまらなかった。つまり、元気ということになった。

それで、親は博士が出まかせを言っていると思うようになった。博士は毎朝怒られた。二人いる親から代わるがわる「昨日、早く寝なかったから、眠いんだろう」「勉強についていけないんだろう。予習復習をしていないいんじゃないか? 一緒に勉強をしよう」「悩みは相談しなさい。親を信用しなさい。ちゃんと聞くよ」「その場しのぎの言葉を言うのではなく、本心を言いなさい。明日も休みたいのなら、『もう学校をやめたい』と正直に言いなさい。そうしたら、他の学校を探してあげるから」「とにかく、もう嘘をつくのはやめなさい」と厳しい言葉をかけられた。

「嘘じゃない。確かに、昨日に言った言葉は、今日になって嘘になっちゃったけれど、今言っている言葉は今は嘘じゃないんだ。本当に、今は、明日は学校に行こう、と思っているし、行ける気がしているんだ。学校に行きたい。あの学校のこと、嫌いじゃないし、行きたいと思っている。本当だよ。今の気持ちをしゃべっているんだ」

博士は懸命に説明したが、信じてもらえなかった。話を聞いてもらえない、と感じた。

布団の中で、「自分は孤独の星のもとに生まれて、孤独に生きていくのだ」と考えながら、じっとしていた。本当に、博士は学校が好きだった。ただ、動けないだけだった。

休みが三か月続くと怒られる時期が終わり、まったく怒られなくなった。「いじめに遭っているのなら、逃げよう。引っ越しをしたっていいんだ」「人間関係で悩んでいるんじゃないか？言葉にできないなら待つよ」「私たちは、絶対に味方になる」「いじめっ子に立ち向かってもいい。学校に相談に行こう」と親は泣きながら優しい声で懇願してきた。だが、博士は首を振った。実際、自身がいじめを受けている認識はなかった。友人付き合いにときどき悩むことは、小学五年生としての通常の範囲でそれなりにあったが、不登校につながるほどのきっかけが人間関係の中で起きた、というふうには博士には思えなかった。感じているのはただの壁だ。『どうしても行けない』という壁が急にそそり立った」というだけなのだ。

六年生に進級した春には三か月ほど登校した。けれども、夏休み明けにまた行けなくなった。その後は保健室登校をしたり、遅刻してこっそり教室に入って一、二時間程度机に座ったら帰宅したりして、小学校を卒業した。

中学に進学し、入学当初はがんばろうと思ったし、行けるような気もしていたのだが、一か月もするとつらくてつらくて仕方なくなった。中学時代は、担任の先生や保健室の先生に恵まれ、無理な登校は促されなかった。「自分らしい生き方を見つけよう」という方向で教師たちから応援されるようになった。担任の先生は、授業で進めた教科書の範囲をわざわざ手書きでノートに綴ったり、博士が絵画に興味があると知るとアーティストの生き方が書かれた雑誌記事や新聞記事をスクラップしたりして、放課後に家を訪ねてきた。勉強は、自宅学習と学習塾で進められた。もともと博士は、勉強にそれほど苦手意識は持っておらず、学ぶことに意欲を持っていた。中学時代は、学校ではない場所へだったら外出できたので、学校の知人に会わないように学区外の場所まで自転車で走り抜け、隣町で自分に合った学習塾を自分で見つけてきて、親に頼んで週三回通わせてもらった。

また、絵を描くことが好きだった博士は、やはり学区外で絵画教室も見つけ、「ここにも通わせて欲しい」と頼んだ。博士がひきこもりがちになっていることを心配していた親は、「外出はした方がいい」という理由で絵画教室にも週二回通わせた。ただ、親は費用の捻出に苦労したらしく、「学習塾と絵画教室にどれだけのお金がかかっているかわかっているか?」という小言を何度も言ってきた。人より金をかけてもらって悪いな、という気持ちはさすがに博士の心にも湧いた。ただ、いつか大人になって、本当のアーティストになったら大金を得られるだろうし、恩返しができるだろう、とも考えていた。そう、その頃から、博士は「自分はアーティストになる」と考えていた。自転車で通う教室だけでなく、家での個人作業にも勤しんだ。インターネットを使えば、無料でもいろいろな情報を集められたので、家の中でも技術やセンスを伸ばしていくことは意外とできた。

中学を卒業したあとは、通信制の高校へ進んだ。その十五歳から十八歳くらいは完全なる暗黒期だ。思春期も重なって苛立ちが増え、他人の目が怖くて仕方がなくて、出かけるのがひどく億劫で、少ない登校日でもなかなか出席日数を稼げず苦労した。学校ではない場所への外出も難しくなってきて、学習塾と絵画教室はやめてしまった。買い物に出られないので、コンビニの菓子や、デパートの服など、年下のきょうだいに使いっ走りを頼んだ。美容院にはとても行けないので、きょうだいにカットしてもらったり、自分でバリカンを使ったりした。この時ばかりは、自分の将来に悲観的になった。一歩も出られないのならアーティストとして大成するのも厳しいのでは、と思った。けれども、インターネットでいろいろ調べていると、動画や記事に出会えた。子ども時代に博士と同じような状況に陥った経験があっても大人になってから自分の道を見つけて仕事を始めた人がたくさんいることがわかった。「平均的な人とは違う」ということが逆に強みとなることが、アートの分野でもそうだし、他の分野でもままあることだ、とわかってきた。この世に、道はたくさんある。ひとつの道が行き止まりになったら、別の道に行けばいい。博士は絵に自信があったし、通常のルートで大人にならなくても、自分が進むべき道が見つけられるのではないか、と夢は膨らんだ。

博士は通信制高校をリタイアしてしまったのだが、「やっぱり、アートに自分の道がある」と腹を決めた十八歳のときに一念発起して勉強をし直し、十九歳で高卒認定を取った。美術大学向けの予備校のオンライン授業で学び、受験に合格し、二十歳で大学生になった。

絵の勉強は楽しかった。これこそが自分の求める学びだと博士は思った。また、大学には個性的な学生が多くて、博士はあまり目立たなかったし、みんな自分のことで精一杯でもあったので、他人の目が怖くなくなってきた。それで、授業に出られるようになった。友人がどんどん増えた。大学生活は薔薇色だった。博士の人生の中で、こんなにも明るく、活発で、賑やかな時期は他にない。仲間たちと語り合い、美術への想いを分かち合い、一緒に悩み、友情や恋に泣き、酒を酌み交わし、青春を過ごした。だんだんと外出への苦手意識がなくなり、ちょこちょこアルバイトもするようになった。

卒業制作で実物大のマーズ・ローバーの絵を描いたあと、博士は主に火星をモチーフにした作品を世に発表するようになった。一日も休まずに制作した。個展を開いたあとは、批評を書いてくれる媒体や批評家がちらほら現れた。応援してくれる画廊とも出会った。ときおり、小さな広告仕事が舞い込んだ。ごくたまに、作品を購入してくれる人もいた。とはいえ、それだけの収入では足りない。大学を出たら、最低限の生活をしているつもりだったが、家に入れる金も、小遣いも必要で、居酒屋でのアルバイトもした。いつか独居を持とうという夢に向けてこつこつ貯金もしたかった。そして、たとえ一日の多くの時間をアルバイトに使っても、生活の中心はアートであり、自分はアーティストになった、と博士は思っていた。

ただ、大学の先生から褒められることはなく、先輩画家からは酷評された。また、生活水準がとても低かった。同世代の友人たちに「博士の作品、好きだよ」「美術シーンを一緒に沸かそうぜ」「私たちで美術史を紡いでいこう」「新しい時代を作ろう」と言ってもらえていたので、それが活力になって制作を続けていたのだが、大学卒業後、五、六年経つと、友人たちのほとんどが、大学の先生か先輩画家と仲良くなったり、大きな経済力を持ったりするようになって、いそがしくなった仲間たちと集まる回数は激減していた。そして、久しぶりに集まって酒を飲んだ際は、博士だけが話題についていけなかった。友人たちは、それぞれ別ジャンルの仕事をしていたが、レベルの高い人同士はたとえジャンルが違う活動をしていても会話が弾むものだ。しかし、博士のレベルは低いのだった。

そうして、三十歳の誕生日に、博士は数年ぶりに孤独の手触りを思い出した。ひとりでウィスキーを飲んで自分を祝いながら、「孤独最高!」とつぶやいた。

そうだ、自分は孤独な星のもとに生まれたのだった、自分はこれまでもこの先も孤独なのだ。大学時代は幻影だった。

ひとりで生きて、ひとりで制作して、ひとりで発表していく人生にしよう。

実家に住み続けていた博士は、

「ひとり暮らしをするよ。これからは、孤独の中で生きていく。仕事も家事も制作もひとりでやる。『アートの世界』は屑ばかりだから、『アートの孤独』で仕事をするんだ」

と気持ちを打ち明けた。大学卒業後は家に月に三万円を入れていたが、自立できていない後ろめたさは常に感じていたし、本当に孤独を愛する気なら親から離れなくてはならない。親はそんな博士に、「育児を失敗した」「ちゃんと育ててあげられなくて、ごめんなさい」というふうなことを言った。

進学や就職、結婚というものをなかなかせず、孤独に親しもうとする博士の生き方を、親は理解できないようだった。

ちょうどその頃、博士を応援してくれている画廊に大作をひとつ買ってもらえて、小金ができた。博士は、実家からほど近い、古い一軒家を購入した。そこをアトリエ兼住居にすることにした。

ボロボロの小さな中古住宅でひとり暮らしをする、と言ったところで褒められはせず、がっかりされるだけに違いない、と考えた博士は住所を伝えることをせず、

「とりあえず、ひとりで生きていってみるから。今までありがとう、じゃあね。大成したら、また連絡するから」

と軽い挨拶をして、親元を離れた。

自分が大作家になったら、親と話せるときが来るだろう。そのときは仕送りもできる。いつか、賞を受賞したり、新聞にインタビュー記事や写真が載ったりすれば、不登校も就職しないことも結婚しないことも、すべて間違っていなかった、失敗ではなかった、むしろ成功だった、これが道だった、と親はきっと理解してくれる。

親と縁を切るのも、当座の間だ、と高を括っていた。親のすぐ近くに住んでいるし、大作家になるまであと数年なのだから、親と距離があるのも束の間のことだ。

とりあえず、何かしらの賞を受賞すればいい。

きょうだいとも、自分が何かしらの賞か地位か名誉かを手に入れるまでは、離れていたかった。きょうだいは生まれつき頭が良く、たいして努力していないのに勉強ができ、有名な国立大学に進み、その後も大学院で研究を続け、今は准教授になったらしい。「自分とは正反対の道、世間の王道を進んでいるのだろう」と博士は捉えていた。ひきこもっていたとき、きょうだいには使いっ走りを何度も頼み、世話になった。博士は、もちろん、感謝の気持ちを抱いている。でも大学教授などの「権威」にかわいがられ、親に「自慢の子ども」と思われているきょうだいなのだ。太ったり痩せたりを繰り返しているきょうだいには、何かしらの悩みがあるのかもしれないが、自分が慮ってやる必要はない。年下のきょうだいだが、自分より上の存在なのだ。強者なのだ。国や大学教授や親から評価され、国から金を支給されて出世魚の頂点にいるようなきょうだいが、自分のような雑魚の言葉を求めているとは考えにくい。博士自身が、何かしらの社会的地位を得て、自信を得たあとにだったら、きょうだいとも付き合えるだろう。だから、まずは何かしらの賞を受賞しよう。それからでないと、家族とも向き合えない。

とにかく、賞だ。

博士は、古今東西のなんらかの大きな賞の受賞作品を集め始めた。インターネットの検索窓にそういうワードを打ち込んでは、○○賞受賞作品というものを見つけ、画像を切り貼りして表にしていった。ＳＮＳに「受賞作品の部屋」というタイトルのアカウントを作り、公開した。評価理由を推測し、自分なりの作品への批評も記入する。それを毎日更新した。

すると、鬱屈している人たちがコメントを付けてくれるようになった。どうやら世間には、「他のみんなは評価されているのに、俺だけが評価されていない」「社会はゴミだ」といった思いを抱えている人が、アート界に限らず、様々な界にあふれているようだ。いろんな界があるんだなあ、と博士は思った。博士のＳＮＳはフォロワーがどんどん増え、コメント欄には罵詈雑言（ばりぞうごん）が並んだ。「こんなもんが評価されるなんて、世界は終わっている」「パクリ疑惑あり」「選考委員もばかだ」「賞金もらうためだけに作られた作品」「どうせ一発屋だろ」「作品は良いけれど、作者の顔が生理的に無理」「自分の国で発表した方が良い評価をもらえるんじゃないの」「顔がいいだけ。どうせ、性的に媚（こび）を売って選考委員から高評価もらったんだろ」「若いってだけ。年を取ればただの人」「たとえ作品は良くても、人間としては屑」「マイノリティ枠ということで、大目に見てもらったんじゃねえの」等々、かなりひどいものだった。

博士は、フォロワー数や閲覧数や「いいね」マークが増えるたびに心を躍らせた。自分が作ったコンテンツがこれほど注目を浴びたのは初めてだ。けれども目に余る悪口の羅列に、次第に胸がむかむかし、気持ち悪くなってきた。

おかしいのはコメント欄だけだ。ＳＮＳの本文は作品への批評しか書いていない。差別用語や誹謗中傷は自分の文責の範囲にはない、と、まずはフォロワーと自分の間に線を引こうとした。博士はただ、受賞作品を研究して、評価される法則を見つけ、それを自分の作品に活かし、自分も受賞作品を作りたい、と思っただけだ。博士としては、むしろ受賞作品の制作者をリスペクトしているつもりだった。少なくとも、悪口や誹謗中傷のような言葉を博士自身は書いていない。自分なりの批評は、冷静に、フラットに、抑制のきいた言葉で綴っている。過激な差別用語は、自分が書いている文章の中にはなく、フォロワーの書くコメントの中だけにある。

けれども、本当にそうだろうか？　この悪辣なコメントを誘っているのは、やっぱり自分ではないのか？　フォロワーたちのコメントを読んで、嫌な気分になりながらも、同時に胸の奥にスカッとした小さな快感が湧いてもいた。ああ、代弁してくれている。フォロワーたちは、博士の心の奥底にあるどろどろを代わりに言ってくれている。賞が欲しいのにもらえなくて惨めで、世間から低く見られ、家族からもばかにされ、友人付き合いもままならず、過去も未来も見えなくなり、社会に居場所がないと感じられるとき、悪口はいくらでも思いつく。差別をすれば、相手がどんなに良い作品を作ろうが、簡単に下に見ることができる。

通常は、たとえ頭の中に悪口が湧いてきても、マナーという蓋が喉にしっかり閉まっており、口から出ることはない。だが、匿名になれるネットの中でなら、蓋は簡単に外れ、悪口がどんどんあふれ出す。赤の他人のSNSアカウントへのコメントの場合、文責を感じにくい。だから、フォロワーたちは気軽に差別用語を吐く。

博士はこのSNSのアカウントの主であり、名前を出して書いているから、蓋はかなり頑丈で、澄ました文章を綴ることができる。でも、コメント欄にある差別用語を見たときに、反応してしまう。そうだ、自分も少しは、こう思っているのではないか。「△△だから評価してもらえたんだろ」「どうせ○○のくせに。賞をもらったって仕事にはつながらないだろ。社会的身分は低いままだろ」といったフレーズは、コメント欄に書かれる前から、口にこそ出さなかったが、博士の頭の奥の奥の奥の隅っこに浮かんでいたような気もする。それを浮かべることで、このアーティストには社会の椅子があり、自分にはないということを、納得しようとしていた。コメント欄は、それが可視化されているだけなのだ。

これ以上、このSNSを続けたら、自分で自分が嫌いになってしまう。博士は、SNSのアカウントを削除した。

ただ、受賞作品の研究は個人的に続けた。そうして、近年の受賞作品が共通して持つものを見つけ出した。「社会批判を論理性を持って行なう」。国や社会の批判をしなければ生き残れない。つまり、国を批判しながら国に与する、という複雑怪奇なことをしなければならない。国に対する過激すぎる批判をすれば、制作費も居場所もなくなり、ファンも減る。さじ加減がうまい人が芸術をやれる、ということだ。また、「自分の心を捉え、暗くて恥ずかしいものをさらけ出すと良い」という傾向もある。多くの受賞作品が、悪の感情から湧き出たようなものを携えていた。ただ、真の犯罪性があったら受賞できないはずなので、こちらもさじ加減のうまさが評価される。

それがわかって実行しようとしたのだが、博士にはできなかった。

なぜなら、博士は社会が好きなのだ。博士は社会に馴染めていなかったが、「社会が悪い」と思ったことはなかった。むしろ、社会はキラキラと輝いて見えていた。国単位で社会を見ることも好きでなかった。

それから、博士は実は明るいのだった。孤独と長く付き合ってきたが、ひとりでいることがものすごくつらいかと改めて考えると、それほどでもない。孤独が暗いとは限らない。明るい孤独もある。博士は、ひどいことを言われたり、いじめを受けたり、といった経験を持っておらず、誰にも恨みを持っていない。賞や名声や金とは無縁だったが、それは別に社会や誰かのせいというわけでもないから、やはり誰も恨んでいない。不登校やひきこもりをして個人行動が多かったが、気持ちは暗くはなっていない。「暗くて恥ずかしいもの。または、悪の感情」というものを、博士は自分の心の中に見つけられなかった。

どうしよう……。考えているうちに、不登校を始めた頃、親から「理由を言いなさい」と問い詰められたことが蘇った。当時、「不登校に理由はない」と感じていた。でも、親は「いじめを受けている」や「勉強についていけない」といった理由を求めていた。今は、社会から芸術制作の理由を問われていて、「国や社会を批判したい」「自分の中の暗いものを吐き出したい」という言葉を求められているように感じる。心の底から芸術が好きなだけであり、博士は国に立ち向かいたいわけでも、自分の中の暗いものを吐き出したいわけでもない。博士は社会を愛し、明るい自分で絵を描いているのだ。

ただ、親たちが、「いじめ」や「勉強についていけない」という言葉を求めながらも、凄惨な「いじめ」や、重い学習障害の告白を受け止められるほどの大きな器は用意していなかったように、社会や選考委員もきっと、「国に対するクーデター」や、「生きていけないほどの暗い気持ちの吐露」は、受け入れないはずだ。求められている才能は真の批判力や暗さではなく、「塩梅（あんばい）」「ちょうど良さ」「うまくやる」というものだ。

そんなふうに斜（はす）に構えて制作すれば、やはり面白い作品は作れない。それでも、下手な鉄砲も数打ちゃ当たるという諺を信じ、博士はどんどん制作し、ばんばんコンテストに応募し、次から次に個展やインターネットで発表していった。

数年が過ぎた。まったく賞には引っかからず、それどころか、それまで博士の作品を気にしてくれていた画廊や批評家たちが離れていった。

そこで、また方針を変えた。博士は、ＳＮＳだけでなく、個人的にやっていた受賞作品の研究も止めることにした。これまで大事にしていた表や画像や資料をすべて破棄した。しばらくの間、他人の作品をまったく見ないことに決めた。

他人の作品を見ると、どうしたって自分と比べてしまい、悲しくなる。自分は不出来な人間なのだ。聖人君子ではないのだから、自分に自信が持てるまでは他人の作品を見ないことにしよう。自分だけに集中しよう。

博士は、インターネットサーフィンも、図書館通いも、美術館や画廊に出かけるのも止めた。稀に友人アーティストから飲みの誘いが来たが、それもすべて断った。

社会を憎んでいない自分、暗くない自分、孤独を楽しんでいる明るい自分、それだけで、制作をしよう。

その結果、……やはりなんの賞ももらえなかった。先輩アーティストからも画廊からも批評家からも、誰からも褒められなかった。ただ、自分の作品のことを、自分で好きになれそうな気がしてきた。

博士は、ＳＮＳを再開した。収入を得なければならない、というモチベーションがあった。以前の苦い経験があったので、今度は、ひたすら明るく楽しいコンテンツを作っていった。

メインテーマは「火星」だ。元々アニメが好きだったので、アニメ制作にもチャレンジした。火星猫が活躍するコメディタッチの作品だ。声は自分で入れた。自身が出演しての動画撮影というものもやってみた。自宅に機材を揃えて、火星の知識を漫談風に喋る動画だ。

それらは博士の才能に合っていたらしく、ものすごく楽しい作業になった。あっという間に時間が過ぎる。機材を揃えたり、黙々と長時間作業をしたり、カメラをセットしてひとりで喋り続けたり、といったすべての作業に心が躍り、夢中になれた。自分で自分のことが好きになれそうになってきた。

「芸術は苦しんで生み出す、暗くどろどろしたもの」という考え方をいろいろな人から聞かされてきたので、明るく楽しんで生み出している自分の制作物は、芸術のカテゴリーに入らないかもしれない。そうだ。もう、芸術じゃなくたっていい。大学や新聞に見捨てられてもいい。国の一員に入れてもらえなくたっていい。親に認められなくて構わない。友人に会いたい気持ちも湧かなくなった。閲覧数やフォロワー数が増えても減っても気にならなかった。ただの数字の変動だ。自分は、個人でいい。自分で「良いのが作れたぞ」と思えるアニメや動画ができ上がって更新すると、たとえ閲覧者が一名でも、「やったぞ、仕事したぞ」という満足感が生まれた。

子ども向けに作っているつもりはなかったのだが、やがて、子どものフォロワーが増えてきた。子どもという存在と触れ合う機会がこれまでの人生でなかった博士としては、初めは戸惑い、子どもに対する社会規範などもよく知らないものだから、緊張した。でも、「子どもとはいえ、人間だ」ということで、あまり構えずに付き合ってみよう、と腹を決めた。たまに届く無邪気なメッセージには、簡潔で明るい返信をした。

どうやら、博士は動画制作者として、うまく世間に馴染めたようだ。直接に人に会っていないし、毎朝どこかに出掛けているわけでもないのだが、定期的な更新という社会活動をして、自分と同年齢の人たちの平均以上の収入を得られるようになってきた。それに、子どもたちに好かれているのを感じているうち、生きていて良かったなあ、自分はこの社会にいていい存在なんだなあ、という心が芽生えてきた。

メッセージを頻繁に送ってくる子どもの中に、トラノジョウという名前の人がいた。四歳ということだ。成長というものに詳しくない博士はそれがどういう年齢なのかよくはわからなかったが、意外とやりとりができる。音声入力をしているのだろうか、トラノジョウは文字を送ってくる。拙い言葉遣いはかわいく感じられた。

「はかせさん、かせいは、なんで、あかいの？　トラノジョウは、ふしぎ、です」

というようなコメントだ。

「トラノジョウさん、あかいのはなんでだとおもう？　はずかしいからかなあ。ぼくは、はずかしいときに、かおがあかくなるよ。あるいはね、さんかてつ、という、てつがさびたじょうたいのすながたくさんあるから、というせつもあるみたいだよ。どうしてあかいのか、ふしぎだな、ってかんがえるの、たのしいよね」

なんて具合に返信する。

博士は一歩も外に出ていない。家の中だけで完結する会話。だが、コミュニケーションだ。孤独を愛しながら、人ともつながれる。素敵な時代が来たんだな、と博士は思った。

博士は家が好きだ。社会も好きだが、家の中も大好きだ。

好きで家の中にいる。社会から弾かれて家の中にひきこもっているのではない。自分で選択してひとりで暮らし、ひとりで仕事をし、家の中から社会につながっているのだ。そんなことも思うようになった。

だが、やっとそう思えるようになったというのに、間もなく、外へ出にくい物理的な理由が生まれた。

食事中に箸からごはんを落としてしまった。最初は気にしなかったが、数日置きに何度か落としてしまったので、「あれ?」と思った。片足立ちで靴下がうまく履けなくて体がグラグラ揺れる。「おかしい」と感じる。ちょっと歩くとすぐに疲れて休憩したくなる。「どうも調子が悪いな。疲労が溜まっているのかもしれない」と睡眠時間を長めにしたのだが、改善されない。元来、他人に会うのが億劫な上に、病院となるとかなり面倒でなかなか足が向かない博士だったが、どうしても体の違和感が拭えず、勇気を出して受診した。

様々な検査を行なった結果、病がわかった。これから、体が動かしづらくなっていく日々を引き受けなくてはならないようだ。病は数年、あるいは数十年かけてゆっくりと進行していき、やがては動けなくなる。進行を遅らせる薬はあるが、根本的な治療法はいまだ見つかっていない、という説明を受けた。

「でも、あきらめる必要はありません」

医師は続けた。

「え？　え？　『あきらめない』？」

博士は首を傾げた。

「同じ病気を患いながら、工夫してＱＯＬを向上させている人もいます。ＱＯＬ、つまり、クオリティー、オブ、ライフ。生活の質ですね。今は様々なグッズもありますし、相談機関もあります。楽しみながら生活をして、十年、二十年、もっともっと長く生きている人たちもいます。医学の世界は日進月歩です。その間に治療法が見つかるかもしれません」

医師は、その病名がデカデカと印刷されたピンク色のパンフレットを渡してくれながら、アドヴァイスめいたことを言った。

「はあ」

博士にはアドヴァイスというものが不快に感じられた。曖昧にうなずいて、パンフレットを受け取った。

病院を出ると、街路樹の緑が目に染みた。輝く葉っぱに心を震わせながら、「やがてはまぶたが重くなり、ひとりで景色を愛でることも難しくなるのだろうか」と考える。駅までの道中、「あきらめる必要はありません」という医師の科白を口中で何度か転がした。そうしながら、「やがては舌も動かなくなって、ひとりごとさえ難しくなるのだろうか」と思う。「あきらめる必要はありません」「あきらめる必要はありません」「あきらめる必要はありません」……。

　電車を待ちながら、カバンからパンフレットを取り出して開くと、その病についての説明や、相談機関や患者会の紹介、自治体の支援制度の情報などが載っていた。博士はクシャクシャにして丸め、プラットホームの真ん中にあったゴミ箱へつっ込んだ。

「どうして自分なんだ？」という問いがどうしたって頭に浮かんできた。これまでも家から出なかった自分が、なぜこんな目に遭わなければならないんだ？　自分ではなく、すでに外の世界を十分に楽しみ尽くした他の人たちにこの病を与える方が理に適（かな）っている。いや、「お前はどうせ家から出ないのだから、お前がこの病を引き受けろ」という神なのか？

　これまで神の存在なんてからっきし信じていなかった博士なのに、病を得た途端に「神が……」「神は……」と思考に滲ませてしまう。自分でも驚いたが、博士はそれからの数か月の間に、神社に、寺に、パゴダに、教会に、そしてモスクにも祈りに行ったのだ。けれども、どこにも救いを見つけられなかった。

　自分で選択して好きで家にいると意識するのと、体が動かしづらくて家にいると意識するのでは、自分の気持ちが大きく違ってくる。信じられないほどのつらさを味わった。悩み苦しみつつ、ＳＮＳ等でのアニメや動画の配信だけは続けた。絵が描けるのは嬉しい。描いている間は夢中になれて、余計な考えが浮かんでこない。うまい絵が描けなくてもいい。芸術性なんてゴミ箱行きだ。ただ、自分が夢中になれる絵を描きたい。夢中のための夢中、それを続けているうちに絵が完成する。火星猫の絵をひたすら描いた。そして、自身が出演する動画も撮り続けた。フォロワーたちとのメッセージのやりとりもたまに行なった。

動画制作者としてある程度の収入を得るようになっていた博士は、分身ロボットを購入した。大きさは、人間の二歳児ぐらいだ。体は薄ピンク色で、側面に青いラインが入っている。「これからは、こいつが自分の体なんだ」と考えたら、裸なのが恥ずかしいような、どこかしらにオリジナリティを出したいような、おしゃれして面白みを付け加えたいような、そんな気持ちが湧いてきたので、端切れで作った黄色いカーディガンを肩にかけてみた。ロボットは博士の代わりに外に出かける。博士は家の中で専用メガネをかけ、専用イヤフォンをつけ、専用グローブをはめる。そうすれば、外でロボットが見たり聞いたり触ったりしたものを、家の中で感じることができた。また、専用帽子を被っていれば、帽子が脳波を読み取って、博士の行きたい方へロボットの足が動き、見たい方へロボットの視線が動き、摑みたいものをロボットの手が摑んだ。博士は毎日、夕方になると近所の川へ、ロボットとして散歩に出かけた。小さな頃から親しんできた美しい川の景色が今も地球上にあった。

ロボットも動画に出演させてみると、「かわいい」とロボット人気が高まった。動画のチャンネル登録者数がさらに増えた。

薬が合わなかったのだろうか、博士の病の進行は聞いていたよりも速かった。病の発覚から一年経つ頃には歩行に困難を覚えて電動車椅子をレンタルした。

怖かった。やがては、飛行機に乗れなくなり、電車に乗れなくなり、歩けなくなり、瞬きができなくなる。国から出られなくなり、街から出られなくなり、家から出られなくなり、体の中から出られなくなり、頭の中から出られなくなる。怖かった。

ロボットがいれば、ベッドの中で目を瞑っていても、外を感じたり、人とつながったりできるのだろうか？　そこに希望を見出（みいだ）そうと考えたが、やはり怖さは消えなかった。

ある朝、

「ピンポーン」

と音が聞こえた。

音は最後まで残るらしい。耳の機能はしぶといという。その日を迎える練習で、ときどき耳だけで世界を受け取ろうと、音を脳に食い込ませる。ピンポーン……。世界を音で受け取る。

ああ、インターフォンだ。

電動車椅子で玄関へ行き、ドアを開ける。

「博士さん、こんにちは。オレは、トラノジョウです」

小さな子どもが立っていた。

「まさか、本当に？　よくコメントをくれている、あのトラノジョウさん？」

博士は、これまでの人生の中で一番びっくりした。電動車椅子の中でのけぞった。

「そうなんです。ごめんなさい。えっと、ネットのひとのリアルなおうちに行くのはだめ、って、しってるんですけれどもお……」

トラノジョウはモジモジしている。

「だって、君、四歳だよね？　ひとりで来たのかい？」

博士はまじまじとトラノジョウを見た。メッセージのやりとりの中で想像していた像とあまり違いはなかったが、薄汚れた服と、憂いを帯びた瞳が目についた。

「あっはは、もう五さいだよ。おとなになっちゃった」

トラノジョウは胸を張る。

「いや、あの、まあ、大人では、……ないよねえ、五歳は幼児だし。ともあれ、おうちの人はどこ？」

博士はトラノジョウの背後の方に視線をやった。

「おうちのひと？」

トラノジョウはきょとんとする。

「えっと、なんていうのかな、保護者さん？」

博士は宙を指差した。今の時代では、子どもにとってのそういう存在をなんて言うんだっけ？　今はいろいろな育児環境にある子に配慮するためにステレオタイプな親像を押しつける言葉はなくなった、と何かで読んだ。でも、育児界隈に詳しくない博士は適切な言葉を知らない。

「ああ、それね。いま、シンサチュウでさあ」

トラノジョウは首をすくめた。

「はあ？　シンサ？」

なんのことやらわからず、博士はこめかみを押さえた。

「まあ、いいじゃないですか。オレ、きょうは、すぐ、かえるからさ。ひとつ、おねがいだけ、つたえておこう、っておもって」

トラノジョウはにっこりした。

「『お願い』」

博士は復唱した。

「オレのともだちの龍が、絵をならいたがってるんだ。おしえてあげてほしいんだ。どうがでさ、博士さん、絵をおしえるの、じょうずでしょう？　こんど、龍を連れてきていい？」

勢いよく、トラノジョウが喋る。

「いいよ」

思わず、うなずいていた。どうやら、子どもという存在は怖くないようだ。トラノジョウは怖くないし、おそらく龍というのも子どもだろうから、怖くない。

「ありがと。オレさ、火星にずっとあこがれていたんだ。博士さんの火星チャンネルみて、火星猫のファンで、いつか火星にいけたらな、って。そしたらさ、こんど、その龍といっしょに、火星にいけるかもしれないんだ。博士さんのおかげで、火星のこと知って、絵のおかげであたまで見られるようになって、だからいけるようになったんだよ、きっと。じゃあね」

トラノジョウは手を振り、風のように去っていった。

博士はトラノジョウの科白を反芻した。「絵のおかげであたまで見られるようになって」云々というのはよくわからないが、「イメージが頭に浮かぶようになったら願いごとが叶う」というようなことを言いたかったのだろうか。なんだか嬉しい。制作が実を結んだ、絵が仕事になった、というふうに感じられた。

龍という子どもは、一週間後にやってきた。トラノジョウと保護者と一緒だ。

「絵、おしえてくれる？」

龍は開口一番にそう言った。

「うん、いっしょに絵であそぼう」

博士はうなずいた。

「突然にお邪魔しまして、誠に失礼致します。私は秋山輝と申します。こちらはご存じだと思いますが雪山トラノジョウ、そうしてこちらは秋山龍です。本日は教えを乞うために参りました。トラノジョウと龍の師匠になっていただけませんでしょうか？」

芝居がかった口調で喋りながら、背が高くて威圧感のある保護者が頭を下げてきた。

「いやはや、ワシは弟子を取らない主義でして」

博士は気圧され、自分は一生言うわけがないと信じていながら映画などで聞いて憧れてきたフレーズがするりと口から出てきた。

「リュウは、げいじゅつかなんだ。よろしく」

龍が自己紹介した。

『芸術』

久しぶりに聞いた言葉だった。

「絵をかくんだ」

龍は自信たっぷりに言った。

「うん、わかった。この家には、画材がいっぱいあるし、いつでも遊びに来てよ。えっと、トラノジョウさんも、絵をやりたいのかな？」

博士は家の奥を指差したあと、トラノジョウの方を見た。

「ううん、オレはやりません。絵はとくいじゃないからさ。オレは、きかいをさわったり作ったりする人になりたいんだよねー」

トラノジョウは首を振る。

「機械やロボット、ここで一緒にやる？　ここにいろいろ機材があるよ。カメラやロボットを組み立てたり、分解したりするやり方、教えてあげようか？　タブレットもある。動画を撮って、簡単に編集もできるよ。あのね、芸術って、絵を描くことだけじゃないんだ。自分が夢中になれること、自分が『これは芸術だ』って思うこと、そのすべてが芸術なんだよ。他人には決められない。自分だけが、自分の芸術を決められるんだ。作業の中に芸術がある。夢中の中に芸術はあるんだ。散歩も皿洗いも機械も病気もすべてが芸術なんだよ」

自分でもそんなことは考えていなかったのに、口からペラペラとそんな言葉が出てきた。

「わああ、そうなんだねー」

トラノジョウは顔を輝かせ、モジモジしながら横目で輝の方を見た。

「お金は私が払うから、やりたいことやって欲しい。機械でも、芸術でも、やってみたらどう?」

輝は、とんとトラノジョウの肩を抱いた。

「いつでも、この家に遊びに来ていいよ」

博士は両手をゆっくりと広げた。

「二人で、あそびに来るよ」

龍とトラノジョウが声を揃えた。

そうして、輝く日々が始まった。輝に送られて、龍とトラノジョウが博士のアトリエに毎日のようにやってくる。

博士の心にやる気が湧いてきた。自分が動ける時間にはリミットがあり、龍とトラノジョウは火星移住をするという話なので会える時間はさらに限られる。それが心に火を点けた。自分が伝えられることはすべて伝えたい。子どもとコミュニケーションを取るのはものすごく面白くて、夢中になれる。ここにも自分の才能があったということを博士は発見した。子どもとのコミュニケーションもそれ自体が芸術だった。

博士と龍とトラノジョウは、段ボール工作、絵画、粘土、機械いじり、電化製品の分解、タブレットでの短編映画制作、ねじ締め、ねじ緩め、家具のＤＩＹ、壁画、タブレットで行なう世界中の美術館巡り、掃除、料理、アニメ制作、散歩、と多岐にわたる芸術活動を行なう。

ある夕方、

「ねえ、ねえ。博士さんはさあ、火星、いかないの？　火星が好きだから、火星チャンネルの配信やったり、火星猫のアニメ作ったりしていたんじゃないの？」

トラノジョウが無邪気に尋ねた。

「うーん、この体だからなあ」

博士は肩をすくめた。

「この体って？」

龍は不思議そうな顔をする。

「えーと、病気で動きにくくなった体で行くのはすごく難しいと思うんだ。それに、大きな病院の近くに住んでいないとなかなか大変なんだよな」

博士が顎をさすると、

「でも、『あたまの中ならどこまででも行ける』って前、いってたよね？」

龍が指摘した。それは一緒に絵を描いていたときに、「もっと自由に描いてもいいんだよ」という趣旨のことを伝えようとした博士の科白だった。

「ロボットで行けばいいいんじゃない？　ロボットなら、あたまの中のままで、ずっと行けるでしょう？　いっしょに行こうよ」

トラノジョウが誘ってきた。確かに、ロボットでなら、ロケットに乗ることも、火星でマーズ・ローバーに乗ることも、火星基地で暮らすこともできるのかもしれない。体は地球にあるままで、精神は火星に飛び、火星基地でトラノジョウや龍たちと共に生活を営む。

そんな夢のようなこと……、と博士は思いつつも、龍とトラノジョウが帰ったあとに、火星移住事務局に問い合わせてみた。

翌日、返信があった。事務局の答えは、「可能です。国が全面的にサポートします」だった。

博士は、火星移住を決めた。ロボットとして行く。小さなおとめ座銀河団の、小さな局部銀河群の、小さな天の川銀河の、小さなオリオン腕の、小さな太陽系の、小さな第三惑星の、小さな国の、小さな街の、小さな家の、狭いベッドの中の、小さな小さな小さな世界に居るままで、博士は遠くにも行くのだ。二拠点生活を思い描くと、胸が高鳴った。

医師やエンジニアたちのサポートを受けながら移住準備を進める。

第四章　マジックテープとコンビニエンスストア

マジックテープがビリバリ言う音に耳を澄ます。景気良くマジックテープを剝がすときの、その音でストレスが霧散する。

ロケット内にはちゃんと空気はある。だが、重力はほとんどない。放っておけば物はどこまでも飛んでいく。だから、スプーンにも、蓋付きマグカップにも、メガネにも、服にも、道具すべてにマジックテープが付けられており、壁に貼り付けて収納している。道具を手に取るとき、いつもビリッと音がする。空気は充満しているので、音は耳に届くわけだ。ビリッ、バリッ、ビリッ、バリッ……。ロケットに搭乗して、雄大が一番に愛することができたのは、この「マジックテープ音」だった。

ロケットの中には、上も下もない。でも、「上も下もない空間で暮らそう」と考えると混乱してしまうから、便宜的に地球のある方向を「下」「床」、その反対側を「上」「天井」という共通認識を持って共同生活をしている。ただ、いつもふわふわと浮いて移動しているわけで、天井でも床でも、手で触りに行くのは同じ行動だ。収納は、天井、左右の壁、床、すべてが利用されている。言葉では「天井」「床」などと呼びつつ、使い方はどの壁も同じ。物を下に置くのが基本の収納だった地球での生活とは違い、三次元での片付けは、収納力が格段に上がった感じがある。雄大の自室は二畳半ほどの広さしかないが、意外と物を収納できる。

雄大はもともと物欲があまりない。しかも片付けがわりと得意だ。そういうわけで地球に住んでいたときも自分の物だけだったら掃除に悩まなかった。しかし、弓香は雄大と正反対の性格だった。やたらと物を取っておくたちで、口癖は「もったいない」。使い捨て容器や戴き物を包んでいたリボンなんかを、「いつか使う日が来る」と引き出しに仕舞い込んでいた。もちろん、使う日など永久にやってこない。いらないものがどんどん溜まり、家はカオスだった。弓香は物を取っておく上に、掃除が苦手で、家中にゴミを散らかしていく感があった。特に育児時代はひどかった。「仕事と家事が両立できないのは誰もが知っている事実だけど、実は育児と家事も両立できないんだよ。知ってた？」と悪びれずに弓香は言い、掃除を怠った。雄大はがんばって掃除したが、散らかされる勢いの方がすごくて、いくら懸命にやっても追いつかない。子どもたちは、やれ、工作だ、やれ、実験だ、と段ボールだの紙切れだの葉っぱだのときにはダンゴムシまで、部屋中に散らかしていった。博士も塔子も、掃除の概念を持たずに成長しているようだった。弓香は子どもたちに片付けを教えていなかったのだろう。これじゃあ碌(ろく)な大人になれない、と雄大は危ぶみ、「片付けをしろ」と口酸っぱく声をかけ、カリスマタレントによる片付け動画を見せるなどの教育も施した。だが、その甲斐はなく、子どもたちが思春期になると、さらに部屋は荒れた。一人目の子どもの博士は自室に引きこもり、自室の壁を落書きだらけにし、二人目の子どもの塔子は勉強や研究でいそがしいという理由で机の上はいつもごちゃごちゃに、そして床には足の踏み場がないくらいにびっしりと本を積んでいった。やがて、落書きや本をそのままにして、二人とも家を出てしまった。その家は雄大が親から引き継いだ家で、老朽化が進んでおり、二人暮らしだと広すぎるし掃除も大変だということで、取り壊して土地は売ることにした。雄大と弓香は、同じ町内の緑マンションの一室を購入し、引っ越した。当初、子どもたちのものは処分して身軽に越そうと雄大は思っていたのだが、弓香が「いつか取りに来るかもしれない。あるいは、あの子たちが有名になったときに、記念館なんかが建って、展示する必要が出てくるかもしれないし……」と夢みたいなことを言い出して、博士が保育園時代に作ったガラクタや塔子が小学校時代に下手な字で研究を記したスケッチブックまでも持って引っ越した。だが、そのあと、子どもたちのものも弓香自身のものも整理することなく、そのまま置いて、弓香もいなくなった。雄大はひとり残された。みんなの残骸を自分の判断で捨てる覚悟が持てず、残骸の中で雄大は暮らし続けた。

やがて、火星移住を決意し、その緑マンションの部屋も売った。みんなの残骸はトランクルームへ移動した。トランクルームの管理は知人に頼んだ。いつか覚悟ができたときに雄大から連絡して、中身を処分してもらうつもりだ。あるいは生きている間に覚悟が持てないかもしれず、その場合は雄大の死が起きたときに処分してもらえるよう、エンディングノートに書いておいた。

　そうして雄大は、ランドセルを背負って火星への旅に出た。岩井のランドセルだ。岩井の家には、岩井が言っていた通り、押し入れの中にランドセルが仕舞われていた。岩井はそのランドセルを雄大が引き継ぐように自身のエンディングノートに書いていた。雄大はランドセルをもらった。カバーを開けると、雄大の想像の通り、中にはおにぎり石が入っていた。小学生時代の岩井が大事にしていた、宝物の石だ。石は大切にハンカチに包み、その他に自分の歯ブラシや老眼鏡、タブレット、お気に入りのマグカップなども入れて、カバーを閉めた。肩紐を最大限に伸ばすと、生まれつき小柄で、さらに年齢と共に痩せてきている雄大には、背負うことができた。ロケットには、このランドセルの他に、着替えなどを入れた小さなコンテナボックスひと箱を積んでもらった。それだけだ。「最低限の生活必需品のみにして、荷物は極力少なくしてください」という文が、国が発行している「旅の栞（しおり）」に大きな文字で記されていた。ロケットの中にはある程度の生活用品も、宇宙食も揃えてある。そして、火星基地は先人たちによって大分整えられており、到着後は、コンビニエンスストアにもスーパーマーケットにも行ける。地下都市には植物工場や食品加工工場もある。

　とはいえ、人には拠（よ）り所というものが必要だ。お守りや、お気に入りのタオルなんかは、生活必需品ではなくても荷物に加えて構わないことになっていた。これまでとは違う環境に移り、違う人たちと生活するのだから、誰だってストレスを覚える。

メンタルヘルスを守ることは、移住の最重要課題のひとつだ。宇宙では精神のバランスを崩しやすい。そのため、少し前までの火星移住の募集では、「『健康』であること」を条件として国は掲げていた。病歴や「障害」の認定がないこと、家族に遺伝性の「病気」を持っている者がいないこと、といった条件を堂々と募集要項に記して移住者を求めていた。「若者」であることも推奨され、年齢制限があった。かつて宇宙飛行士を選出するために行なわれたテストのようなものが、移住希望者に対しても行なわれた。宇宙飛行士ほどの高い基準ではなく、ゆるやかな線引きではあったが、移住者には、心身共に「健康」で、「頭が良く」て、リーダーシップの取れる「若者」が選ばれた。成熟者や、子ども、なんらかの「病気」や「障害」がある人の移住が許可されることはなかった。

そうして、第一期、第二期、第三期……、と強靱な精神と体力を持ち、ＩＱが高く、リーダーシップが取れる働き盛りの人たちが集まり、火星基地を築いていった。だが、街ができ、社会が生まれ始めると、どうにもうまくいかないことが増えた。いざこざが起こり、裁判があちらこちらで始まり、差別、殺人、性暴力、窃盗、様々な事件が次々と起こり、火星の街に陰鬱な雰囲気が漂った。明るい人ばかり選んだはずだが……、と各国の責任者は首をひねった。社会学者や心理学者や歴史学者や生物学者なんかがこぞって研究に取り組んだ。数年後、「『健康』

でリーダーシップが取れて頭脳明晰な若者のみの集団では社会の維持が難しい」という研究結果を多数の学者が発表した。「病気」や「障害」を排除し、子どもや成熟者を取り除き、ＩＱで人間をランク付けする行為は、長期的に見ると人間社会を破綻させるという。また、ＩＱというもので測定できる能力は限定的でその数字にあまり意味がないということがわかってきたため、ＩＱテストそのものが廃止された。

そもそも、たとえ「健康」そうな人を選んで送り出したところで、移住後に身体や精神に病を抱える人もおり、未来のことはわからない。「健康」な人とそうではない人の間に線を引くことは難しい。病歴などを調べて選出することに大きな意味はないのではないか、という意見は移住開始当初からあった。

人間社会の維持には「弱者」の活躍とそのケアが不可欠であること、そして、その「弱者」が誰であるかの事前の規定には意味がないということが新しい常識になっていった。現時点では、基地に強靭な人ばかりがいるからという理由で、第十期からは、現状において「社会的弱者」とみなされがちな人たちの移住が優先されるように、募集要項が大幅に改訂された。そして、医師や看護師、療育、保育、教育などの専門家が、必ずロケットに同乗し、サポートチームを組むことになった。

十二期のメンバーに雄大がすんなり入れたのは、成熟者だからだ。

牛革の赤いランドセルも石もかなり重かったが、

「精神安定のための、お守りです」

と雄大が主張したことにより、ロケットに持ち込めた。こういう、「食べられないし、着られもしない。これといった用途がない」という道具の大切さを発表する研究者も今は多くいる。宗教に関するものはもちろん、宗教にまったく関係のないオモチャのようなものでも、「他の人にとってはガラクタだろうが、自分にとっては精神的支柱」と説明すれば、許可される。国は、移住者に身軽になることを求めつつ、「お守り」とさえ言ってくれればなんでも持ち込めますよ、というダブルスタンダードを用意していた。

搭乗後、雄大は実際にランドセルを撫でたり、おにぎり石を握りしめたりしている。「お守りです」は決して嘘ではなかった。

けれども、やっぱり、ストレスは降ってくる。

ロケットは家よりも大きいが、街ほどには大きくない。この中で、約八十人が四か月ほどの時間を過ごすのだ。

八十人のうち、三十人はサポートチームだ。

「ちょっとでも困ったことが起きたら、相談してください」

とたびたび声をかけてくれるし、定期検診もある。

もちろん、悩みができたら相談するつもりだ。けれども、足が地面に付かないこと、顔がむくみ続けること、ほとんどが初めて会う人という集団の中にいること、四か月間はメンバーチェンジが絶対にないということ、……それらなんやかやを平気で受け止められる人間なんていない。ちょっとぐらいは、みんな困っている。全員が感じているような小さな緊張感や微妙な苛立ちをいちいち表現しても仕方がないじゃないか、と雄大は言葉を飲み込んだ。

それで、マジックテープをビリバリして無聊(ぶりょう)を慰める。ビリッ、バリッ、ビリッ、バリッ……と、繰り返すことで、精神安定を求める。とはいえ、そうばかりもしていられない。

「日課の『その場で散歩』にでも行くかな」

雄大はランドセルからタブレットを取り出して脇に抱え、ドアを開いて廊下に出た。廊下の壁に等間隔で取り付けてあるグリップをつかみながらふわふわと移動していく。

「その場で散歩」というのは、雄大が頭の中で使っているだけの言葉だ。ロケットに乗っている期間は、毎日必ず二時間以上の筋力トレーニングを行なう、ということがすべての搭乗員に義務付けられている。

地球にいたときは重力があったので、知らず知らずのうちに筋肉に負荷がかかり、鍛えられていた。しかし、微小重力空間では負荷がかからないので、あっという間に筋力が衰える。だから、ジムの部屋へ行き、体を鍛えなければならない。ジムにはトレーナーが常駐しており、ひとりひとりに合ったトレーニングメニューを考えてくれる。ときには食事や睡眠のアドヴァイスもくれる。

成熟者や子どもの場合、激しい運動はかえって体に良くないので、ストレッチ運動やウォーキングマシンの上での歩行がメインになる。そのため、雄大はトレーニングのことを「その場で散歩」と呼んでいるのだ。

足を動かすのは、地球にいるときだって、毎日行なっていた。地球にいるときは、自然と足が動いた。「川沿い孤独散歩」には季節ごとに変わっていく風景や匂いや寒暖があった。紅葉や桜を愛でたり、虫を手で払ったり、ときにはカワセミを追いかけていれば、何も考えなくても足が動く。それがどんなに豊かなことだったのか、「その場で散歩」をしているうちに身に染みてくる。風景も匂いも寒暖も変わらない中で足を動かし続けるのには、根気が必要だ。「がんばろう」と考え続けないと、止めたくなってしまう。風景が変わらないので飽きてしまう。そのため、タブレットを持っていき、ウォーキングマシンに取り付け、動画を見たり、インターネットサーフィンをしたりして気分転換をしながら運動することにしている。

銀色の大きなドアを押してジムの部屋に入ると、

「あ、ユウダイだ！」

子ども用のカラフルなトランポリンの横で龍が安全ベルトを外そうとしているところだった。トレーニングを終えたところなのだろう。

「こんにちは」

龍の隣にいたトラノジョウもにっこりしてくれる。

ちょっと離れたところに輝がこちらに背を向けて立っている。トレーナーと何やら話しているようだ。

ロケットの中に、輝と龍とトラノジョウという知り合いがいてくれることは、「マジックテープ音」以上に雄大の気持ちを和ませてくれている。ジムや食堂や廊下ですれ違うとき、嬉しい気持ちがいつも湧く。

「やあ、こんにちは。運動しているの？　二人とも、精が出るね」

雄大がひらひら手を振ると、

「『セイ』ってなあに？」

龍がきょとんとする。

「がんばっているね、ってことだよ」

雄大が笑って答えると、

「がんばってなんか、ないんですよー。あそんでるんですよー」

トラノジョウが首を振った。

「いや、いや、がんばっているよ。だって、君たちぐらいの年で、公園も図書館もない、こんな狭い場所で暮らすの、大変でしょう？　龍さんもトラノジョウさんも……」

雄大が言いかけると、

「がんばっていない！　ぜんぜん、がんばっていない！　あ、そ、ん、で、る、だ、け！」

突然にトラノジョウが怒った顔で大声を出し、自分の体をかきむしった。

「あー、えっと、トラノジョウさん……。落ち着こう、な……」

雄大は面食らった。子どもの急な激情に接したときの声のかけ方をまったく思いつかない。自分も育児経験者なのに、なぜわからないのだろう。そういえば、博士と塔子も幼い頃、きっかけが何もない状況でおかしな大声を出すことがあった。そういうとき、やはり自分はまごまごするだけで対処せず、弓香に向かって「なんとかして」と言い、その状況になった理由を「弓香が常識を教えていないから」と捉えた。雄大は決して性差別主義者ではない。……ないつもりだ。性的少数者という自覚があったから、むしろ差別されている側だと思っていた。自分が差別をすると思っていなかった。弓香の性別を理解しているつもりだった。いつだって弓香の仕事に理解を示してきた。性別を理由に弓香に育児を担わせたとは思っていなかった。けれども、心のどこかしらに、弓香に育児の失敗の責任を押し付ける気持ちがあったのだろうか。

「あ、雄大さん、こんにちは。トラノジョウは最近ね、どうも、怒っちゃうときがあるんですよねえ。……トラノジョウ、なんか嫌だったんだね」

離れたところにいた輝がスススーと近寄ってきた。

「お、こ、っ、て、な、い!」

トラノジョウはなおも怒り続け、輝の肩を叩いた。

「ちょっと、違うお部屋に行って、お話ししようか？　今日は、トレーニングはもうおしまい。それじゃ、雄大さん、またー」

輝はトラノジョウをぎゅっと抱き締め、雄大に目配せしたあと、トラノジョウと手をつないでジムの部屋を出ていく。

「いっしょに行こう、トラノジョウ。おやつにする？　宇宙食のドーナツあるってよ」

人の気持ちに左右されない龍は、平然とした顔で二人を追いかけ、トラノジョウのもう一方の手を取ろうとした。すると、

「うるせえ！」

トラノジョウは金切り声をあげ、龍の手を振り払った。

「あ」

雄大はびっくりして、思わず声を出してしまった。地球にいたときは、龍の拙いコミュニケーション能力に比べてトラノジョウには段違いのしっかりした会話能力があると感じられた。同い年だと聞いたが、トラノジョウが「年上のきょうだい的なキャラクター」で龍を支えてあげるような関係なのだろう、と見ていた。だが、ここ最近、三人を見かけると、大概トラノジョウの機嫌が悪い。わがままを言っていたり、龍をいじめたりしているシーンが垣間見える。

博士がぐずったり不登校になったり、塔子が不安定になったり暗い顔をしたりしていた時期には、弓香に対して「君の教育方法が悪いんじゃないか」とよく思っていたのに、今は、輝が悪いというふうには思えなかった。大変な育児を輝はがんばっているんだろうな、と思う。それは、雄大の精神が成熟したからかもしれないし、時代が変わったからかもしれないし、ある

いは、単に「身内に厳しく他人に優しい」という雄大の性格に過ぎないのかもしれなかった。

とにかくも、今耳に入った「うるせえ！」というのは、ここのところ垣間見ていたトラノジョウの癇癪（かんしゃく）の中でもことに激しい言葉だった。

輝は落ち着いた表情で、低い声で何か話しながら、トラノジョウを引っ張り、ふわふわと廊下へ移動していく。龍は、トラノジョウの言葉に大した反応を見せず、なんということもない顔でふわふわと追いかけながら、

「ドーナツはあ、チョコレートと、シナモンと、あるってきいたんだけどー、リュウはチョコレートがいいからさあ、トラノジョウがシナモンでいーい？」

さらにドーナツの話を続けている。龍には人の気持ちをあまり読まない性質があるみたいなので、トラノジョウの大変さに我関せずなのだろう。

「バイバイ、龍さん」

雄大が龍の背中に手を振ると、

「ユウダイ」

龍は振り返り、いつものごとく挨拶の言葉ではなく、名前を呼んだだけだった。そして、手を振ることもお辞儀もしないで、ふわふわと廊下に出ていった。

育児時代に博士や塔子に対してやれなかったことを、龍やトラノジョウに対してはちょっとできるかもしれないと思い、また、幼い日の自分と岩井の思い出を、龍やトラノジョウを見て

いるとなぞることができるようにも思い、二人に出会えた喜びを雄大は感じていた。けれども、決して自分は、いわゆる「子ども好き」な人間ではない。子どもは苦手だ。子どもは不思議で謎でどう接していいかわからない。

ともあれ、自分は成熟者なのだ。他人よりも、まずは自分のことをやらなければ。自分の筋力アップを図る。ウォーキングマシンの安全ベルトを腰と肩に巻き、タブレットを前に設置して、ベルトコンベアーのスイッチを入れ、歩き始める。なるべくリズミカルに足を動かす。だんだんと疲労感がつのり、歩くのに飽きてくる。タブレットをオンにして、面白そうな動画を探しながら歩く。

動画サイトに「火星」と打ち込んでみたところ、「火星猫」というタイトルのアニメが出てきた。以前、トラノジョウがこのアニメの話をしていた。あの、「川沿い孤独散歩」で見かけていたロボットが制作しているらしい。二歳児ぐらいの大きさで、薄ピンクに青いラインが入ったロボットだ。そのロボットは、このロケットに搭乗していて、たまにすれ違う。雄大はアニメというジャンルにまったく親しまずに生きてきた。ただ、火星の情報を得るために色々なものを観ているおりで、難しい番組やサイトには疲れてきていたので、

「ちょっと観てみるか」

と再生してみた。

主人公の猫が火星のあちらこちらを旅しながら火星の土地を紹介していく。途中で、微生物

と頭足類と出会い、友人が増える。単純な線で描かれた絵と、わかりやすいシンプルな科白で構成されていた。テンポの良い音楽が背後に流れ、物語展開に笑いがあり、飽きない。装置や建物の仕組みの解説も挟まれ、勉強にもなる。

それをぼんやり観ながら足を動かしていると、ジムの部屋の中に、このアニメの制作者のロボットが入ってきた。

ロケットの移住飛行システムは国が運営している。そんなわけで、このロケットには出発地点の国に住んでいた人ばかりが乗っている。とはいえ、雄大と同じ国に住む人間というのは一億人以上いたはずなのだ。同じ街にいた人が五人もいる偶然は、魔法で起きたように感じられる。その魔法は雄大を勇気づけてくれていた。雄大は岩井と過ごしたあの街が好きだ。いつか、あのロボットに街について何か話しかけてみようか。しかし焦らなくてもそのうちにその機会が訪れる気がして、まだ話しかけたことはなかった。

ロボットの方でも、遠くから雄大を眺めるような雰囲気で視線を送ってくる。そうしていつもはスーッと通り過ぎてしまう。けれども、今日はふわふわと雄大のウォーキングマシンの近くまできた。あまりに寄ってきたので、

「えーっと、……こんにちは」

雄大は初めて話しかけた。

ロボットはペコリとお辞儀した。だが喋らない。こういうロボットには音声機能が付いてい

るはずだ。声の挨拶に対しては声で返すのがマナーと思われるが、なんらかの事情で話せないのだろうか。

ロボットは、雄大が観ているタブレットの画面を指差した。

「あ、えっと、面白いです」

雄大は、ハッとして褒めた。だが、こういう芸術家っぽい人には、「面白いです」のようなシンプルな言葉ではなく、何かもっと気の利いたことを言った方が良いのかもしれない。

だが、ロボットは眉毛と口角を上げ、満面の笑みを浮かべた。そして、満足げに去っていった。

「もっと褒めれば良かったな。いや、街の話をしたって良かった」

会話を省みつつ、再び機会はあるだろう、とも思う。雄大は足を動かし続けた。「火星猫」を三話ほど見たあとは、考えるのに疲れてきて、火星の砂漠の映像が延々と映し出される癒しの動画チャンネルに変えた。

四か月、雄大は単調な日々を繰り返した。ジムの部屋でトレーニング、食堂で缶詰や袋詰めされた宇宙食の食事、ときにプレイルームで龍やトラノジョウと遊び、自室ではマジックテープのビリバリ、ごくたまに塔子とメッセージのやりとり。ルーティンの果てに火星基地到着があった。

待ちに待った重力に足が喜ぶ。ロケットステーションの階段を、ゆっくりと踏み締めながら降りた。

このあと、ロケットステーションと居住区を行き来しているローバーに乗せてもらえる。そのローバーの出発まで一時間ほどある。ロケットステーションの中のショップやカフェで時間を潰そうと考える。

地球の三分の一程度の力ではあるが、重力を感じられるのはやっぱり人間にとって幸福なことだった。自分がこんなにも「重力好き」だとは知らなかった。うきうきとフロアを歩き、何を買おう、と考える。まだ居住区での生活がピンときておらず、何が必要なのか、頭に浮かんではこない。

とりあえず、コンビニエンスストアに向かってみる。

地球にいた頃、節約のために簡単な料理をすることも多かったが、自分ひとりのための料理はあまり楽しくない上に、自分がする味付けがワンパターンで飽きてしまう。そのため、コンビニ弁当やインスタント食品にも頼っていた。せんべいやチップスなどのコンビニ菓子もおいしい。ロケットの中で支給される宇宙食は決して不味(まず)くはなかった。だが、懐かしいコンビニ食を味わいたい。

「なんでもいいから、おやつを買おうかな」

自動ドアが開いて、圧倒される。「コンビニエンスストアの色鮮やかな棚を眺めながら、自分で自分の食べたいものを選ぶ」という行為は、大きな快感を伴う。四か月ほどのロケット暮らしで、「カラフル」「自由」「生活」というものから隔絶されていたことが実感できた。おそらく、長期入院をしていた人も同じような感覚を味わうのだろう。雄大はこの年にしては健康に恵まれてきたので、この感覚が新鮮だった。目に入ってくる雑誌の見出し、並んだ歯ブラシにさまざまな色があること、酒やカップヌードルなどの不健康そうなものが平気で並ぶ棚、新鮮な果物や揚げたての唐揚げ、どれを見てもわくわくした。

ローバーで移動するときに多くの荷物を抱えていたら周囲に迷惑だろうし、いくら筋トレしていたといっても無重力生活で筋力が大分落ちているので、軽そうな菓子を少量にとどめよう、と湧き上がる物欲を抑えながら、菓子棚の前をうろうろする。

野菜チップス、海苔（のり）巻きせんべい、ローストナッツ、梅干し飴（あめ）を選び、籠へ入れてレジへ向かう。

無人レジもあったが、なんとなく人に接してみたい気分だったので、有人レジの列に並ぶ。

購入の順番が回ってきたところで、

「弓香！」

雄大は叫んだ。

オレンジ色のストライプ柄の制服を着て、レジのバーコード読み取り機を持っているコンビニエンスストア店員は、紛れもなく弓香だった。

「……That's eleven dollars altogether.」

弓香は雄大を見て、ギョッとした表情を浮かべながらも、店員としての業務を続け、商品の合計金額を提示してきた。ロケットステーションでの共通語は英語で通貨もドルだ。

「悪かった。申し訳ない。弓香、謝らせてくれ。会いたかった」

雄大はレジ台に身を乗り出す。居住区に落ち着いて、生活に慣れたあとに、ゆっくりと弓香を探し出すつもりだったから、心構えはまったくできていない。でも、この機を逃すわけにはいかない。

「Please pay eleven dollars. The next person is waiting.」

弓香はすぐに表情を店員風に整えて、支払いを催促してくる。

「あ、ああ。えっと、えっと、Sorry、ああ、うう……。あ、カードで払うよ。それであの、このあとちょっとだけでも話せないか」

雄大はほとんど英語が話せないため後ろに並ぶ人に説明ができなかったが、振り返って軽く頭を下げ、慌ててカードで支払いを済ませた。エコバッグに菓子を詰めつつ、どうやったら弓香ともっと話せるか、猛スピードで考えたのだが、何も思いつかない。

「……あと五分で休憩だから」

レジ作業を続けながら、ぼそっと弓香がつぶやいた。

「わかった。悪いな。店の外で待っている」

雄大はエコバッグを持って店外へ出て、自動ドアの脇でしばし待った。

どうしてコンビニエンスストア店員なんだろう。雄大は「嫌だな」と思ってしまう。弓香だったら、この年齢でも他に仕事があるんじゃないか。「職業に貴賤はない」は誰もが知っている有名な言葉だ。しかし、たとえ表での差別が見えにくくなっても、今でも多くの人が、心の中で職業をランク付けしており、相手の職業によって態度を変える。伝染病が流行していた頃など、生活を支えてくれるエッセンシャルワーカーの地位が上がったように感じられた時代もあったが、病気が収束するとすぐにコンビニエンスストアやファストフード店などの店員を軽く見る風潮は復活した。

輝はファストフード店員だと言っていた。それを聞いて「がんばっているなあ」とだけ、雄大は思った。それも、「身内に厳しく他人に優しい」という雄大の性格からのものだったのだろうか。病院のスタッフのことを尊敬できたのも、他人だったからなのだろうか。

「身内がコンビニエンスストア店員なのは嫌だ」という気持ちが心の中にあったなんて、雄大はついさっきまで自分でも気がついていなかった。いくつ年を重ねても、まだまだ知らない自分の気持ちがある。そうだ、自分は差別者なのだ。人を下に見るところがある。成熟者になると、「差別者である自分」も発見し、受け入れ、意識を変える努力をしなければならなくなる。年を取るのは大変だ。

そう考えていくうちに、弓香の先ほどの態度から、弓香の方はもう雄大のことを「身内」とは思っていないようだ、と気がつく。
七、八分して、本当に弓香は来てくれた。制服のままだ。上はオレンジのストライプシャツ、下はライトグリーンのワイドパンツ。全身が蛍光色だ。普段はモノクロの服ばかりだったから、キャラ変したように見える。
「休憩もらってきた」

弓香は言った。

雄大はしばし弓香の姿を見つめてしまったが、そんなにぼんやりできる立場ではなかった。急いで土下座する。

「この通りだ」

雄大はフロアのタイルに額をこすりつけた。その勢いで、背中に背負っていたランドセルのカバーが外れて中身が落ちそうになったので、急いで背中を押さえて、少しだけ身を起こす。

「この通りって、なんの通りよ」

弓香は呆れた声で言った。

「俺が悪かったと認めている。土下座をしている、この姿の通りだ、ということだ。プライドを捨てて、俺は自分の駄目さを認めている。反省している。この俺の姿を見てくれ。俺は弓香にとっての良い家族にはなれなかった。頭を何度でも下げたい。許してくれ。そして、お願いだ。また、一緒に暮らして欲しい」

雄大は、そうっと弓香の顔をうかがった。

「いや、いや、雄大が自分を駄目人間だと認めたところで、私にはメリットないよ。あなたが反省するかしないかなんて、私の問題じゃない。そもそも、あなたの姿を見たい気持ちがないから。それにね、『人に土下座されたら嬉しい』とか『人に土下座されたら許せる』とかそんな馬鹿馬鹿しい感性を私は持っていない。私は誰にも土下座されたくないの。立って話してくれる？　こっちはさ、ただ、もう一緒に暮らしたくないだけなのよ」

弓香は首を振る。つらいと思うなら移動を促せば良いのに、そうはしない。人前で話した方が安全だと思っているのだろうか。それほどまで、もう雄大を信用していないのだろうか。

「俺は、異性愛者だと偽って結婚した。けれども、同性と恋愛をしていた。だから、俺のことが気持ち悪くなったんだろ？　ただ、これだけは信じて欲しい。弓香のこともちゃんと大事にしてきたんだ。同性との恋愛をした俺を気持ち悪く思うかもしれないけど、俺みたいな人間は他にもたくさんいるんだ。少しずつ理解してもらって、また俺と暮らすことを考えてもらうわけにはいかないか？」

雄大は立ち上がり、できるだけ穏やかに、落ち着いた声を心掛けて説得を試みた。

「違う、違う。性別は関係ないよ。そこを勘違いしないで欲しい。私の名誉のためにも、そこは絶対に訂正したい。同性と恋愛することを責める気持ちなんて、私は微塵も持っていない。当たり前だけど、『気持ち悪い』だなんて、私はまったく思っていない。気持ち悪くないよ。

昔も今も、あなたを気持ち悪いと思っていない」

弓香はまたも首を振った。

「じゃあ、どこに一番引っかかっている？　なんでも話してくれ」

雄大は手を広げてみせた。

「うーん。一緒にいたい気持ちがなくなった。それだけ」

弓香は「そんなことを言われてもなあ」という表情で腕を組み、唸る。

「理由は？　別れってものには、理由があるだろ？」

雄大は問い続ける。

「気持ちの変化だよ。人間関係なんだから、ただ別れる、それでいいじゃないの」

弓香はあっけらかんと言う。

「だけど、理由を聞かないとこちらは納得できないよ。『岩井の見舞いをしたい』って俺が言い出したことがきっかけなんだろ？　そのとき、『私は一番に愛されていなかったんだわ』と感じて、嫌になったんじゃないのか？　性別は関係ない、って言うんだったら、要するに、どっちの性別にせよ恋人がいるのが許せない、『他にも恋人がいる』って言うパートナーとはやっていけない、ってことなんじゃないか？」

雄大は指摘した。

「お見舞いをしたい、という話がきっかけと言われれば、まあ、そうだけど……。でもさ、岩井さんとの関係は、結婚当初から薄々気がついていたし、婚外恋愛自体は、私にとって大した問題ではない」

弓香は頰を押さえながら考え考え喋る。

「え、そうなの?」

雄大は、ちょっと驚いてのけぞった。

「うん」

弓香はうなずいて、ロケットステーションの廊下のずっと先を見た。

「つまり、最初から俺たちは、愛だの恋だので一緒にいたんじゃないってことだよな?」

雄大も、廊下の先の先にある、搭乗ゲートの光を見る。

「うん」

弓香は肯定した。

「愛だの恋だのじゃないんだったら、他に恋人がいたっていいんじゃないか?」

雄大は理屈をこねた。

「そう。恋人がいていいよ。岩井さんのことを、これからも愛して欲しい。私と雄大の間柄に関しては、愛だの恋だのすべて関係ない」

弓香はうなずいた。

「じゃあ、なんなんだ? 元から、弓香は俺を嫌いだったってことか? ずっと嫌々暮らしてきたのが、限界になったたってこと？　嫌いだっていう気持ちがポトン、ポトン、とコップに少しずつ溜まっていって、とうとう縁からあふれ出した、って感じか？」

雄大は尋ねた。もし今は嫌われているとしても、態度や接し方を改めて、少しずつ好きになってもらえるよう、努力できるような気がしていた。

「いや、嫌いではないよ。私の人生においては、雄大じゃなくて、私が主人公なんだよ。だから、雄大が駄目人間だろうが、嫌な奴だろうが、素敵人間だろうが、好ましい奴だろうが、それはどうでもいいのよ。正直、私はもう、雄大のことを好きとか嫌いとか、そんなことは考えたくない。それよりも、私から見た私自身の姿の方が気になる。結婚当初の若い頃の私は、仕事もうまくいっていたし、結婚式とか親戚付き合いとかも楽しめたし、育児もやりがいあったし、自分で自分を肯定できた。それが、だんだんとそうではなくなってきた。雄大と一緒にいるとき、雄大が私を馬鹿にしているのがヒシヒシと伝わってくるようになった。馬鹿にされるような関係を作ってきたのは私でもあるから、私にも責任がある。とにかく、この関係の中で暮らしていると、私自身も自分を馬鹿にしたり、軽く扱ったりして過ごしてしまう。それがつらいの。もう年齢も年齢だし、自分を大事にしたい。自分を低く見たり、自分を軽い存在だと感じたりしないで、残りの限られた日々を、『私は、私が大好き』と思って、自分を愛して過ごしたい。私のことを、大事な人間だ、って思いたいの。そう思えるようになってから、死にたいの」

弓香は滔々と語った。

「バカにしているつもりはなかった。そんな誤解をさせてしまって、申し訳ない」

雄大としては、それは誤解だ、と思った。

「決して誤解じゃない」

弓香は眉根を寄せる。

「そうか。じゃあ、その話はもういいよ。……そうだ。わかった。じゃあ、いい」

雄大は道を変えることにした。

「いいって何が？」

弓香は怪訝な顔をする。

「茶飲み友だちになってくれないか？」

雄大は、今度は「友達申請」をしてみた。

「なれん」

スパンと弓香は返してきた。

「なんで？　距離を取って付き合っていくってことだよ。一緒に暮らすんじゃなくて、ちょっとつながっているぐらいでさ。ほら、孤独死したくないだろ？　生存確認し合う程度の関係はあった方がいいんじゃない？」

雄大は提案した。

「いや、距離を取っても付き合いたくないんだよ。生存確認だったら、自室に機器を取り付けているし、職場の人間関係もあるし、友人もできたし、システムにも加入しているし、対処しているから」

弓香は首を振った。

「そしたら、離婚手続きはどうやってするんだよ」

雄大は「離婚」という言葉をとうとう出した。

「ああ、そうそう。これね」

弓香はサッとオレンジストライプのシャツの胸ポケットから、畳まれた紙を取り出し、雄大に渡してきた。

「……離婚届」

雄大は紙を広げ、タイトルを読み上げた。

「そう。法的なことはどうでもいいか、とも、面倒くさいことはもう考えたくないな、とも思ったし、『別れたい』と思いつつ先延ばしにしていたんだけど、なんとなく紙を取り寄せて、用意しておいたの。今日、たまたま持っていたからさ、ラッキー」

弓香は肩をすくめた。

「ラッキー……」

雄大は復唱した。

「そこに雄大も署名して、役所に出しておいて。役所は居住区の中央にあるよ。電子申請もできるし」

弓香は親切に役所の場所を教えてくれた。

「そうするしかないんだな……」

雄大は弓香の勢いに気圧され、紙を折り畳んでランドセルのポケットに仕舞った。

「あんたが移住してくるのは、塔子からのメッセージで知っていたから、『会っちゃうかもなあ』とは思ってたのよね。まあ、これですべて話し終えたから、もう店に来ないでね。もしもまた来たら、役所にストーカーとして届けて、接近禁止命令出してもらうから。今後は、街で私を見かけても、スルーしてね」

弓香はビシッと言った。

「子どもたちはどうするんだ？　育児については話し合いをしないとならないだろ。俺たち、縁は切れないんじゃないか？」

雄大はしがみついた。「塔子からのメッセージ」という言葉を聞けば、俺だって塔子とはやりとりしているし、それに博士とだっていつかは連絡を取るかもしれないし、親同士としてつながりは永遠に消えないではないか、と思った。

「あっはは。大人よ、あの子たち。あの子たちにも仕事があり、友人がいて、私たちの出る幕はそうそうないでしょうよ。縁は切れないとしても、もう親として話し合うことはないよ」

弓香は笑い飛ばした。

「そうか」

雄大はうなだれた。

「そしたら私、仕事に戻るから」

弓香はコンビニエンスストアを指差した。

「ああ、俺も、そろそろローバーに乗らないと。あの、ありがとう。幸せにな。大事な人間になってくれよ」

雄大は、「最後だ」と思って、なんとか笑顔を作った。

「達者でね。あなたと子どもたちと出会えて、楽しかった。ありがとう。ただ、今後の私との関係は、あきらめてね」

弓香はヒラヒラと手を振った。

火星での生活が始まった。

居住区はドームの中にある。そこには、驚くことに、川があった。掘られた溝に、人工的に作られた水が流れている。雄大は毎日、ランドセルを背負って、その川沿いを散歩した。

火星の夕焼けは青い。青く、青く、青く、恐ろしいほどに美しい。

赤い土を踏み締めながら、青い夕空を眺める。光。光。光。太陽の光が目に届く。青い、青い、青い光。カワセミの背中のように、目が覚めるように美しい青い色。この「川沿い孤独散歩」には、カワセミはいない。よく見ていた生物の種のほとんどを、雄大はもう見ることはない。

けれども、自分の心の中に、カワセミはいた。

岩井もいるし、弓香もいる。雄大の心の中には、差別や人を見下す心があり、親しい人への愛があり、風景を愛でる感性がある。雄大はまだ、自分の心の中を、散歩し切っていない。自分のことを、もう少し、知っていきたい。

「あきらめる」の語源は、明らかにするということだ、と以前に輝が言っていた。

そうだ、明らかにしよう。自分を、明らかに……。雄大は足元を見た。

「この川は私です」

雄大はひとりごちた。

自分を明らかにするとは、自分がちっぽけな存在だと残念がることではない。大きすぎると自覚することだ。自分の存在は、とても大きい。大きすぎてコントロールできないと、あきらめるのだ。火星も、宇宙も、自分だ。性別や職業で人を差別するのも自分だ。あきらめるのだ。自分は、思っていたより大きかった。でも、少しずつ明らかにしていけば、一歩ずつでも進める。死までは、まだ何年かあるのかもしれない。

人生は短くない。むしろ長すぎる。岩井の人生はスパゲッティのように細長く伸び、どこまでも続いていく。岩井は今でもカワセミのようにどこかを飛んでいる。

「宇宙すべてが私です」

おにぎり石をランドセルに入れて歩きながら、雄大は自分を、人生を、時間を、世界を、関わりのあった人たちを、あきらめていく。

弓香とはもう暮らせない。会えもしない。けれども、人間関係は細く長く続いていく。いつか、別の宇宙で、弓香と再会するのかもしれない。

第五章　火星の育児

「二つともオレのだよー。いただきまーす。宇宙では、なにがおこるかわからないんだ。地球のルールなんて、とおらないんだよー」

龍が怒って立ち上がる。龍はルールやルーティンを大事にする。

「あ、ひとつはリュウのドーナツだよ。ササッと二つとも取り上げる。ひとつずつがルールだよ！」

龍とトラノジョウの間にあるちゃぶ台の上に、エメラルドグリーンの丸い皿。その上に、ドーナツが二つ。トラノジョウが、ササッと二つとも取り上げる。

トラノジョウがうなずく。

「食べよう」

龍がトラノジョウをちゃぶ台に誘う。

「ドーナツを食べよう」

トラノジョウはドーナツを左右の手に持って、代わりばんこに食いちぎって輪っかを崩した。子どもたちはドーナツを愛している。なぜか、あんドーナツやねじりドーナツには熱を上げない。穴の空いているドーナツのみに異常なほどの執着を見せる。遺伝子に刷り込まれているのではないか。大昔の人類が苦境に立ったとき、何かの穴を通った個体のみが生き残ったのかもしれない。子どもたちは穴に対してやたらと心を燃やす。そんなわけで、地球にいるときも、ロケットの搭乗中も、火星にやってきて居住区に落ち着いてからも、輝はたびたびドーナツをおやつに出してきた。ただ、いつもケンカになる。

「わああああ」

龍は怒って地団駄を踏んだ。トラノジョウのようには弁が立たない龍は、足で感情を表す。

「ばく、ばく、ばく、ばく」

わざとらしく声を出し、トラノジョウは二つのドーナツを交互にかじって見せつける。

「トラノジョウ、龍にもひとつあげたらどうかな？　おやつって、人と一緒に食べた方がおいしいんだ。食べ終わったあとに、もしもまだお腹が空いていたらさ、もう一個あげるよ。冷蔵庫に、もう一個あった気がする。ちょっと冷蔵庫の中を見てこようか」

輝はトラノジョウに声をかけ、立ち上がった。

「そうじゃない。オレはー、龍にあげたくないんだよー。ひとりじめしたいんだよー」

トラノジョウは意地の悪い声を出した。

「わあああ。意地悪すんなあ」

龍が叫びながらトラノジョウの持っているひとつのドーナツに手を伸ばした。そのとき、

「さわんなよ！」

トラノジョウが、バシッと龍の頭を叩いた。

「駄目！」

思わず輝は龍を抱え込み、龍の顔を覗き込んだ。運悪く、トラノジョウの爪が龍の額に当たったようだ。龍の額に血が滲む。その「赤」が自分の視界に入ってきた途端、カアッと頭に血が昇った。輝は、トラノジョウに対する感情が抑えられなくなった。そして、トラノジョウの肩をドンッと突き飛ばした。トラノジョウは尻餅をついた。どしん、と床に尻をつけ、倒れ込むトラノジョウの姿がスローモーションになって輝の目に届いた。トラノジョウが横になったのを見て、輝は我にかえった。

ああああああ、やってしまった、とギュッと目を瞑る。一番やってはいけないことを、やってしまった。トラノジョウを突き飛ばしてしまった。暴力だ。

謝ろう、と思う。でも、喉の奥が乾いたようになって、すぐには声が出ない。自分のことが嫌いだ、という思いが湧いてくる。自分の方に集中してしまって、トラノジョウの気持ちまでうまく考えが回らない。自分が親になりきれていない、そのことばかりに考えがいく。

トラノジョウは、ゆっくりと起き上がり、

「……やるよ」

かじりかけのドーナツを二つともちゃぶ台の上に放った。

「トラノジョウ、あの、あのさ……」

やっと輝が声を絞り出すと、

「……べつに、いいよ。あなたは、龍だけを、かわいがればいいんだ」

トラノジョウは表情がゼロになっている。何も見ていないような目、笑っても泣いてもいない顔をしている。

「ぼ、ぼ、ぼ、暴力は駄目なんだよ」

輝は、何を言っているのか自分でもよくわからなかった。自分は、今、トラノジョウを強く突き飛ばした。床に倒した。なぜ暴力を振るったのか？　トラノジョウが先に暴力を振るったから、やり返したのだ。ああ、なんてことだ。暴力に対する暴力だったらいいのか？　駄目に決まっている。そのことは、もう何度も考えたのだ。じゃあ、どう説明する？　駄目なことを自分がやったあと、でも、これはいけないことなのだ、と？

「ぼ、う、りょ、く」

トラノジョウは、一音ずつ区切って喋った。

「人を、叩くのは……、駄目。そう、私も、駄目なことを、今、やってしまった。ごめんね。もう絶対に、トラノジョウを突き飛ばしたりしない。今、私は間違ってしまった、ごめんなさい」

輝は、肩を落とした。いや、今だけではないのだ。輝は、暴力というものを、これまでの人生で、何度も振るってきた。そうだ、小学生のときに、ランドセルを振り回した。あれは、もちろん、暴力。龍が小さかった頃、まだ支援センターなどにもつながっていなくて、なぜ龍が癇癪を起こすのかわからなくて途方に暮れ、手の甲をつねったこともある。そして、言葉の暴力は、もっとたくさん、数え切れない。離婚するとき、自分は被害者のような気がしていた。英二の方が経済力があったし、こちらからは強者に感じられ、加害者に見えた。でも、たびたびの言い争いの際、輝が英二に放った鋭利な言葉がいくつかあった。英二を傷つけ、輝が加害者になっているシーンがあった。

子どもが誰か大人から危害が加えられるのを見たとき、子どもを守るために、親がその大人相手に暴力でやり返すのは、その暴力が大き過ぎなければ、正当防衛になるのかもしれない。けれども、子どもを守るために、もうひとりの子どもに暴力をふるうのは？

いや、いや、いや……、違う。

今、今、今、一番に考えるべきなのは、そう、トラノジョウへの愛だ。

けれども、輝は現在、まだトラノジョウへの愛よりも龍への愛の方が優（まさ）ってしまっている。なぜなら、龍との関係には時間が蓄積しているから。輝は、時間の蓄積によってしか愛を作れない、小さな人間だったのだ。二人の子どもへの愛が、まだ平等になっていない。トラノジョウにそれがばれている。

「食べよ」

空気を読む性質がない龍は平気でちゃぶ台の前に座り直している。額の流血は一切気にせず、トラノジョウの食べかけのドーナツを拾い、むしゃむしゃと食べ始めた。

輝は呆然とそれを眺めていた。

トラノジョウは部屋の隅で膝を抱えて座っている。

こんなときは躊躇（ためら）わずに抱き締めるのが正解なのではないだろうか、と輝は考える。けれども、トラノジョウの周りに、まるで静電気のようにビリビリした雰囲気が漂っているように見える。触ると、バチッとなりそうだ。トラノジョウは、誰にも触られたがっていない。少なくとも、今は輝に触られたがっていない。そう見える。

部屋の中に、龍の咀嚼音が広がる。天井がドーム型なので、音がよく響く。

火星居住区のB－32という区域に、輝と龍とトラノジョウの三人家族の住居が割り当てられている。小さなドーム型の住居だ。天井も壁も白く、窓はないが明るく、空気が充満している。水道が通っていて、キッチンとリビングと寝室があり、狭くても快適で清潔な空間だ。廊下を通れば他のドームやコンビニエンスストアや薬局、スクールまで行ける。だから、龍とトラノジョウのスクール生活や、簡単な買い物は、外に出なくても済ませられる。

大きなスーパーマーケットなどに買い物に行きたいとき、役所で手続きをしたいとき、それから、「火星子ども支援チーム」に相談したいときなどは、宇宙服を着込み、重い扉を開けて外に出る。そして、ローバーに乗って移動する。ローバーには、自動運転システムが搭載されている。B‐32専用の駐車場にローバーが五台置いてある。四人乗りのA型が三台、六人乗りのB型が二台だ。居住者でシェアして使う。他の居住者が使っていなければいつでも乗れるわけだが、予定が決まっているときは予約しておいた方が安心だ。輝の場合、龍の療育と、トラノジョウの養育サポートを受けるために、週二回は「火星子ども支援チームセンター」のドームへ行かなければならない。ローバーで二十分ほどかかる。そのため、火曜日と金曜日に、ローバーの予約を入れている。

トラノジョウの養育サポートは、地球にいたときに龍を担当していた時田先生が行なっている。トラノジョウはもともとは誰にでもすぐ懐くような性質であったようだが、この頃はピリピリしていて、時田先生とまだあまり仲良くなっていない。

ともかくもトラノジョウのことで相談したいことが一週間でたくさん溜まる。輝は、トラノジョウに関する想いを、ノートにたくさんメモしている。その、メモで埋まったノートを携えて出かける。

地球にいるときから、養育サポートのメンバーに、

「子どもの多くが、新しく親になった人に対して『ためし行動』をします。覚悟が必要ですよ」

と輝は戒められていた。

だから輝は覚悟していたつもりだった。

ためし行動とは、自分が愛されているかどうか不安な子どもが、親にどこまで受け止めてもらえるかを試すために反抗的な態度や暴力的な行為を繰り返すことだ。

親は、子どもの言動に動揺することなく、しっかりと受け止めなくてはならない。

傷つくことを言われたり、怒るように煽られたりしても、動じるものか。子どもが何を言っても何をしても、でんと構えて受け止める。落ち着いて抱きしめよう、と輝は考えていた。けれども、トラノジョウの養育が始まると、予想を遥かに超えたものが飛んできた。

家族として迎え入れる前は、老成していて、龍よりもずっと年上のような雰囲気が漂っていた、しっかり者のトラノジョウが、まるで人が違ったように激しい感情を見せる。トラノジョウのたび重なる暴力や暴言に、輝は日に日に弱っていった。

ロケットに搭乗すると、狭い空間の中で、決まったメンバーで過ごすものだから、輝は他人の目が気になった。食堂でも、ジムでも、トラノジョウが大きな声を出したり、反抗的な態度を示すたびに、

「トラノジョウは、本当は良い子なんです。私が養育を始めたばっかりだから、今だけ荒れているんです。それに、私だって、そんなに悪い親じゃありません。もう少ししたら、もっとうまくやれるようになるんです。私、親になったばかりなんです」

と周囲に向かって叫んで説明したい衝動に駆られた。とはいえ、そんなことを本当にしたら

浮いてしまうし、個人情報を撒き散らして子どもに不利益を与えて良いわけもなかった。だから、小さな声でトラノジョウに声がけし、そうっとその場から去るだけだ。周りから自分たち親子がどう見られていたか、輝にはわからない。三人家族に見えていただろうか？　龍とトラノジョウに平等に接している親に見えただろうか？　そう見えていて欲しい。輝は自分の「親としての評価」を気にしつつ、それでいてその評価を実際には知ることなく、ただただ肌がヒリヒリする思いで過ごした。

　ただでさえ、ロケットはつらかった。輝にとって、育児以外で大きなストレスを覚えたのはトイレだった。トイレは生理がない人向けの構造になっていて、尿を管に入れて処理する、あるいは、便を袋に入れて密封する、というシステムになっている。尿は処理装置で浄化され、再び水になり、ロケット内で飲用やシャワー等に使う。便は保存して火星まで運び、植物工場の肥料にすることになっている。しかし、生理中は、尿に固形物が混ざり、再利用できなくなるので、尿の処理装置に排尿できない。だから、生理がある人は、ロケットの搭乗期間、ピルで抑制することになっていた。輝は薬で生理期間に手を加えることが初めてだったのでドキドキし、さらにはそのピルが精神的な副作用のあるものだったようで不安定になり苛立ちも覚えた。それから、トイレの管や器具が、輝の性器の形とは別の形を想定して作られている形状だったので、毎回、大変だった。失敗も何度かした。排泄は毎日何度も行なわなければならないことで、決して休めない。地味につらかった。「みんながやっていることだ。そのうちに慣れる」

と念じて過ごしたが、ロケットを降りるまで、慣れることはなかった。

そういった生理的なつらさもあるし、運動や食事だって不慣れなものだったし、自分のことだけでもストレスが生じていた。そこに、初めての二人育児をして、輝の頭はパンクしそうだった。

火星基地に着いてからは、地球の三分の一とはいえ引力に恵まれ、トイレがかなり楽になった。ロケットにいた頃よりはストレスが減少した。

そして、居住空間が、地球のマンションよりは狭くともロケットよりは広くなり、プライバシーも大分守れるようになって、育児のつらさも減ってきた。人目が気になるヒリヒリ感がなくなった。

とはいえ、「トラノジョウの親」としての自信はまだ湧かない。

火星は、一日が二十四時間四十分でできている。地球と似たような夜がくる。

輝は毎夜、子どもたちが眠ったあとに、声を殺してひとしきり泣いた。

人に頼るのが大事、というのはいろいろな人から聞いていた。だから、悩みが湧くたびにどんどんメモした。書き溜めて、一週間に一度のカウンセリングの日に、「火星子ども支援チーム」に伝える。泣きながら、ノートにトラノジョウの言動や、自分の心を文章にして書き留める。すると、伝える前から、少し楽になれる。頭の中が整理されるだけで、荷物を誰かに持ってもらったような気分になれた。実際に話を聞いてもらうと、さらに楽になれた。

輝は立ち上がり、本棚にしまっていたそのノートを取り出して肩掛け鞄に入れる。

「さ、トラノジョウ、龍。『火星子ども支援チームセンター』のドームへ行くぞ」

輝は二人に声をかける。すると、龍は立ち上がる。トラノジョウは、反応しない。輝は、膝を抱えてしゃがんでいるトラノジョウのところまでいき、肩を抱こうかと逡巡したあと、尖ってビリビリしているように見える肩を抱くのはやめた。そして、小さな手に視線を落とした。大きな声を出してえらそうに振る舞っていても、手はとても小さくて白く、爪はさくら貝のように小粒だ。そおっと両手を取った。そして、ギュッと手を合わせて握り締める。

「……ほんとうは、たたきたくなかった」

トラノジョウがつぶやいた。心の中の「ごめんなさい」が輝に聞こえた。

「わかっているよ。私も押したくなかった。私もごめんなさい」

輝は、もう一度、頭を下げた。

「じゃあ、リュウは、マスクのすきまにドーナツを入れて、ローバーに乗る。れいぞうこに、もうひとつドーナツあるんでしょ？」

龍が言った。龍には、感覚過敏がいろいろとある。聴覚過敏、視覚過敏、嗅覚過敏、触覚過敏といった、雑音が聞こえすぎたり、光がキラキラして見えすぎたり、匂いが強い場所に出かけられなかったり、タグの付いた服だと痒がって着られなかったりする性質がある。それによって、物事に集中できなかったり人間関係を築けなかったりして、生活に支障が出ることもある。

地球にいたときに一年ほど通っていたスイミングスクールをやめた理由も、「プールの水の匂いが嫌だったから」だ。水の消毒に使われる塩素の匂いに苦しみを覚えたのだろう、せっかくバタ足ができるようになったところだったが退会した。とはいえ集団行動が苦手な龍が一年間スイミングに通えたのは、「水中メガネで水の中を見たら世界がきらきらしていたんだよー。明かりが水の中に入っているところがあるんだよー」という、視覚過敏のおかげだった。水中メガネを着けて潜って上を見ると、ライトが乱反射する。

感覚過敏には良い面や面白い面もある。ただ、そうは言っても暮らしづらさにつながる場合が多い。特急電車が運休してしまいどうしてもタクシーに乗らなければ帰宅できないという夕方、龍は「タクシーの匂いは嫌だから、絶対に乗らない」と言い張って石段にしゃがんで動かなくなった。タクシーの車内の独特の匂いが、龍には強く感じられるらしかった。輝はほとほと困った。結局、ファストフード店でポテトをテイクアウトし、紙袋に入れて封をし、その袋を龍に「顔に近づけて持つように」と渡して車に乗り込んだ。また、雨の日の匂いにも敏感で、「ざざなみ」に療育のために自転車に乗って出発しようとしたところで小雨が降り出し、「雨の匂いが嫌だから、出かけられない」と龍が言い出したこともあった。雨の世界にはじんわりと汗っぽい匂い、薄い海のような匂いが漂う。「じゃあ、また何かしら良い匂いでごまかすか？」と輝が尋ねると、「うん。マスクに良い匂いがするものを挟んだら、出かけられる」と龍がうなずくので、チーズタルトをマスクと鼻の間に入れ、自転車にレインカバーをかけ、出発した。

甘い匂いでしのぐことができたようだが、「さざなみ」に到着するとチーズタルトが消えていた。

「あれ？」と輝が首を傾げると、「とちゅうでおなかがすいたから、食べた」と龍が答えた。「匂いもかき消せて、腹も満たすことができ、一石二鳥のチーズタルトだったな」と輝は思った。

火星に着いてからは、「宇宙服の匂いが嫌だ」ということを、龍はしきりに言うようになった。宇宙服のヘルメット内に強い匂いがするらしい。ヘルメットが新品だったので、ゴム臭いのだろうか。ローバーに乗るには宇宙服とヘルメットが必須だ。「ローバーには乗らない。くさいから」と龍は拒絶する。それで、地球時代と同じく、マスクと鼻の間に、お菓子を挟んだり、花を挟んだり、といった工夫をしてしのぐようになった。

「ドーナツ、マスクにはさんでいいよ。さあ、出かけよう。鍵を締めるよ」

輝は冷蔵庫からドーナツを出して龍に渡した。二人に宇宙服を着せてヘルメットをかぶせ、外に出る。

マスクと鼻の間にドーナツを挟み、その上からヘルメットを被り、顔の周りをドーナツの匂いでいっぱいにしている龍は、ローバーの後ろ座席に乗り込んだ。油っぽいべたべたした甘い匂いにご満悦だ。

トラノジョウも、子ども用のオレンジ色の宇宙服をしっかりと着込み、龍の隣に座る。

龍がニコッと笑いかけると、トラノジョウもニヤリと笑い返した。子ども同士の関係においては、ケンカはすぐに火星の砂漠の向こうに飛んでいってしまう。

輝は、運転席に座り、自動運転のスイッチを押す。

「出発、進行！」

前方を指差す。

錆(さび)だらけの土をもくもくと烟(けむ)らせながら、ローバーは進む。

火星の風景は、赤い砂漠が続くばかりで、どれだけ進んでも変わり映えがしない。ただ、天気の良い日は、遠くにオリンポス山が見える。

「あ、オリンポス山！」

龍が指差す。

「……いつか、のぼりたいな」

トラノジョウがポツリとつぶやく。

輝もそっと視線をやる。輝は登山も趣味にしている。地球時代に何度か、山を登った。雲取山(くもとりやま)、八ヶ岳(やつがたけ)、白馬岳(しろうまだけ)、富士山。海外にも少し。タンザニアのキリマンジャロに挑戦し、登頂した。ネパールのエベレストの裾野でトレッキングしたこともある。

「私も、オリンポス山、登りたいなあ」

ポツリと輝はつぶやいた。

「え！」

トラノジョウが目を見開く。

「何さ」

輝がハンドルを摑みながら横目でチラリとトラノジョウを見ると、

「え、だってさー、『ママ』って人は、登山なんてしないんじゃない？」

トラノジョウが言った。トラノジョウの「ママ」である雪山雪は確かに登山をしなそうだ。ただ、トラノジョウは「一般的なママ」のイメージを、自身の古参の「ママ」をがっつり投影して作っているわけではなさそうで、インターネットなどで見た情報を搔き集めて像を紡いでいた。輝はこれまでにも何度か、『ママ』って人は、そういうことしない」といった指摘を、トラノジョウから受けていた。インターネットなどに氾濫しているママ像は、数百年前からあまり変わっていない。優しくて、温かくて、家事が好きで、おっとりしている。そういう「ママ」が、世界にたくさんいる、とトラノジョウは思っていて、輝に対しても、そういう像をつい重ねてしまうみたいだった。

「そうかなー？」

こういう話になんと答えるのが正解なのかわからなくて、輝は曖昧に笑って済ませてしまう。いろんな親がいるのだ、と真理を伝えるのも、せっかく一所懸命にイメージを紡いできたトラノジョウがかわいそうで、躊躇(ちゅうちょ)してしまう。

トラノジョウの理想に適うような存在になって、つらい環境の中でサバイブしてきたトラノジョウを、優しく温かく包んであげたい。そんなことまでも輝は思う。けれども、そんなキャラクターではないことを自分で重々知っているし、完璧に演じられないのならば、トラノジョウの理想に合わせた結果、かえってがっかりさせるだろう。

考えても考えても正解がわからない。

育児という仕事には瞬発力が必要で、じっくり考えている暇がないというシーンも多い。登山や古典文学の読書が趣味の輝は、元来じっくり派で、パッパッパッと行動に移すのがもともと苦手なのだが、この頃は、瞬間的な反応を子どもから求められるシーンがたびたび訪れ、難儀する。子どもからの問いかけに対して、「そうなのかなー?」といった曖昧な笑いで濁しては、もやもやを抱えたまま次の行動に移る。子どもたちは大人よりも瞬発力に優れているので、たとえ大人が変な返しをしても、どんどん次の行動に移っていく。すると、別の問題が起こり、他の悩みが生まれ、その悩みについてもうまく考えられずに適当な行動で済ませていると、またもうひと騒動起こる……その繰り返しになる。

敷地内に入ると舗装された地面になり、もくもくとした砂煙が消え、「火星子ども支援チームセンター」のドームの入り口が見えてきた。駐車場の空きスペースを見つけ、その数字のボタンを押せば、自動運転ですっぽりとそのスペースに停められる。

「着いたー」

と叫んだ龍の口元を見ると、やはり、マスクの中のドーナツは消えている。

「あ、やっぱり、ドーナツ食べたな?」

輝が笑うと、

「たべたよ。さあ、いこう」

龍はトラノジョウに声をかけて、さっさとローバーから降りようとする。トラノジョウの支援のシーンでは、龍は皆から注目されないし、オモチャがたくさんあるプレイルームで待っているだけなので、遊びの気分で来ているのだ。プレイルームには、ビー玉を転がす道を作るための凝ったブロックのようなもの、磁石の実験ができるスペースなど、龍の興味を引くような知育玩具がたくさんあった。

「……ああ、うん」

一方、トラノジョウは足が重く、なかなか降車しない。年齢のわりに語彙が豊富なトラノジョウだが、自分の気持ちを言葉に変換するのは難しいようで、カウンセリングではいつも無口だ。時田先生が子どもの負担ができるだけ生じなそうな質問の仕方で優しく会話してくれるのだが、それでもトラノジョウは仏頂面で「あー」とか「うー」とか言うだけだ。時田先生はよく心得ていて無理強いはしないので、雑談にシフトして、火星の衛星のフォボスとダイモスがどうのマーズ・ローバーがどうのといった話をして終わりになる。カンファレンスルームを出て、「あんなお話しても、いみないのにさー」とトラノジョウはぶつぶつ言うのだった。

「言いたくないことは言わなくていいし、やりたくないことはやらなくていいよ。黙ってても、じっと座っているだけでもいいんだ。ただささ、一応、ここには通ってさ、ここと関係をつなげておこうよ。みんな、トラノジョウの味方で、応援団なんだよ。トラノジョウの居場所を、おうちだけじゃなくて、ここにも作ろうとしてくれている。地球の『ママ』のところももちろんトラノジョウの居場所だ。火星にも、居場所をたくさん作ろう。居住区の家はもちろんトラノジョウの居場所だし、スクールもトラノジョウの居場所だし、博士さんのアトリエもトラノジョウの居場所だよね。雄大さんも『いつでも遊びにおいで』って言ってくれているから、雄大さんの家も居場所だ。きっと、これから他にももっと増えて、火星にたくさんのトラノジョウの居場所ができる。トラノジョウの居場所は、多い方がいいんだ。私も、博士さんも、雄大さんも、ここの人たちも、トラノジョウの居場所がもっと作れたらいいな、と応援したい。ここの人たちも何かトラノジョウのお手伝いをしたいんだよ」

輝は、トラノジョウの足が動くように、そっと膝を撫でてみる。

「輝がオレの居場所を作ってよ」

ぐっと視線を上げて、トラノジョウが輝の顔を見つめた。

「もちろん、私はトラノジョウの居場所作りを手伝うさ。でも、私ひとりではやらない。なんかさ、私ひとりだけでやろうとするのは、危険なんだってさ。周りを頼った方がいいんだって。みんなでトラノジョウを手伝った方がいいんだってさ」

輝は「火星子ども支援チーム」から言われていたことを、そのままトラノジョウに伝えた。

「うーん、まあ、博士さんと雄大さんは、たよってもいいよ。だけどさー、ここの人たちはさー、なんていうの？　『ギゼンシャ』？」

トラノジョウはそんなことを言って、えらそうに腕を組んだ。

「あっははは」

輝は思わず腹を抱えた。輝は「火星子ども支援チーム」のスタッフたちを偽善者だなんて思ったことは、一度もない。みんな、信念を持って火星に来て、情熱を燃やして働いている。ただ、トラノジョウがインターネットなどで見てなんとなく紡いでいた「偽善者」という言葉のイメージに、「火星子ども支援チーム」のスタッフたちがはまるのは、なんとなくわかる。ここのスタッフたちはみんな、子どもの目線に合わせてしゃがみ、口の端に「子ども向けの笑み」を引っ掛け、ゆっくりと穏やかな口調で喋る。それでいて陰で大人同士では厳しい口調で話し合っている。独特の雰囲気を共通してまとっている。

「ここの人たちは、『上』にいるって感じ。オレらとはちがうじゃん」

トラノジョウが言った。

「『上』？」

輝は首を傾げる。「火星子ども支援チーム」のスタッフはいわゆるエリートであり、良い大学や大学院の出身で、国家公務員で給料が良さそうではある。それがトラノジョウの言うところの「上」だろうか。輝や博士や雄大からは「上」ではなくて、むしろ「下」の雰囲気をトラノジョウが感じているだろうことは、なんとなくわかる。ただ、そうは言っても、「下」にいる同士でないと仲良くなれないわけではないし、「上」にいる人とも仲良くできるはずだ。それにとにかく支援は受けないとなあ、と輝は思う。

『上』にいる人たちだって、なんらかの悩みを持ってるもんだと思うよ。同じ人間じゃん」

輝は言ってみた。

「しらないけど。……もう、いいよ、いこう。さっさと、すませちゃおう」

トラノジョウはぶんぶんと首を振ると大人びた口調に戻って、やっとローバーを降りた。

住居用の小さな白いドームとは違い、巨大な銀色の半球だ。ボタンを押してドームのドアを開き、受付で手続きをしたあと、廊下を進み、エレベーターで三階へ上がる。龍をプレイルームに送り届けたあとにカンファレンスルームへ移動する。

児童心理司としての時田先生が待っていた。地球では龍を見てくれていた時田先生は、火星ではトラノジョウの担当だ。白いTシャツにジーンズ、足元はビーチサンダルという砕けた格好で、部屋の入り口からひらひらと手を振ってくる。

ふっくらとした頬で微笑む時田先生の顔を見たら、心が緩み、「言える。相談できる」という気持ちが湧いた。

「あの、さっき暴力を振るってしまいました。トラノジョウのことを、押してしまいました」

輝は勢いで告白した。

「そうですか。さっきというのは、家を出る前？　今から一時間くらい前ですか？」

時田先生は驚かずに、冷静な声で問い返す。

「はい」

輝はうなずいた。

「どのような？」

「あの、……ぐいっと押し倒してしまったんです」

「怪我をしているかどうかはわかりますか？」

「怪我はないと思います」

「見た感じも元気そうだし、心配ないとは思うんですが、一応、こういうときは医師の診断を仰がなきゃいけない、っていう規則があるんですよ。だから、隣の病院へ、一緒に行っていただいていいですか？　……トラノジョウさん、一緒に病院に行ってもらってもいい？　まあ、検査は痛いことはないし、時間もそんなにかからないよ」

時田先生は落ち着いた表情を保ったままトラノジョウに話しかけ、手をつないで先導する。輝はその後ろに付いて病院へ移動した。病院と「火星子ども支援チームセンター」のドームは短い廊下でつながっており、歩いて三分もかからなかった。

火星の人口は地球に比べてぐっと少ない。それでいて設備やスタッフは充実している。そのため、病院などでの待ち時間は地球の公的機関では考えられないくらい短かった。また、地球で公的機関の予約変更をしようとすると恐ろしいくらいの手間と時間がかかるものだが、火星

では驚くほどするりと変えられる。もちろん、別の人の予約があれば時間をずらすことになるはずだが、

「検査がひと通り終わったら、僕がまた迎えに来ます。そのあと、いつもの部屋でトラノジョウさんのカウンセリングをしますね。輝さんは、石田さんと面談をしていただけますか？」

今日の時田先生のスケジュールには余裕があったようで、検査後にカウンセリングができることになった。

トラノジョウが病院でひと通りの検査を受け終わると、時田先生が再度現れ、

「おつかれさまー。さあ、いつものお部屋に戻るよ」

トラノジョウに声をかけた。カンファレンスルームに戻ると、いつも通りにトラノジョウはひとりでカウンセリングを受けることになった。

それを見送ってから輝はフロアを移り、ブースに入る。ブースでは、ソーシャルワーカーの石田さんが待っていた。

石田さんは、これまでも様々な相談事に乗ってくれてきた。経済的な問題を解決する支援方法を探ったり、ユキとの関係作りで間に入ってくれたりもした。あるときは国の制度を紹介して役所につなげてくれたり、悩みによっては別の機関を紹介してくれたりもした。

挨拶を交わして、パイプ椅子に腰掛けると、

「この一週間は、いかがでしたか？」

石田さんが穏やかな表情でいつもの科白を口にする。グレーの豊かな髪を顔の斜め右下にくるりとまとめ、モスグリーンのニットの胸にてんとう虫の形のブローチを留めている。

「あの、言いづらいのですが、暴力を振るってしまいました」

席についていて、自分の手を見つめながら輝が切り出すと、

「ええ、聞いています」

石田さんは、タブレットに目を落とし、何かの書類を読みながら答える。

「私、自分にがっかりしました」

輝はうつむいた。

「ふうむ、『暴力』は、初めてですか？」

石田さんはゆっくり尋ねた。

「え？　あの、そうですね、トラノジョウを突き飛ばしたのは初めてです。ただ、他の人に暴力を振るったことはあります。……あ、いや、トラノジョウに対しても、危ないことをしようとしたときに腕を引っ張ったことがありました」

輝は恥じ入って、机の下に手を隠した。

「なぜ、今回はがっかりしたんでしょう？」

何度も面談してきたが、石田さんはいつも、こういう喋り方をする。石田さんはソーシャルワーカーなので、本来は心理に寄り添う会話は専門ではないだろう。職業というより石田さん

という人にこういうふうに会話を進める性質があるのかもしれなかった。

「……それは、龍を優先する自分の心を自覚したからかもしれません。トラノジョウによる龍への加害がどうしても許せない。トラノジョウは、わざと龍に意地悪をするんです。これまでにも何度も何度もあったんです。私はそのたびにぐっと堪えて言葉で注意してきました。それは、トラノジョウも龍も大事にするために、人間としての道理を伝えるために、注意しているつもりでした。だけど、そうじゃなかったんです。これまでだって、私はたぶん、自分がただ怒っていたんです。私はただ、龍が傷つくのが嫌だったんです。私はまだトラノジョウの親になれていなかったんです」

輝はぼそぼそと喋る。

「うーん、そういうふうに自身の行動をいろいろ考えるのは、『道理に適う暴力もある』という思いが輝さんにはあるからかしら？」

石田さんは頰に手を当てた。

「あ！　いいえ、ないです！　暴力はすべて駄目に決まっています！　私が親だからとか親じゃないからとか、まったく関係ありませんでした。親だろうが親じゃなかろうが、暴力は駄目でした。龍も関係ありません。私がトラノジョウに暴力を振るった。駄目なことをした。それだけの話でした。自分にがっかりしたのは間違っていました。自分が良い親か悪い親かではなく、トラノジョウの体や心に傷がないかだけをまず気にしなければなりませんでした」

輝は石田さんの目を見た。

「そうですか、そうですか」

石田さんは二回うなずいた。

「私には、暴力に関する古い記憶があります。加害の記憶です」

輝は続けた。

「ええ」

普通の顔で石田さんはうなずく。

「子どもの頃に暴力を振るったことがあるんです。その相手に謝りたいですが、今の状況では、会うことはとても難しいです。もう謝れない、と感じます」

輝は、キナヌマくんの顔を思い浮かべた。もう、自分自身の記憶から呼び起こして顔の像を結ぶことはできない。だから、週刊誌で見た卒業アルバム写真の顔だ。今は、地球の刑務所にいるのだろう。大人になった顔は、よくわからない。報道はされていたが、逮捕時の映像では頭から上着をかぶせられていて顔が見えなかったし、キナヌマくんには人間関係があまりなかったようで報道陣が知人や家族からちゃんとした顔写真を手に入れられなかったのだろう、テレビでも雑誌でも防犯カメラから切り取ったぼやけた画像しか報道されていなかった。手紙を書いたら刑務所に届けてもらえるのだろうか？　どうやって届ければいいのか、そして何を書けばいいのか……。輝は、「謝れない」と感じる。

「ええ」

石田さんはやはり普通の顔でうなずく。

「あきらめる」

輝はポツリとつぶやいた。

「え？」

石田さんは聞き返した。

「私は、暴力を振るう人間だ。私は、謝れない。私は、自分がこの程度の人間だと、あきらめる」

輝は自分に言い聞かせるように言った。

「……あきらめる」

石田さんは、ちょっと考えるような目をした。

輝は繰り返した。

「私は、加害をする人間だとあきらめる」

ユキは、ちゃんとあきらめていた。そこで、ユキの姿を思い出した。あの日、あのアパートで初めて対面したきらめていた。輝もあきらめていた。自分にはトラノジョウに対する十分な育児ができないとあきらめよう。心を制御するのではなく、行動をコントロールしよう。みんなであきらめて、みんなで育児をしよう。心をあきら
「あきらめるからこそ、二度と暴力を振るわないことが可能になると思うんです。自分が感情

をコントロールできる人間だと驕らずに、考えて考えて、『暴力を振るわない』をします。遠くにいるたくさんの人たちには優しくできない自分を自覚できるようになりたいです。あきらめて、たまたま側にいる人たちに優しくする。今、地球や火星に、救急車に乗っている人や病院に入院している人がたくさんいますよね？　大変な病気や怪我で苦しんでいるすべての人たちに私は寄り添えません。今、地球や火星でネグレクトなどの虐待を受けて苦しんでいる子どもたちがたくさんいますよね？　私は、そのすべての子どもには寄り添えません。その程度の、悪い人間なんです。人が好きだけれど、コミュニケーションを周囲と円滑に取ることができません。子どもが好きだけれど、大きな愛に満ちているわけではありません。それが、私という人間なんだと思うんです。だんだんと明らかになってきました。自分をあきらめて、たまたま自分の側にいる子どもにまずは向き合う。それから、出会った子どもにも向き合う。さらに、新しい出会いがあったら、ひとりずつ、少しずつ、向き合う。自分だけでできそうになかったら、ちゃんと自覚して、周りに助けを求める。……そうしてみようと思います」

輝は胸を両手で押さえた。

「ええ」

石田さんも輝の真似をするように自身の胸を押さえた。

「反省しました」

輝は頭を下げた。

「よくわかります。ええ、……ええ。それでね……」

石田さんは二回うなずいてから、顔を上げて輝をまっすぐに見た。

「はい」

輝は返事をした。

「それでですね、暴力っていうのは、本当に、一度でも駄目なんです。一度でも暴力を振るってしまったら、悲しいけれど、今後もトラノジョウさんを養育する、というのは難しくなります」

きっぱりとした口調で石田さんが言った。

「……はい」

輝は唇を噛んだ。

「そうなんだけれども、トラノジョウさんをさっき診（み）た医師の診断書と、トラノジョウさんとお話しした児童心理司、まあ、時田さんのことですけれどね、その時田さんの見解の文書が、今、ここに送られてきているんですね。それでね……」

石田さんは手元のタブレットを触る。地球のこういった機関は書類のやりとりに随分と時間がかかったものだが、ここでは役所も病院も「火星子ども支援チーム」もオンラインでつながっているらしく、伝達が驚くほど速い。

「はい」

小さな声で輝は返事した。

「これらの書類を見る限りでは、今回のことは『暴力』とは国にはみなされません。ですから、養育はこれまで通りにやっていきましょう。輝さんとしては『押し倒した』と思ったのでしょうが、他人からはそう見えない、暴力ではない、という判断になったということですね。トラノジョウさんもそう捉えていなくて、トラノジョウさんの心にその影響はなさそう、ということなんですね。とはいえ、ご存じでしょうが、子どもは『親』をかばいがちです。トラノジョウさんはきっと、もし輝さんが本当は悪いことをしていたとしても、かばうでしょう。だから、私たちは今後も長期的に状況を見ていかなければなりません。トラノジョウさんのことを私たちも丁寧に見ていきますね。それでね、私としてはね、『暴力』というのは輝さんの感覚の問題なのかな、と今、輝さんのお話をうかがっていて、思いました。輝さんが『暴力を振るってしまった』と個人的に感じるのなら、その感じ方を私も尊重したいと思います。国からどう見られようが、心は自分のものですからね。言葉の使い方だって、別に法律通りにしなくったっていいんですから、輝さんが自身の行動を『暴力』と捉えるのは自由です。自分の行動を自分でどう捉え、どう省みるか、という問題ですよね」

そんなことを石田さんはゆっくりと喋った。

「私は小さな暴力も許せません。自分にも他人にも。でも、私の中に暴力はある。この世界にも暴力がある。『ない』と考えずに、『ある』とあきらめるしかないのかも。それを一歩目として、暴力を許さない道を歩き始めたいように思います」

輝はそんなことを言った。


話が終わると、トラノジョウと龍をそれぞれの部屋に迎えに行った。トラノジョウはまた、

「こんなカウンセリング、いみないのにさー」

とぶつぶつ言っていたが、まあ、通常運転だ。龍のほうは遊び足りたようで、満足げだ。迎えに行くと、赤が好きな龍は、赤いブロックを集めて、赤い塔を作っていた。

「わあ、高い塔。見晴らしが良さそうだな」

輝が声をかけると、

「うん。オリンポス山も見えるよ」

龍が最後のブロックを一番上に載せる。

「そうだ。ねえ、これから展望台に登らない?」

輝は二人を誘った。

「いこう」

「いこう、いこう」

二人は輝の後ろについてきた。ドームのドアを開けて廊下を抜けると、役所のタワーに行ける。最上階が展望台になっていて、遠くまで見渡せる。とはいえ、火星の風景は大して面白く

ない。地球の風景がものすごく面白かったということに、輝は火星にやってきてからやっと気がついた。

それでも、子どもたちはまだ火星に対して熱い気持ちがあるので、展望台が好きだ。

エレベーターで上がり、全面がガラス張りの円形フロアに出る。

「オリンポス山だ」

トラノジョウが、窓に手をつけて、壮大な裾野を持つ、エベレストの三倍の高さを誇る山を眺める。

「なあ、トラノジョウと龍、オリンポス山に登ろうよ。雄大さんと、それから博士さんも、誘ってみようか?」

輝は二人に言った。

「のぼろう」

龍は、なんということもない顔をして、うなずいた。

「のぼろう」

トラノジョウは、瞳をめらめらと燃やした。

三人でオリンポス山の頂上を見つめた。

輝はポケットに仕舞っていたスマートフォンを取り出してSNSのアプリを開き、古い友人宛てに、しれっと「誕生日プレゼントをありがとう」と書いて送った。二年前にプレゼントをもらった礼を伝えられていなかった。そうだ、これからも、言えなかったことがあったら、時間が経っても、「しれっと」伝えちゃおう、と考える。

それから、新しい友だちにプレゼントを贈ることを思いついた。

輝はトラノジョウの方を向いて、

「……さてと、ねえ、トラノジョウ。帰りに中央デパートへ寄って、ユキさんに誕生日プレゼントを選ぼうか。ユキさんの誕生日、来月の五日だよね？　火星で選んで注文したら、地球にある同系列のデパートが同じものを配送してくれるっていうサービスがあるらしいんだよ。どう？」

とプレゼント選びに誘ってみた。

「そうしよう。あのさ、ママからのへんじはいらないんだ。だって、あげたいだけなんだ」

トラノジョウは子どもっぽくにっこりした。

「行こう、行こう。リュウはデパート好き」

龍も賛同した。

第六章　噴火口に入れるもの

あきらめた、あきらめた、あきらめた……と博士は何度も考えてきた。

でも、あきらめきれない。

まるで玉ねぎのように、皮を剥いても剥いても、さっきまでと同じ形でそれは佇み続ける。その輪郭を呆然と博士は眺める。ああ、まだ皮がある。さらに剥く。形が変わらない。依然として皮が何枚もある。「評価はいらない、夢中になるだけ」と何度も頭の中で唱え、「評価などなくてもやれる」と皮をどんどん剥いても、評価への期待の芯は残った。

評価に対する拘泥が人生の中にこんなに深く根を下ろしているとは、博士にとっても驚きだ。

不登校、ひきこもり、といった人生に打撃を与えそうな事柄の方は意外にも、あきらめの地平の近くにあった。もちろん、つらく苦しい時期ではあったが、学校に行くよりも行かない生活の方が自分らしいと当時でも思っていた。それに、学校に行かなくても勉強はできた。インターネットや、想像力、書籍などで、家の中から社会につながれた。

病気に関しては、さすがにすぐには受け入れられなかった。診断がくだったばかりのときには打ちひしがれ、自暴自棄になりかけた。神に見放されたと思った。それでも朝が来るたびに、さらさらと諦念が降ってきた。「神様は関係ない」「これが自分の人生だ」「社会を愛している」。諦念の雨は、博士の頭の中の土でそれらのフレーズを育んだ。人生の短さ、体の動かしづらさ、コミュニケーションの取りにくさ、それらすべてが自分らしく感じられる。諦念は博士の家の窓枠にも、フローリングの上にも、分身ロボットの肩にも、……あちらこちらに降り積もり、「不登校もひきこもりも病気もあるのが、自分の人生だ」と受け入れられる土壌を作った。

けれども、評価という、実にくだらないことに関してだけ、若い時分よりは期待を減らすことはできても、いつまで経っても心の隅に「とはいえ、どこかで誰かが見ていてくれるはずだ」「評価を受けるほうが自分らしい」と思ってしまうカケラが残る。

「評価される姿こそが、より自分らしい姿だ」という思いはどこから来るのだろう。賞だとか、褒め言葉だとか、点数だとか、そんなものが自分に付随していないと、自分っぽくないという思いが消えない。公的機関とか、権威とか、新聞だとか、国だとか、親だとか、そういうものからの反応がない仕事をしていることに、博士は引け目を感じる。そんな捉え方はくだらない、幼稚だ、と頭ではわかる。「仕事は評価や金ではなく、信念でやるべきだ」と考えてはいる。理性的に、建設的に、人生の道を理屈で考えて、評価に関するものをひとつひとつ丁寧に頭で否定していく。でも、割り切れない欲望が心の奥から突き上げてくる。「評価がないと生きられない」。まるで神話のような、理屈ではない思想が自分の中心にある。

誰かに見てもらいたい。そうじゃないと、モチベーションが上がらない。「あなたがいて良かった」「ここにいていいよ」「仕事をしてくれてありがとう」と言われたい。褒められなければ、視界がかすみ、芸術が見えない。

評価を気にするなんてばかばかしい、ということは、むしろ子どものほうがよく知っている。博士は、龍やトラノジョウに芸術を教えることになってから、自分が芸術のことを龍やトラノジョウよりも知らないことに気がついた。龍やトラノジョウからむしろ教わることになった。

龍とトラノジョウには過去と未来がない。何があるって、今だけだ。

龍に、将来は芸術家になるのかと聞いたら、

「今もげいじゅつかだとおもう。大人になって仕事にするかはわからないけどねー、大人になってもげいじゅつかだよ」

そんなことを言いながら龍は博士が提供した「家の壁」にひたすら絵を描き続ける。

トラノジョウに過去について尋ねると、

「わすれた」

と言いながら平気な顔でラジオを分解していく。

龍とトラノジョウが共通して一番に求めているもの、それは没頭だ。二人は制作中、他の何

もかもを忘れて芸術に集中していた。二人が大事にしているのは、「他に何も考えられないくらい、それだけを考えること、その時間、その場所」というものだった。その「集中できる時間と場所」さえあれば生きていけると信じている。博士も、夢中こそが芸術だ、と考えているし、自分の制作も進めている。だが、評価への気持ちをまだ完全には拭えないので、龍とトラノジョウの姿は眩しかった。

「芸術教室」は、龍が弟子入り志願してきて始まった。博士がひとりで住んでいた一戸建てに、保護者とトラノジョウと一緒にやってきたのだ。

博士の家で、龍はお絵描きやら工作やらに励み、トラノジョウはタブレットでの映像制作やら機械の分解やらに勤しむ。やりたいことも課題も、子どもたちが自分で見つける。

博士はたまにアドヴァイスをしたが、それは子どもたちを眺めている中で感じたことを言語化するだけのことだ。

子どもといると、気づきがある。だから、博士は子どもと過ごすのが好きだ。大人と違って危ないことをしがちだから、博士としては「怪我をしたらどうしようか」と責任を感じて面倒臭いし、語彙が少なかったり傷つきやすかったりするので、「慎重に話さないとな」と会話は気疲れする。けれども、芸術の気づきが降ってくると、面倒臭さや疲労を凌駕する喜びが湧いた。

龍とトラノジョウに付いている保護者は、ひとりだけ。輝という人だ。たぶん、三人家族。

子どもには親が二人いることが多いので、龍とトラノジョウが自分に対して、親の代わりのようなものを求める気持ちもあるんじゃないかなあ、と最初の頃は疑ったこともあった。けれども、すぐに打ち消された。龍もトラノジョウも、「親」は輝だけにしか求めていない。送り迎えで垣間見える親子のシーンで、それがじんじん伝わってきた。それも、求めているのは理解ではなく愛のようだ。龍もトラノジョウもひたすら、輝ひとりから注がれる愛を希求している。理解されなくても愛さえあれば平気らしいのが意外だった。輝は龍やトラノジョウの「作品」を、あまり熱心には眺めない。二人を愛しているのは確かだと思うのだが、「制作」については放任している。二人の方も、輝に向かっては「制作」について語らない。制作については、龍とトラノジョウの間で雑談したり、博士に教えを乞うたりすれば、十分みたいだ。そんなもんなんだなあ、と博士は肩をすくめた。

博士は、自分に関しては「そんなもん」とは思えていなかった。

博士にとっての親は、ずっと二人だった。二人を求める気持ちがずっとあった。どちらも欠けて欲しくなかった。どちらからも理解されたかった。愛よりも、理解を強く求めていた。学校に行かない選択をした際も、芸術家になることを夢見始めたときも、その選択を認めてもらい、その道を応援してもらい、努力を褒めてもらいたい、と強く願っていた。でも、それは叶わなかった。博士が思うようには、親は応援してくれなかった。認めたり、褒めたりもしてくれなかった。学校に行けと何度も言われて苦しかったし、金の話をたびたびされてつらかった。

いた。

「育児に失敗した」と、はっきり言われたこともある。だが、愛はくれた。いつも気にされていた。決して、嫌われてはいなかった。食事は十分に与えられ、渋々でも塾や大学の費用を出してもらえた。でも、博士としては、賞賛や理解がなければ、愛なんて意味がない、と感じていた。

大人になってもそれが変わらず、ひとり暮らしを始めたときも、「いつかは世間や親に認められるから、そのときに家に帰ろう」と考えていた。仕事が軌道に乗って、親よりもえらい人に褒められる日が来たら、きっと親も自分を褒める。その日に、親と再会するのだ。それまでの短期間だけ孤独に浸って制作するんだ、という思いで家を出たのだった。

けれども、結局は、誰からも褒められなかった。だから親に再会していない。ロボットとして、カメラから一方的に親を眺めることはしてきたが、もう何年も会話をしていない。

博士は世間的には、芸術家というより、動画制作者として知られるようになった。おそらく、親は動画制作に理解を示さないだろう。「動画の仕事なんて、親に褒められることじゃないだろうな」と博士は思い、親にはまだ仕事内容を伝える気になれない。病を得たときも、親に伝える選択肢は最初から浮かばなかった。病気になった自分を見たら、親はがっかりするだろう。親にはまだ会えない。

火星に行くことを決めた。ただ、火星へ行く過程で、博士には複雑な気持ちが湧いて、このことを親に伝える気にはなれなかった。

国からのサポートを得て、ロボットとしてロケットに乗り込む。国は、博士の力を認めて褒めるためにロケットに乗せてくれるのではなく、博士を「弱者」と捉えて優先搭乗を決めただけだ。「国のシステムは素直に利用しよう」と博士は考えている。自分が現状の社会で「弱者」であることは受け入れているし、まったく恥ずかしくない。

ただし、自分は国のために「弱者」をやっているのではない。そのことを強く思う。社会の潤滑油になるつもりなんて、さらさらない。「弱者をサポートしてこそ、持続可能な社会を作れる」といったフレーズを聞くと、笑ってしまう。サポートさせてあげるために、「弱者」役を担うなんて、ごめんだ。こっちは、当然の権利を享受しているだけだ。

自分は褒められたかった。自分らしい勉強と仕事をして、認められたかったのだ。「かわいそうだから助けてあげる」「火星の街を良い社会にするために、弱者役をやってね」などという国からの要請を受け入れられる心なんて、持っていない。

とはいえ、「時間の矢」は猛スピードで進むのだから、じっくり考えを定めてから乗り込むというわけにもいかなかった。複雑な心を抱えたまま、移住準備を進め、ロケットに乗り込んだ。

ずっと火星のアニメを作ってきたほど、搭乗は夢だったので、移動の期間は生活時間を削ってできるだけロボットとして過ごしたいと考えた。体は地球上にあり、睡眠や食事、排泄、適度な運動等のためにはロボットをオフにして意識を地球に戻す時間が必要なのだが、それを切り詰めようと思った。でも、がんばったところでロケットにいられるのは半日ほどだ。

博士はわくわくしてその半日を過ごした。博士は宇宙というものに憧れを抱いてきて、機械いじりも好きで、精密機械は見るだけでテンションが上がった。そういえば、子どもの頃は「寿命が縮まってもいいから、ロケットに乗りたい」なんて思っていたっけ。博士は思考を様々に広げながら、ロボットを操縦して、船内を歩き回る。

龍とトラノジョウとの「芸術教室」は船内でも続けた。ただ、ロケットには余分なスペースがなく、制作の道具もなく、重力もない。しかも、トラノジョウの虫の居所がずっと悪かった。閉所恐怖症なのだろうか、何か特性があるのだろうか、と博士はいぶかしんだ。とにかくトラノジョウはずっとイライラしていて、うまく会話が成り立たなくなった。だから、「芸術教室」は廊下の端などで芸術問答をやったり、微重力空間でふわふわしながら画用紙にペンを走らせたり、といった遊びをちょっと行なう程度になった。

廊下の隅で雑談をしていて、そのときだけたまたま機嫌が良かったトラノジョウが、

「ねえ、ねえ。同じ街から来たのは、オレたちだけじゃないんだよ。しょうかいしてあげる」

と言い出したことがあった。

「ああ」

博士はうなずいた。それは自分の親のことだろう、と想像がついた。ロボットとして川沿いや公園などを何年もパトロールしてきたのだ。親の動向は知っている。親がロケットにいるこ

とを、博士は認識していた。

「ユウダイのことだよ」

龍も重ねて言った。そうだよな、と博士は心中でうなずいたあと、

「ありがとう。でも、まだいいよ。火星に落ち着いてから、話せる機会があるだろうからさ」

にっこりと辞退した。博士の二人の親の名前は、雄大と弓香だ。二人いる親のうちのひとり、雄大がロケットに一緒に乗っている。もちろん、雄大が親であることは龍もトラノジョウも輝も知らない。雄大の方ではこのロボットの外見を認識しているはずだが、そのロボットを操作しているのが自分の子どもだとはまだ想像だにしていないだろう。博士だけが知っている。とはいえ早晩ばれる。火星の街の人口は少ない。やがては知り合いになる。それは覚悟していた。でも、今すぐでなくていい。火星に着いてから、ゆっくりでいい。

しかし、それから数日後に、その日はやってきた。

生身の体を持って搭乗している人たちは、微重力では筋力が落ちてしまって生きられない。筋力トレーニングが欠かせない。毎日ジムの部屋に行き、筋肉を鍛える。

ロボットに筋肉はないのでその部屋に用はないのだが、多くの人が頻繁に訪れるその部屋が気になり、たまにぶらぶらと見学した。その日は、せがまれていた色ペンを貸してあげるために龍を探していた折、もしかしたら運動中かもしれない、と入室してみた。

龍もトラノジョウもいなかった。ただ、ウォーキングマシンで運動をしている、よく知って

いる姿が目に入った。

「あ、雄大さんだ」

思わず博士はひとりごちた。親のひとりがここにいる。

雄大のほうには声は聞こえていないようだった。

自分で自分の声を聞き、それが他人を呼ぶような声だったことに驚いた。久しく、親の名前を声に出したことがなかった。数年ぶりに親を呼んだ自分の声が、とても落ち着いていて、まるで家族ではない知り合いの誰かを呼んでいるような声で、それがなんだか嬉しかった。

博士はそろそろと雄大に近寄っていった。ウォーキングマシンの上で歩行している小さな頭にある小さな耳にはイヤフォンがはめられており、タブレットで動画を視聴しているようだ。もともと小柄だった雄大だが、どうもさらに小さくなったようだ。これまでは遠くからしか眺めていなかったので、雄大に近寄るに連れて、体が細っこく、シワや白髪が多いことに気がついて、ドキリとする。しかも、歩き方が頼りない。足を動かすのがひどくゆっくりだし、姿勢がまっすぐではない。雄大はもう、立派な成熟者なのだった。

怖くない。いや、それどころか、こちらが労（いた）わらなければならない、優しくしなければならない、弱々しい存在に見える。

さらに近寄っていくと、

「えーっと、……こんにちは」

雄大が博士の方を見て、筋張った首を傾げ、困ったような表情で話しかけてきた。声が少し掠れている。こんな声だっただろうか？　龍と雄大の間で交わされる会話を遠くからマイクで受信して聞き取っていたときは、こんなふうな声には感じてこなかった。これまでは頭の中で声にも補整をかけて、昔の親の声で認識していたのだろうか。一対一で、近くで音声を捉えると、まったく違うふうに耳に響いた。

博士は黙って、お辞儀だけ返した。声を出すとさすがに自分だとばれるだろう。さすがの雄大も、自分の子どもの声は記憶しているに違いない。病のため喋るのがゆっくりになってきてはいるが、博士の声はまだ老いてはいない。

子どもだとばれたくない。

……いや、もう、子どもだと伝える必要はないかもしれない。そんな気分にもなってきた。

博士は、雄大のタブレットの画面を覗いてみた。雄大が観ていたのは、博士が制作したアニメ動画だった。博士は、そっとその画面を指差す。

「あ、えっと、面白いです」

雄大は、気を遣った話し方で返してきた。面白い、とは言ってくれているが、本当に面白がってくれているかどうかはわからない。お世辞かもしれない。でも、もう、どっちでもいい。

雄大のためにアニメを作ったのではないのだ。

雄大の評価なんていらない。

急に、心の中に風が吹き込んできた。

そうだ。自分はいつの間にか、抜け出せそうになっている。

何から？　たぶん、ファザコンから。

ファザー・コンプレックスという古い言葉を聞いたことがある。その言葉の、本来の意味はよく知らない。とにかく、その略語がファザコンだ。今では親の性別を表す言葉は滅多に使われなくなっているから、ファザーもファザー・コンプレックスもファザコンも、新聞でもインターネットでもほとんど見ないし、聞かない。死語というものになっている。でも、その言葉が性別に関係なく使っていいものだとしたら、自分が抱えているものは、ファザコンというものに近いような気がする。

ふっと頭に浮かんできたその「ファザコン」という言葉は、博士の心にすっぽりはまった。言葉の枠がはまった心には、重みが出る。心がポタッポタッと落ちてくる。明らかになった、と思う。博士は、自分の心を、両手で受け止めた。どうやら、博士には「親的なものに認められてこそ、仕事が完成する」という呪いがかけられていたらしい。その呪いの解き方がわからなくて、あきらめの境地になかなか達せなかった。けれども今、解き方が見えてきた。

抜け出せばいい対象に言葉が見つかれば、明らかにする道筋も浮き上がって見えてくる。

アート界隈にも家父長制がまだ満ちている。「家父長」みたいな人に褒められてからでないとやりたいことができないと、博士までが思い込まされていた。

ああ、ばかばかしい。

思わず、笑ってしまう。家父長制を根絶やしにして、支配から逃れよう。国にも権力者にも褒められなくて構わない。

博士は、眉毛と口角を上げ、満面の笑みを浮かべた。

嬉しくなって、もう雄大の方は振り返らずに、ウキウキとジムの部屋をあとにした。

ファザコンから抜け出せばいい、……そのアイデアは鍵だ。ドアを開けられそうだ。

親に認めてもらう必要はない。誰に育てられたかなんて、仕事に関係ない。

自分より「上」の人なんていない。目上の人に認めてもらう必要などない。自分で自分を評価して、楽しく仕事をするんだ。

行けるんじゃないかなあ、評価のない世界へ。

博士は残りのロケット生活をウキウキと軽い足取りで過ごした。そうして火星に到着すると、軽い重力を楽しみながらタラップを降りたのだった。

到着後、ロケットステーションから居住区まで連れていってくれるローバーの出発時間まで一時間ほど間があった。

博士はロケットステーションを飛ぶように移動し、火星で初めての買い物経験でもしてみようと、コンビニエンスストアを訪れた。

そこに、もうひとりの親がいた。弓香だ。なんと、店員として働いている。

弓香もやはり、博士の記憶よりもずっと小さく、シワが寄っていた。ただ、派手な制服のせいだろうか、活き活きとして見えた。菓子の棚の前でしゃがみ、板型の包装をされたチョコレート商品を並べている。博士が店内に入ると、弓香は振り返って、じっとこちらを見つめた。博士は声をかけた。

「わかる?」

ひと言。

「わかる」

弓香は簡潔にうなずく。

「すごいな」

博士は唸った。

「あのね、入ってきた途端にわかった。歩き方で」

弓香は照れたような笑い方をした。親というのは、久しぶりに会う子どもに対して照れるものなのだろうか。

「いや、いや。さすがに、そんなわけはないよ」

博士は首をウィーンウィーンと左右に傾げた。

「首の傾げ方も、そのまんま」

弓香は笑い続ける。

「会いたかった」

素直な言葉が出た。そして、それがすべてで、もう他に言いたいことは何もない、と感じた。

「私も、どんなに会いたかったか。しかし不思議ね。もしも会えたら泣く、と思っていたけれど、涙は出ない」

乾いた目元を弓香は拭った。

「うん」

博士もうなずき、笑顔を保った。

「あなたが、大人になったからかしらね？　知っているよ、仕事をがんばっていること。ネットサーフィンをしていたら、偶然見かけて、それで……」

弓香は動画のことを話し始めた。

「そっか」

博士は、別に親から自分の作品の感想なんて聞きたくない、と思った。評価も感想もいらない。博士はもう大人だった。

「うん……」

弓香は博士の気持ちを察したのか、途中で黙った。

「塔子は？　元気？」

博士はきょうだいの消息を尋ねてみた。

「とても元気。変わらずに大学で働いている」

弓香はゆっくりとうなずいた。

「良かった。……じゃあ、ローバーの時間があるから。そろそろ行くよ。また来るから。今度、ごはんを一緒に食べよう。コーヒーを飲むのでもいい」

博士は手を振った。そう言ったものの、ロボットは食事も水分も摂らない。ともかくも、「ごはんを食べながらちょっと雑談するような関係」を親と育んでみたい気持ちが湧いてきたのだった。

「そうね。連絡してね。ごはんでもお茶でも散歩でも、なんでもいいよ」

弓香は、名残惜しそうに微笑んでから、自分の連絡先をメモ帳に書いて破り、博士に紙切れを渡してくれた。

博士は弓香に背を向けて歩き出しながら、「とうとう時間が来たのだ。親と友だちになれるときが自分に訪れたのだ」と思った。

火星での暮らしが始まった。とはいえ、「暮らし」とは言葉ばかりで、博士に食べたり排泄したり眠ったりする必要はない。朝と夕には散歩をし、週に二回の「芸術教室」を開き、火星の映像を撮る、というのが「暮らし」だ。

その間にも、地球上にある肉体の病は進み、筋力が落ちてきた。ロボットに集中する時間を少し減らし、運動を心がける。通院の頻度も上げなくてはならなくなった。訪問介護のスタッフが週に三回、家事や入浴などを手伝いにきてくれていたが、それでもだんだんとひとり暮らしが難しくなってきている。ソーシャルワーカーから、介護士が二十四時間常駐している施設への入居を勧められ、博士はその方向に生活の舵を切ることにした。せっかくのアトリエとはもうすぐお別れだ。龍が描いてくれた壁画をしみじみと眺める。あと僅かなアトリエ生活を楽しむこともしなければならない。

二つの生活を並行して行なうと、頭がちょっと混乱する。疲労も覚えるが、こんなことを経験できているのは人類で初なのだった。貴重なものを味わっている。体を動かさずに宇宙まで行く人生は、とても自分らしいと思う。

ああ、そうだ。自分を目指して、ここまで来たのだ。宇宙を目指しているのではない。自分を目指している。二重生活を数か月続けるうちに気がついた。楽しいのは、宇宙にいるからではない。自分にいるからだ。自分の中を突き進んでいく。これが芸術なのか。

火星まで来て、やっとわかったことだった。自分の中が、一番遠い。

親や国やえらい人に褒めてもらうことよりも、自分で自分を褒めることの方がずっと難しかった。博士はずっと、自分で自分を褒められなかった。死ぬ前に、自分を褒めてみたい。できるだろうか？

これから先もずっと、いつか意識がなくなるまで、自分の中にある一番遠いところを目指して歩いていきたい。

居住区のドームはすべてつながっている。龍やトラノジョウの家とは、外に出ずにいくつかの廊下を抜けるだけで行き来できた。歩いて五、六分だ。博士は自宅で「芸術教室」を開き、龍とトラノジョウが遊びに来る。龍はまた新たに壁画を描き始めた。ドームはレンタルなので、落書きが見つかったら怒られるだろうとヒヤヒヤしつつも、笑って眺めていた。青い夕焼けが始まると、輝が迎えに来る。

「先生、登山の経験はありますか？」

輝が突然に変な話題を振ってきた。輝が迎えに来ても、龍とトラノジョウはいつもすぐには帰り支度をしてくれない。キリの良いところまで描いたり作ったりしてからでないと動かないので、輝と博士は、「そろそろ終わりだよー」「夕ごはんだよー」などと声をかけつつ、十分か二十分は大人同士の雑談をしながら子どもたちが「制作」を切り上げるのを待つのだった。

「え？　いいえ」

博士は、ウィーンウィーンと首を振った。アウトドアスポーツは、病気を患う前から苦手だった。登山なんて、小さい山でもやったことがない。

「登ってみたいとは思いませんか？」

穏やかな口調で輝が言った。

「思います。思索の山なら」

博士は答えた。

「思索？」

輝は首を傾げる。

「ええ。私は今や自分の体力に挑むことはできません。ソーラーパワーを借りて移動するだけです。できるとしたら、考えごとです。自分の考えがどこまで行けるかに挑みたいんです。自分の中を突き進みたいんです」

博士は説明した。このような説明が輝に伝わるとは思っていなかったが、このところの博士は病の進行により唇が重たくなってきており、喋れる間は自分の思っていることをなんでも喋りたかった。いや、唇が動かなくなっても、脳波を読み取らせてロボットに喋らせることはできる。でも、唇を動かせるチャンスがあと何回残っているのかわからないので、相手に伝わろうが伝わらなかろうが、そのチャンスは自分が喋りたいことに使いたかった。

「そのソーラーパワーですが」

輝は「ソーラーパワー」以外の箇所を無視して会話を続けた。

「ええ」

博士はうなずいた。

「どのくらい持つんです？」

輝は尋ねた。

「歩くのであれば一日十時間くらいでしょうか？　天候の良い日だったら四時間ソーラーパネルを広げ、太陽光にさらして充電すれば、翌日にまた十時間歩けますね」

博士が説明すると、

「十分ですね」

こくこくと輝はうなずいた。

「へ？　何に十分なんですか？　登山に？」

博士が片眉をグッと上げると、

「ええ、そうです。トラノジョウから聞いてますか？」

輝は、トラノジョウが慣れた手つきでタブレットを触って映像制作をしている仕草を見つめながら言った。

「まさか、オリンポス山のことですか？」

博士は答えた。トラノジョウはオリンポス山の話題をよく出す。オリンポス山が好きなのはよく知っている。

「ええ。せっかく火星まで来たんです。トラノジョウはずっとオリンポス山に憧れていますし、登ってみようかな、って。ご一緒にいかがですか？　ついでに雄大さんも誘ってみようと思って。雄大さんって、ご存じですよね？　同じ街から来た……」

輝は平気な顔で言った。

「登山ってそんなに簡単にできるんですか？」

博士は驚いた。

「デパートで装備を揃えて、行ってみましょう。オリンポス山、今は、少しはトレッキングの道が整えられているらしいですよ。ところどころに山小屋もありますから歩いて泊まって……、と繰り返して登ります。ちなみに、私は地球でエベレストなどの登山経験があります」

つらつらと輝は喋る。

「えーと……、オリンポス山は、エベレストの三倍の高さがありますよ」

博士は腕を組んだ。

「ええ」

輝は平気な顔でうなずく。

「火星の天候は変わりやすいです」

博士が指摘すると、

「嵐が来たらテントを張ってじっとしていましょう。丈夫なテントが売られています」

輝はニヤリと笑った。


博士と雄大が「再会」したのは、オリンポス山に向かうローバーの中だった。

早朝、住居ドームの横にある駐車場で待ち合わせ、六人乗りのローバーに乗り込む。運転席に輝、二列目の座席に龍とトラノジョウ、後部座席に雄大と博士が座る。

オリンポス登山計画のリーダーは輝だ。

登山メンバーの決定も、装備を揃えるのも輝が行なった。そうして、輝は「顔合わせの食事会を事前に開きませんか？」と提案してきた。ただ、そもそも自分は食事ができないし、通院や訪問介護の予定があってみんなの都合に合わせるのが大変に感じられるというのもあったが、それよりも雄大のことはよく知っているわけで、博士には雄大の人となりを知るための食事会など必要ないのだ。おしゃれなレストランで改まって「このロボットのパイロットは実はあなたの子ども、博士でした」と告白するのは自分たちらしくないし、どうせ告白するなら山でしたい。それで、「当日の挨拶で大丈夫だと思うんです。こちらはロボットで頑丈ですから、万が一、人間関係がこじれたときは途中で下山します」と伝えた。「それもそうですね。そう、みんなで登っても、それぞれの判断でいつ下山してもいいんです。自分が行けるところまででいいんですよ。みんなで行っても、自分は自分ですからね」と輝はあっさり引き下がり、どうやら雄大の方も「輝さんや龍さんやトラノジョウさんから聞いていて、お人柄は大体わかっていますし、当日にご挨拶しましょう」と言い出したそうで、登山当日に会うことになったのだった。

あれから、ロケットの中でも火星の居住地でも、何度か道ですれ違い、雄大の体のぎりぎり

まで近づく機会もあったが、お辞儀をする程度で、博士は決して声を発しなかった。走り出したローバーの車内で、

「久しぶり」

とうとう声を出して挨拶した。世の中には声を出さない人だっているわけで、声に大きな意味を持たせる必要もないはずだが、ロボットとして移動している身では、やはり声を出してのコミュニケーションは格段に違うものに感じた。「再会した」とやっと思えた。

雄大は、ゆっくりと隣に顔を向け、

「ああ……。博士だな?」

ロボットのカメラアイをじっと見つめた。

「そう! 声で、わかった?」

博士は、雄大がすぐにわかってくれたことに、喜びを感じずにはいられず、大きい声を出した。

「いや……。一か月ほど前かな? 輝さんがさ、このロボットのパイロットについて、事前に簡単なプロフィールみたいなものを伝えながら、登山に誘ってくれたんだ。『いい人ですよ。地球では同じ街に住んでいて、アートの仕事をしていて、雄大さんと気が合いそうだと思うんです。五人で山に登りませんか?』って具合にさ。俺の頭に、その話の人物像が、スーッと浮かんで……。あ、もしかしたら、博士なのかな、って。そう考えたら、しっくりきた。川沿い

を行くロボットの歩き方、『火星猫』のアニメを観ている俺の姿を捉えたときのロボットの表情、手の動かし方、人と距離を取る雰囲気……。そうだ、絶対に、博士だ……って」

雄大は、腕を組んで目を瞑った。

「そうか」

博士はうなずいた。

「……いや、しっくりくる、なんて今更だよな。これまで、川沿いで何度も見かけても、博士だとは思いもしなかった。俺は駄目だな。親なのにな。……ずっと近くにいたんだな」

雄大は目を開け、照れ笑いのようなものを浮かべた。

「まあね」

博士は肩をすくめた。

「あの『火星猫』のアニメ、博士が作ったんだってな？」

雄大は博士のカメラアイを見つめる。

「そう。それ、仕事なんだ」

博士はうなずいた。

「そうか」

雄大は視線を前方に戻した。

「何者にもなれなかったし、どこにも所属できなかった。家族は作らなかった。でも、人生を見つけた。社会をずっと愛せている。俺は幸せだ」

博士はカメラアイを前方に向けた。赤い砂漠が、まるで果てがないかのごとく広がっている。それは死の世界のように見えたが、そもそも死という概念が人間由来のものであることにも思いが届き、生きるも死ぬもどうでもいいような気になってきた。すると、広大な砂漠は、地下に宝物やトンネルを隠している砂場のようにも見えてくる。近所にある南公園で、龍やトラノジョウらが作っていた砂山とこのオリンポス山の違いを、うまく説明することはもう難しい。同じ砂山じゃないか。

「……握手ぐらいしたかったなあ」

雄大が掠れた小さな声でつぶやいた。

「できるよ」

妙なことを言うなあ、と博士は思った。そうして、雄大の手に自分の手を重ねた。

「そうなんだな。これが、握手。だけど、俺には、博士の手の記憶がある。動かし方に面影があっても、形や熱さを『違う』と感じてしまう。……つらいなあ」

雄大は、子ども時代の博士の手を心で重ね、正直に違和感を吐露してくる。それでも、ロボットの手をギュウと力を込めて握り締めてきた。高性能ロボットは、雄大の放つ圧力も熱さも、地球にいる博士にまっすぐに伝えてくる。

「こっちはね、まあまあ感じられている。記憶にあるものと似た形と温度。思い出すなあ、子ども時代、手をつないで、川沿いを何度も散歩したこと」

博士はしみじみと話した。そう言いながらも、記憶というのは不思議な性質を持つものだから、もしかしたら雄大には散歩の記憶などないかもしれない、とも考えた。

「うん。散歩したなあ。なあ、カワセミを見かけたことあったよなあ」

雄大は覚えていたらしく、目を細めて焦点を遠くに持っていく。

「あった。でも、一緒に見たのは一度だけだったね。カワセミはレアキャラだったもん」

博士は雄大と記憶を共有できたことを奥歯で噛み締めながら、あの鳥の背中にあった、鮮やかな青い色の線を脳裏に浮かべた。

「そうだな」

雄大は背もたれに深く座り直した。

「しかし、もう二度と一緒に散歩できないかと思っていたけれど、こうして、登山を一緒にできるなんてね」

博士は手を離した。

「ああ。頂上を目指して、がんばろうな」

雄大は腕を組んだ。

「頂上……」

博士は「自分の登山」に想いを馳せた。そのとき、オリンポス山が視界に入ってきて、その頂の角度が脳に刻み込まれた。鈍い角度だ。富士山やエベレストのようなかっこいい鋭角ではなく、ぼんやりとした鈍角だった。こういうのも山なんだな、と思った。ゆるい頂点でも、それは山なんだ。

「オリンポス山だ、みて！」

興奮した声でトラノジョウが叫び、振り返って博士と雄大に向かってにっこりする。

「ああ、がんばって登ろうなあ」

雄大が腕を組んだまま微笑む。

「良かったねえ、トラノジョウさん。夢にまで見たオリンポス山だもんねえ」

博士もロボットの口元をゆるめた。

「たのしみだなあ」

宇宙服で着ぶくれ、ヘルメットの中でクッキーをくわえている龍がもそもそと喋る。

麓に到着すると荒っぽくドアを開け、

「さあて、いくぞ！」

登山靴で飛び降りながら、輝が野太い声を出した。保護者然としているときは一歩下がったような声を出していたが、今は堂々とした声だ。山中でキャラクターが変わるタイプなのだろうか。あるいは、登山パーティに安定感を出すためにリーダー格の人は威厳を備えた声を出す必要があるのだろうか。

「行こう」

二匹の子犬のように、龍とトラノジョウがふざけ合いながらローバーからこぼれ落ちる。

雄大はゆっくりと降車し、博士は腕を伸ばして地上に下ろしてから、足を赤い砂につけた。

「どうだ？ 仲良くなれたか？」

輝は低い声を出しながら博士と雄大を交互に見た。

「思っていたより、仲良くなれました」

博士がニヤニヤしながら答えると、

「実は、……博士と自分は、親子なんですよ」

雄大は、博士と自分を指差した。

「えええ？ そんな、まさか。信じられん」

輝はぶんぶんと頭を振った。

「まあ、いろいろな親子がいるってことですよ」

あっははは、と博士が笑ってみせると、

「わ、ごめんな。『信じられん』って科白は、失礼だったな……。そうだよな、『親子』っていう言葉でくくっても、その関係にはいろいろなものがあるよな」

輝は謝り、自身の「子ども」である龍とトラノジョウの方にチラリと視線をやった。

「まあ、いいんですよ。……さ、ストレッチをして、登り始めましょうか」

博士は、本来の意味としては自分にストレッチの必要はないのだが、ロボットの腕をぐるぐる回した。

意外にも、オリンポス山の登山口は整備されていた。ローバーを停められる駐車場があり、コンビニエンスストアの小さなドームもあり、登山口を示す立派な銀色の看板が堂々と立っている。

みんな、思い思いの準備体操を始める。ひとしきり体を動かしたら、雄大以外の登山者は宇宙服の上にバックパックを背負う。

雄大だけは、背負ったのがランドセルだった。博士は、その赤いランドセルを不思議な気持ちで眺めた。ただ、理由を尋ねるのは面倒に感じてスルーした。

「さて、始めるか。ところでこれは覚えておけ、『下山も登山』だ。自分の責任で下山のタイミングを考え、それぞれが自分で下りるように」

輝は登山経験者らしくアドヴァイスしてきた。矛盾を孕んで崩壊している「下山も登山」というフレーズに、アドヴァイスされるのが嫌いなはずの雄大が神妙な顔でうなずき、

「はい、先生、わかりました」

と急に輝のことを「先生」と呼び始めた。「他人の話なら、聞けるんだな」と博士はちょっと苦々しい思いで雄大の横顔を見た。子どもの頃、博士がちょっとでもえらそうに喋ると、雄大は顔をしかめたものだった。

トラノジョウは機嫌が良かった。地球時代から憧れていた山を前にして、最近では珍しく素直な声を出す。

「こんにちは、オリンポス山。どうぞよろしく」

と挨拶する。挨拶が苦手な龍はむっつりと黙っていたが、輝と雄大と博士は、トラノジョウの真似をして、

「よろしく」

「よろしく」

「よろしく」

頂に各々一礼した。

それを合図に輝が一歩踏み出す。すると、トラノジョウと龍が続き、雄大もゆっくりと歩みを進めた。博士は最後尾についた。

宇宙服のずんぐりした姿で緩慢に歩いている。スムーズには動けないようだ。だが、重力が三分の一ということもあり、力はそんなにいらない。ただただ手と足を前後に動かすというだけのことだ。始めの一時間ほど、みんなの表情は穏やかだった。

道は、舗装されていたのは入り口だけであとは砂や岩ばかりだが、なだらかな傾斜であり、木や川があるわけではないので、地球上の登山のような難所があるわけでもない。ひたすら足を動かせばいいだけだ。

ただ、飽きが訪れる。ロボットである博士は思念で登っているため、肉体的には疲れない。だが、精神的に疲れる。たらたらしてきた。

周りを見ると、どうやら生身の力で登山しているメンバーの足取りも重くなっている。目や眉間にも険しさが漂う。やはり疲労だけでなく、飽きてきたことによるだるさがあるようだ。景色が変わらないことが、かなりの痛手になるのだ。

酸化鉄、酸化鉄、酸化鉄のオンパレード。登っても酸化鉄、振り返っても酸化鉄。視界に入るのは赤い砂や赤い岩ばかり。

一時間半ほど歩いたあと、「休憩しましょう」と輝が言った。それぞれ岩陰に荷を下ろす。輝は、水の入った袋を宇宙服の中に取り付け、逆流防止弁のついたストローを口元にセットして、ひと口飲んでから、

「地球の山だったらさ、登山開始直後は民家があって、木や花があって、登るにつれて、だんだん低い木ばかりになって、花も素朴なものになって、やがては植物が全然なくなって、岩だらけになって、空気が薄くなって、……って、その変化が、なんていうか登山の一歩一歩を応援してくれるんだよな。応援がない中で体を動かすってのは、大変なんだな。風景の変化がないっていうのは、人間の足を重くするんだな」

と言った。輝の声は小さいが、ヘルメット内蔵のマイクとイヤフォンによってみんなの耳と口がつながっているので、言葉ははっきりと届いた。

地球上の登山なら、森が開け、空気が澄み、眼下に街を見下ろせて、ときに足元の花が勇気づけてくれる。登るごとに、その高度に適した植物や生物が見られる。少しずつ、低い木、地を這うような花になり、虫も減っていく。植物も生物も完全にいなくなるのは、本当に高いところに着いたときだ。足を動かすだけでどんどん生まれてきたストーリーが、火星の登山では一向に生まれない。

「そうですよね。遠足やハイキングの休憩時間って、風景を眺めて過ごしていた気がしますが、ここではいくら休んでも、目を楽しませてくれるものがひとつも見つけられない。火星での生活では砂なんて見飽きていますからねえ」

博士がうなずくと、

「歩いている最中は周囲を見る余裕なくて、『休憩しよう』ってなって、水分補給して行動食摂って、ふう、と遠くを見たら、やっと絶景が目の前に広がる。あ、こんな素晴らしい世界の中で自分は足を動かしていたのか、幸せだな、って気がついて、よし、もうちょっとがんばろう、って立ち上がり、気合いを入れる、……あの一連の流れが最高に気持ち良いんだよな。ああ、地球の登山は良かったなあ」

輝は、ふう、とため息をついた。

「そんなこと言ったら、だめだよ。ここは火星だよ。火星だけを見ようよ」

トラノジョウが、水を飲みながら喋る。

「うん、火星を見るのもいい。でもさ、リュウが思うのはさ、地球だけじゃなくて、火星も見なくってもいいんじゃないかなあ、ってこと。ほら、あたまの中を見ることってできるでしょ？　まわりを見ないで、じぶんに集中すると、おもしろいんだよ。足をうごかしながら考えごとするとね、考えごとがリズムに乗ってすすむから、どんどん考えられるんだよ。景色なんていらないよ。まわりを見ないで、じぶんの中を見るだけでも、すっごくおもしろいんだよ。歩きながら考えるとね、あたまの中にいるのがたのしいの。じぶんの中って広いんだよ。じぶんの中だけで、すごい冒険ができるの。やってみて」

龍がヘルメットの上から自分のつむじのあたりを指差した。

「なるほどなあ」

博士は感心した。いや、もちろん、体だって、外界だって、大事な世界構成物だ。けれども、頭の中には、体や外界よりもずっと広大な世界がある。龍は、周囲に対する認識がいまいちなところがあるが、だからこそ、自分の世界を確立できるという長所がある。今、このメンバーの中で龍が一番、この「景色が変わらない世界」で自分を保つことに長けているようだ。生き物は、天変地異などによる環境の変化に対応するために、多様な存在を子孫に残していくものらしい。地球上では幼稚園や小学校といったマジョリティを想定した既存の機関に馴染めず、教育を受ける権利を行使しづらかった龍だが、火星の山では本領発揮できるようだ。子どもらしい「みんなへの適応力」などはないが、むしろその集団適応力のなさが火星への適応に役立っている。もしかしたら、こういう環境に移った場合に備えてこの特性を生まれ持った存在なのかもしれなかった。

「さあ、出発しよう」

輝が声をかけ、一同はまた歩き始めた。だが、雄大が次第に遅れ始めた。

雄大は、ストックを二本持ちして、そこに体重をかけながらゆっくりと前に進んでいる。足が痛いのだろうか。博士は声をかけようかと逡巡しつつ、三十分ほど放っといた。

「ふう……、ふう……。あのー、先生、登山用の呼吸法ってありますかねえ？　息が切れてきてしまいましてね……」

とうとう雄大は、マイクを使って輝に向けた質問をした。みんなは足を止めて、雄大の方を見た。

「呼吸なんて、人それぞれ、好きにやったら良いと思うけどね。結局のところ、自分の呼吸の仕方は、自分で決めるしかないんだ。まあ、私の場合は、ハッ、ハッ、スーって、先にしっかり吐いて、それから吸うようにしている。吸うよりも、吐くのを意識するんだ。しっかり吐くと、自然と吸えるから。お腹に力を入れて、しっかり吐くといい」

輝は自分の腹に手を当ててやって見せ、息の吐き方をレクチャーした。

「はい、先生。やってみます」

雄大も自身の腹に手を当て、真似してみせる。みんなは雄大の呼吸を見守った。吐き切った後、雄大がニヤリと笑ったので、登山を再開する。

三十分歩いて、十分の休憩、再び三十分歩いて、十分の休憩、さらに三十分歩いて、十分の休憩、また三十分歩いて、十分の休憩、と四セット行なうと、雄大が次第に遅れ始めた。もう呼吸を立て直すことができないらしい。雄大は立ち止まり、

「ふうう……。決めました。俺はここで、リタイアします。どうぞ、みなさんで頂上を目指してください」

雄大は掠れた声で脱落宣言をした。

「えええー」

博士は大声を出した。雄大が年齢的に厳しいことは承知していた。だが、「リタイア」という言葉がこんなにも早く、こんなにもあっさりと出てくるとは想像していなかった。登る前は「頂上を目指して、がんばろうな」と言っていたのだから、自分勝手にも見える。団体行動の空気を乱すことなのに、悩まずに声を出している雰囲気がある。謝らずに堂々と「みんなと同じことをしない」という選択を伝えてくることがこれまでの雄大らしくなく思えるし、とにかく博士は驚いた。

「そう？　じゃあ、ここから別行動にする？」

輝はまったく驚いていなかった。長い足を岩に乗せ、もう一本の足をすらりと地面に置いたまま、くるりと振り返る。輝は個人の選択や個人行動をすんなり受け入れられるみたいだ。当

初から「各々で下山しろ」という旨の科白を吐いていたので、想定内なのだろうか。他の多くのスポーツと違い、登山は個人の意識が強いものなのだろう。

「ああー、リュウもユウダイといっしょの感じ。リュウも、つかれた。ユウダイといっしょにかえろうかな……」

龍は、へたっとその場に座り込んだ。博士は龍を見遣（みや）る。このシーンにおいて精神的には一番馴染んでいたように見えた龍だったが、体格としては一番小柄であるし、スポーツもアウトドアで遊ぶのも未経験のようだったので体力が限界に達したのだろう。周囲の空気を読まない龍も、平気で個人の考えを言う。龍は団体行動なんて、生来興味がないのだ。その性質は、博士もすでに知っていたことだったので、龍の脱落宣言には驚かない。

龍と同年齢のトラノジョウは、龍がへたっているのを見て、

「そっかー」

とケラケラ笑った。

「トラノジョウさんは、疲れていないの？」

博士はトラノジョウの側に動いていき、聞いた。このところ本心が読みとりづらいトラノジョウなので、強がっているだけかもしれないから表情をちゃんと見ないと、と慮った。

「オレはー、元気。だって、オレ、むげんたいりょくがあるんだよー」

トラノジョウは顎を空に向けて元気いっぱいの顔をする。「無限体力」というフレーズはト

ラノジョウから何度も聞いたことがあった。トラノジョウは普段から動き過ぎなきらいがある。「芸術教室」でも、走り回ったり、転げ回ったり、常に動いているトラノジョウだ。ただ、それは「疲れを感じにくい」というだけで、実際には疲れているという可能性もあるのかもしれない。子どもというものは、まるでロボットのように急にパタリとスイッチが切れるときがある。

「じゃあ、もっと登りたい？　本当は今日山小屋で泊まって明日また登って……、ってするつもりだったけど……。頂上、目指したい？」

輝もトラノジョウの近くに来て、しゃがんでトラノジョウに目線を合わせ、尋ねた。

「うーん、どっちでもいいよ。……っていうかさ、オレたち、頂上をめざしていたの？　それ、知らなかった。オレはオリンポス山に行きたいとはおもっていたけど、山を見たり、さわったり、おもしろがったりしたかっただけだからさあ。もともと、頂上のことなんて、かんがえてなかった」

トラノジョウは平気な声で喋る。

「あ、そうだったの？」

輝は、拍子抜けした顔をしている。

「うん。今日は、もう山にいっぱいさわったし、おもしろかったから。龍も、雄大さんも、つかれちゃったんでしょ？　だったら、オレも、もういいかな。また来ればいいよ」

トラノジョウはにっこりした。トラノジョウはここのところ尖った言葉をたびたび使うようになっていたが、それは人の心を聡く察知するから、わざと暴力的な言動をして周りの人に揺さぶりをかけていたのかもしれない。龍のようにマイペースに振る舞うことはトラノジョウにはできない。周りの人たちが疲労感を漂わせているのなら、それに反発するか、同調するか、なんらかのリアクションをせずにはいられないのだろう。龍とは違い、周りの顔色を読んで、自分の行動を変えようとしている。

「よし。じゃあ、あきらめるか？　私もあきらめる。いいか。古語ではあきらめるは『明らかにする』という、良い意味なんだ。……さて、博士さんはどうする？　ひとりで登ってもいいんだよ」

さらりと輝が言った。

「え？　ええええええー」

博士は、さらに大きな声で叫んだ。博士には肉体的な疲れがないので、みんなとの気持ちに差があるのは当然だが、それだけではない。ひとりのメンバーに合わせて、他のメンバーがあっさりと下山を決意できたことに、博士だけが馴染めない。その差に驚いてしまった。人間は、そして人間の集団は、博士が思っていたようなものではなかったのだろうか。

正直なところ、今回の登山は、それぞれのタイミングで、ひとりひとり脱落していくのだと予想していた。それが「あきらめる」ということだと思っていた。

団体の中から個人が際立っていくこと、それが個人が明らかになること、すなわち「あきらめる」ではないのか。

だが、人のタイミングを見て、それぞれ自分のことを考え、「じゃあ、あきらめるか」だなんて。そういうものなのか。人に合わせて、あきらめられるのか。しかも、お互いに、残念がったり、謝ったりしなくていいなんて……。

「あきらめるねー。また来るねー。オリンポス山」

トラノジョウは元気良く両手を挙げ、ぶんぶんと手を振った。

「……あ、自分もあきらめます」

博士も手を挙げた。

すると、その言葉から風が吹いてきた。周りの空気に流されて口にした言葉だったのに、その言葉が博士を助けてくれる。言葉が先で、そのあとに気持ちが動く。考えが変わっていく。あきらめられそう。博士は、自分の心が「あきらめ」に傾いたことに、心地良さを覚えた。

下山を開始した。

輝の判断で、帰りもやはり三十分ごとに休憩を入れる。二回目の休憩で、岩にみんなで腰掛けていたとき、

「あ、カワセミだ」

雄大が遠くを指差した。火星には、いわゆる「水の流れる川」はないが、大昔に液体が通っ

た跡のように見える大きな溝がときどきあった。雄大は、その溝の際を見ている。

「え？」

思わず博士は雄大の指先の方向に視線をやった。だが、何も見えない。赤い土地に青い鳥がいれば、それがたとえどんなに小さくても目に鮮やかに差し込んでくるはずだ。けれども、何も見えない。

「そうれ、天国まで飛んでいけ。カワセミよ、運んでやってくれ」

雄大は、サッとしゃがんでランドセルを下ろすと蓋を開き、白くて小さくて固そうな何かを取り出した。そして、頂上に向かって放り投げた。けれども投擲力の落ちている雄大だ。それは大した距離を飛ばず、すぐにぽとりと落ちた。

「わ、駄目だよ。『残していいのは思い出だけ』」

博士は思わず、地球上でよく耳にした、ゴミを捨てると生態系が崩れるから山には何も残してはいけない、という意味合いのフレーズを口にした。

「なんだそれは。マナー川柳？」

雄大は笑みを浮かべている。

「いや、川柳って五七五なんじゃ……」

博士が首を振って指摘すると、

「俺は駄目人間。マナー違反者さ」

雄大は肩をすくめる。

「何を投げたの？　……もしかして、骨？　散骨みたいなことをしたの？」

博士は「天国」という言葉から連想した言葉を口にした。とはいえ、垣間見えた物は三角形のように感じられた。博士は人体に詳しくない。どこかの部位に三角形をした骨があるのだろうか。

「いや、違う」

雄大は首を振るだけだ。

「本当に骨じゃないの？　あとさ、これ、聞いちゃ悪いかと思って遠慮してたんだけど、今更だけどやっぱり聞くよ。なんでランドセルを背負ってるの？」

博士は、雄大の行動があまりにも怪しく感じられてきて、とうとう質問した。

「骨じゃない、形見のおにぎり石だ。ランドセルも形見だ」

雄大は、赤い革がところどころ剝がれているぼろぼろのランドセルを撫でた。

「わけがわかんねえよ」

ふう、と博士はため息をついた。

「『時間の矢』は、同じ方向にしか飛ばないんだ。決して逆方向には飛ばない。誰の矢も、反対側には行けない。もう、俺は子どもに戻れない。死んだ者を生き返らせることもできない。亀裂の入った関係を修復することもできない。あきらめるしかないんだ」

雄大は頬を紅潮させた。

「ああ、その通りだ」

博士は、よくわからないまま眉間を寄せ、深くうなずいた。

「あきらめる。すると、さっき龍さんが言っていたみたいに、自分に集中できるぞ。登山中は、『荒廃した景色しか見えないから、鬱々とする』『動きながらの呼吸は難しくて、息を吸うのが苦しい』ってことばかり考えて、ああ嫌だな、と思いながら歩いていたんだよ。でも、下山中は、息を吐くリズムにメインの意識を当てて、じっと自分の頭の中を見つめるようにして、ただただ足を動かしたんだ。あきらめるのは良いな。自分がクリアになってくる」

雄大は、満足げな声を出す。

「ええっと、それは瞑想みたいなこと？　そういうの、あんまり興味ないんだけど」

博士は肩をすくめた。病気がわかったあと、いろいろな人からマインドフルネスがどうのこうのと勧められたのだが、博士はそういったことに触れずにきた。

「いいんだ。子どもといえども、俺のことを理解してもらう必要などない」

雄大はニヤリと笑う。そして、まるでカワセミを追っているかのごとく、視線を素早く動かした。

「あっそう」

博士も遠くを見た。もうこれ以上、雄大さんのことは知らなくていいや。

博士は、雄大のことを知らない。知りたくもない。雄大の方も、博士のことを知らなくていいと考えているのかもしれない。雄大は、博士がなぜロボットを操縦しているのかを尋ねてこない。ロボットパイロットの多くが「病気」や「障害」を持つ当事者であることは世間に知られているわけで、雄大だってそういうところに思いは及ぶだろうから、博士の体の具合を心配してくれても良さそうなのに、一向に気にしてこない。そうさ、知られなくていいんだ。こっちの情報を、これ以上伝えないぞ。こっちのことも教えないし、そっちのことも教わらない。雄大さんが投げた白い小さな物体にだって、関わってやらない。マナー違反だろうが、雄大さんの問題だ。自分は注意をしたんだし、これ以上は関係ないぞ。親子だからって、これ以上に仲良くなる必要はないし、知っておく必要もない。博士は、そう思った。

「塔子がな、メッセージをくれたんだ。帰りたくなったら、いつでも帰ってこい、と。地球はこれから素敵な星に変わる、って書いていた。今、鳥の研究をしているんだそうだ。川に鳥が戻ってくるように。こつこつ研究をしているから期待しないで待っていろ、というメッセージだった。地球で再び鳥や魚や動物たちが繁栄する環境を整えようと塔子は奮闘しているようだ。あとさ、塔子は鳥の研究を仕事としてやっているが、仕事外で人間社会に関する活動もいろいろやっているらしい。今は、人は仕事だけに生きるんじゃないんだな。趣味でも社会を作っているらしい。仲間もたくさんいるようだ」

雄大は見えないカワセミを見つめながら喋った。

「そうか」

博士は首の後ろをさすった。遠い昔にきょうだいがヘアカットをしてくれたときの、あの涼しい首すじを思い出した。

「ともかくも、こんな景色が見られたんだ。生きていて良かった。赤い川が見られたんだ。一緒に見られる人がいなくたっていいんだ。景色というのは、自分ひとりで見るのも乙なもんだ。地球の川の景色だって良かったが、それはもう見られなくたって俺は構わない。俺には赤い川がある」

雄大はカワセミが飛び去った方を見る。

「まあ、景色はいいよな」

そうなずいたあと博士も黙って、水のない川をしばし見つめた。子どもと一緒に見ているのに「景色というのは、自分ひとりで見るのも乙なもんだ」などと言う親に呆れつつ、それでいいとも考える。博士だって、自分が好きだ。ひとりが好きだ。

「マジョリティ仕様のこの社会で、勉強も芸術も、博士なりにやってきたんだな。今さらだが、俺もマイノリティについて考えてみるよ」

雄大は博士をじっと見た。

「マイノリティに寛容な街作りをするアーティストになりたい」

博士はひとりごちた。自分には、まだできることがある。

水のない川も悪くない。想像の水を流しながら、博士はその流れをみつめていた。

気がつくと、隣に輝が立っていた。輝も雄大が見ている方角に目をやっている。

「ああ、頂上に行けなくて良かったなあ。そんな気がしねえか？　本当は私、つい二時間前までは、頂上を目指すつもりだったんだ。それぞれ途中でリタイアするだろうが、自分は頂上に行ける気がしていたんだ。でももう、頂上なんて行かなくていい。足元を見る。また来るかもしれないけど、そのときだって、頂上に行かなくていい。この辺りをぶらぶら散歩するだけでいい。頂上は目指さないんだ、私は永遠に麓にいる」

ヘルメットの中の額にうっすらと汗を伝わせながら、輝はぼんやりとつぶやく。

「ほんとですね。自分も頂上のことばかり考えていました。途中で下山するとしたら、謝罪して、残念な気持ちを抱えながらするんだろう、と思っていました。人生でも、いつも上を見ていたんです。でも今は、なんていうんだろう、下山を選ぶことができた自分が誇らしいっていうか。逆に良かった。頂上に行くような人間ではない自分だっていうことがわかって、むしろ自信が湧いてくる」

博士は、輝のグレーの大きな瞳と艶々と輝く頬を見た。

「そうそう、頂上を目指さなくていいんだ。上に行くような人間じゃない。いや、上とか下とかの前に、私、嫌な奴なの。良い人ではなかったんだあ。良い親でもないんだなあ。嫌な人間なんだ。下の方をうろうろしていて、人に優しくなくて、暴力に馴染んでいて、駄目で、小さい人間。自分って人間は、この程度さ。この自分を認めて、受け入れたい。うん、いいんだ、これで。この嫌な奴のままで生きて、このままで育児をやろう。自分に期待しない。だってそのほうが、いちいち立ち止まって、ひとつひとつ問題を『間違っているかもしれないけれど』って考えていけるかもしれないじゃないか。自分を過信しなければ他人に頼ろうって考えになるし、みんなで子どもを育てていけるんじゃないかな、そんな気がする。自分をあきらめる。そうやって、これからも生きていくんだ。たぶん、生きていけるし、子どもたちとも関係が築ける。沸々と、やる気が湧いてきたぞ」

輝が、長いまつげに光を載せてつぶやく。

「いいですね。あきらめる、あきらめる、あ、き、ら、め、る。……さあ、下山を再開だ。ほら、博士も。あ、そうだ。これだけは言っておきたいな。博士、俺の人生に現れてくれてありがとう」

雄大はランドセルを背負って立ち上がり、下の方へ目を向けた。

けれども博士はまだ、下を見られなかった。頂上を見上げたままで、

「あきらめるぞ」

博士は叫んだ。ロボットマイクを通して、みんなのヘルメットに声が届く。

博士は山の頂に顔を向けたまま、じっと立っていた。

やまびこのようなものが返ってくるかと思って、しばらく黙ってみた。だが、ここは空気の

ない世界だ。返ってくる音は何もない。頂上をあきらめる。動くのもあきらめる。自分は「父親」を乗り越えない。ただ、気にしなくなるんだ。

ああ、もう、誰からも見られなくていい。知られなくていい。理解なんてまっぴら。人生は何もしなくていい。何も成し遂げなくていいんだ。

登山をして良かった。下山ができるから。

自分の姿を、誰にも見られなくて構わない。遠くからの視線もいらない。自分で、自分の姿がわかる。鏡を見なくても、肉体を感じなくても、自分がわかる。自分が明らかになっていく。もう、自分らしさしか、見ていられない。

「あきらめた」

ふっと、下に視線を遣る。玉ねぎがどこにもない。皮を剝き切ったようだ。芯なんてものはどこにもなかった。

山崎ナオコーラ

作家。性別非公表。2004年にデビュー。
目標は、「誰にでもわかる言葉で、誰にも書けない文章を書きたい」。
他の著書に、『美しい距離』『母ではなくて、親になる』『ニセ姉妹』
『ミライの源氏物語』など。日常の社会派。趣味は育児。
火星に持っていきたいものは、タブレット。

火星に持っていきたいもの

装画　高橋あゆみ〈お気に入りのマグカップ〉
校正　玄冬書林〈猫（W）／レイ・ブラッドベリ『10月はたそがれの国』（O）／家族からの手紙（T）／気に入った写真を現像して1枚（S）〉
装丁　草苅睦子（albireo）〈Mouse on Marsのアルバム〉
DTP営業　高橋直也（昭和ブライト）〈カメラ〉
印刷営業　鶴田雅裕（TOPPAN株式会社）〈お酒と勇気〉
販売　三橋亮二〈天体望遠鏡〉
宣伝　秋山優〈ハルピンの冷凍しそ餃子〉
制作　太田真由美〈スマホ〉、宇都星〈ベッド〉
資材　朝尾直丸〈花の種〉
編集　竹井怜〈観葉植物〉

あきらめる

2024年3月20日　初版第1刷発行

著者　山崎ナオコーラ
発行人　三井直也
発行所　株式会社小学館
〒101-8001 東京都千代田区一ツ橋2-3-1
電話 編集 03-3230-5966 販売 03-5281-3555

印刷所　TOPPAN株式会社
製本所　株式会社 若林製本工場

ISBN 978-4-09-380129-4